EL CUCO TE VA A COMER

ÁNGEL ISIÁN

Ilustrado por Melvin Rodríguez-Rodríguez

EIKON

El cuco te va a comer
Primera edición, septiembre de 2020
Eikon
Copyright © 2020 por Ángel Isián

ISBN: 9781080175451

Edición: Ángel Isián y Melvin Rodríguez-Rodríguez
Corrección: Betzabeth W. Pagán Sotomayor
Diagramación y diseño general: Ángel Isián
Ilustraciones: Melvin Rodríguez-Rodríguez
Arte de portada: Melvin Rodríguez-Rodríguez

libroseikon@aol.com

Ángel Isián

El cuco te va a comer

Libros Eikon 2020

A Melvin
A Eïrïc
A mami, papi y Maritza
A Damián y Castiel
A José

les dedico mis monstruos
ustedes saben por qué

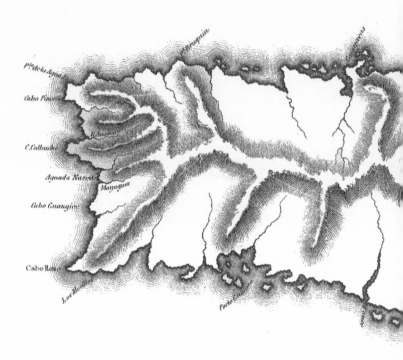

PORTO RICO

Scale of Miles

Hic sunt monstra

Tabla de contenido

Ritos de

sangre

 Devana le gustaba leerme de la Biblia cuando vivía aquí. Ahora que no está, procuro leerles de ella a los nenes antes de acostarlos a dormir.

—Dejad a los niños venid a mí y no se los impidáis, porque de los tales es el reino de los cielos. Eso lo dice Cristo. Así que pueden estar tranquilos que mientras duermen papito Dios los cuida. Solo tienen que rezar y los espíritus malos no los podrán tocar —les doy un beso, y luego decimos la oración que les ayudé a memorizar. Apago la luz, y me voy a mi cuarto. Me pongo una camiseta que me queda como una bata y que cubre la mayoría de mis moretones. La borrachera de ayer trajo a mami en son de pelea, y el palo de escoba siempre es su instrumento de desquite favorito. Lo aguanto porque desde que Devi se fue con Gelo, y Pepe se escapó a vivir con tío Maelo en Playita Cortada, soy la única que puede defender a mis tres hermanos menores y a mi hermanita de ella. Nadie en la familia quiere intervenir. Trato de no pensar mucho en la situación. Prefiero pasar el tiempo ideando cómo proteger a los nenes.

Después de ponerme la bata, salgo al comedor. Mami se sienta en la mesa junto a Manuel; mis padrinos, Dora y Luis; y mis tíos, Moncho y Lina. Los ayudo en lo que puedo y, luego, me quedo al frente de la puerta del cuarto para evitar que los nenes salgan a curiosear y vean lo que va a suceder. Prefiero que no se expongan a lo que pasa cuando mami invoca a los espíritus, un arte que aprendió de Mamá Yaya y tití Úrsula hace tiempo.

La mesa la cubre un mantel blanco. Encima, lleva flores frescas, un vaso de agua, y en el espacio de enfrente hay un libro. Encienden velas, algo de incienso y, luego, apagan las bombillas. Mami toma las manos de Manuel y tío Moncho. Los demás hacen lo mismo, hasta que todas sus manos se sostienen entre sí.

Entonces los llama. Sus invocaciones no son muy largas ni complicadas. Habla con autoridad hasta que su voz muta. Un tono masculino empieza a vociferar desde su cuerpo. Todos se sueltan. Extienden y agitan sus extremidades por todas partes y gritan en voces disímiles. Veo los cuerpos de mami y de mis padrinos caer al piso. Se deslizan como serpientes, mientras tití Lina y tío Moncho gritan en un idioma incomprensible y se contorsionan en movimientos espásticos. La mesa se eleva. Escucho voces y pienso que hay sombras corriendo por toda la casa. Desde el otro lado de la puerta escucho la voz de Papo llamarme.

—Joana, ¿qué pasa?

—No es nada. Acuéstate, nene.

Me alejo de la puerta para ver a mami, mis padrinos y tíos tirados sobre el piso. La mesa cae de nuevo en su sitio. Todos se levantan, aún en trance, y se acomodan sobre la mesa. Las sombras siguen corriendo por la casa, pero pronto comienzan a escurrirse. Algo los espanta. Por unos instantes, la casa se queda quieta y silente, como un desierto nocturno.

Algo se aparece.

—Joana —dice un ente que está parado justo detrás de mami. Su voz es más como el clamor de muchas vibraciones agudas que hablan al unísono. En la oscuridad, sus detalles se pierden, pero parece tener piel arrugada y brillosa, como si estuviese cubierta por aceite. Su tez es de un color ocre opaco que contrasta con la brillantez que le produce su apariencia aceitosa. Porta unas alas retraídas en su espalda, y su cabeza es ovalada y alargada hacia el frente, con una boca protuberante desde donde le sobresalen colmillos amarillos. Su nariz es extensa y puntiaguda. Tiene múltiples ojos de diversos tamaños por todo su rostro, agrupados como colmenas llenas de gusanos y de una negrura tal que su color resulta en algo más que la ausencia de luz, sino que mirarlos asemeja contemplar una nada que absorbe la capacidad de pensar y moverse.

—Al fin nos conocemos, Joana —dice otra vez. Luego, desaparece. Mami y los demás salen de sus trances, y conversan sobre lo que aprendieron de los espíritus.

—¡Mami! ¿Qué pasó? Vi algo detrás de ti. Un hombre muy feo con unas alas.

—No seas pendeja, nena. Aquí no pasó na. ¡Vete a tu cuarto a dormir, antes que te meta una gajnatá por embustera! —no cuestiono a mami. Siempre cumple sus amenazas. Me voy temblando a mi cuarto. Mis familiares me miran con una simpatía incómoda según me marcho, pero no dicen nada.

No quiero dormir. Tengo miedo de que vuelva a aparecer el ente, pero no me visita esa noche.

Al siguiente día, les leo de la Biblia a mis hermanos para mantenerme ocupada y no pensar en lo que vi.

—¿Por qué Dios quiere que muera el hijo de Abraham después que se lo dio? me cuestiona Papo.

—Creo que a Dios le gusta la sangre. Por eso a Cristo lo mataron, porque Dios solo puede salvar a la gente y sentirse feliz cuando ve sangre

Papo queda satisfecho con mi respuesta.

Durante las siguientes semanas, la visión de la criatura y el eco de su voz en mi mente me empujan hacia noches de insomnio y días en donde las horas son nudos de tensión sobre mi cuerpo; el tictoc del recuerdo se manifiesta en el temblor de mis manos y en llantos espontáneos. Después de varios intentos fallidos de olvidar vía oración y escritura, recurro a otros poderes y ritos que en mi familia practicamos para invocar intervención divina. Es decir, recurro a mamá Yaya y su conocimiento del poder de los espíritus, las ofrendas a los orishas, y la consagración y favor que se obtienen de ellos.

—Eres la curandera más joven que conozco me dice mamá Yaya con orgullo y tienes un poder muy grande dentro de ti.

Aprovecho y le pregunto sobre los muertos y los diablos.

—Los muertos se parecen a nosotros. Quieren mucho de lo que queremos nosotros y, en general, no nos desean el mal. Los diablos son distintos. Ten cuidado con esos, nena.

La siguiente semana, mis tíos y padrinos vuelven a llegar a casa. De inmediato, me entra la ansiedad. Llegan más temprano esta vez; Papo, Yuni, Larito y René aún no duermen. Me aseguro de llevarlos al cuarto y dejarlos jugando. Tranco la puerta con el pestillo desde afuera y me quedo parada al frente después de ayudar a mami a prepararse para la sesión. Aún puedo ver hacia el comedor, pero no a ella porque está delante de la pared que cruza con la del pasillo. Cuando todos se van en trance con sus gritos en lenguas extrañas y sus bailes dementes, la luz de la casa se va, y queda solo la opaca luminiscencia de las velas alumbrando el ambiente mustio, mientras que los gritos de los adultos siguen inundando la casa. El espacio se puebla de murmullos y sombras pasajeras. Escucho el inodoro bajarse solo, y la puerta de mi cuarto se tira para cerrarse y, luego, se abre otra vez. Después de medio minuto, solo permanece un silencio abismal.

El visitante regresa. Desde mi ángulo no lo puedo ver, sin embargo, lo siento, escucho su respirar, un ronquido exasperado que se repite cada par de segundos. Gotas de sudor caen de mi frente. Muerdo mis labios y dejo escapar unas lágrimas, pero evito gemir. No quiero que me oiga.

—Joana... ¿Por qué te escondes, Joana? —trato de ignorarlo y no digo nada. No quiero hablar con él. —Sé que estás ahí. Acércate, niña. Háblame.

—¿Quién eres? ¿Cómo sabes mi nombre? le respondo, después de cobrar el valor para hablarle.

—Conozco muchas cosas. Soy viejo y te llevo observando desde hace algún tiempo. Tu madre ha sido tan gentil de invitarme. Tu familia y yo estamos ligados por juramentos antiguos. Hay deudas que solo lo puedan pagar los hijos, y los hijos de los hijos.

—¿Eres un muerto?

—No. Más bien los muertos me temen. Úrsula me ha prometido mucho, y Yaya me abrió la puerta. Me entregó a Zitzaida, y, ahora que es mía, me abre la puerta para perpetuar mi estancia.

No dice más. Escucho a mami, mis tíos y mis padrinos retomar su cordura y conciencia. Camino hasta la orilla del pasillo despacio para ver si aún está. Solo veo el último rastro de su acolmillada sonrisa desvanecerse detrás de mami. Ella me observa, malhumorada, y me ordena a marcharme para poder escribir sus revelaciones.

—¿Vieron algo? le pregunto a madrina cuando mami está despistada.

—¿Ver qué nena?, si cuando nos vamos en trance no vemos na. A veces escuchamos cosas; más que nadie, tu mai. Pero yo ni vi ni escuché na esta vez.

—Madrina, vi a alguien. Me habló.

—Debes tener el talento de Zitzaida y Yaya. Corre en la sangre. Mira que traté de convencer a Devi a que aprendiera, pero a ella nunca le interesaron los negocios de la familia. Pero no te preocupes, Joana. Ya te acostumbrarás. Y ahora avanza y vete a dormir; ya conoces a tu mai. No tiene mucha paciencia y te va a dar si te quedas por ahí.

—Bendición.

—Dios te bendiga, mija.

Esa noche, sueño con una gran serpiente que porta sus ojos, su color de piel y su voz.

—Joana, tengo sed. Acércate a Nam Irhá. Acércate, niña, que tengo que saciar mi sed. Hay deudas que solo pueden pagar los hijos. Moncho el Continente está por caer. Y con él desaparecerá el juramento que ata a Azamaru a este plano.

Despierto y reprimo mi llanto al pensar en el sueño. Hace años que no veo a mi bisabuelo Moncho; desde que se dejó de mamá Yaya, casi nadie le habla. No entiendo mi sueño ni la figura del ente en forma de serpiente ni lo que me dice. Solo conozco su nombre, revelado a través de esa pesadilla, Nam Irhá. Además de eso, solo entiendo mi propio temor. Nada evita que siga pensando en el asunto, con el resultante efecto de no poder dormir. Me pongo de pie y voy al otro cuarto. Le doy un beso a Papo; luego, a Yuni, y, luego, a los infantes, Larito y René. Siempre los cuido y siento que soy su verdadera madre, porque mami ni caso les hace. No quiero que vean a Nam Irhá ni que los asuste. Daría mi vida por ellos. Por eso, me propongo buscar una forma de erradicar su presencia de la casa.

Le cuento lo sucedido a Mamá Yaya y tití Úrsula. Se miran preocupadas. Se van a su cuarto para dialogarlo entre ellas. Me acerco a la puerta para escucharlas.

—¿Tú crees que sea él? —pregunta tití Úrsula.

—No quisiera ni pensarlo —responde Mamá Yaya.

—¿Y si lo es, qué podemos hacer? —Mamá Yaya susurra algo. No logro descifrar lo que dice.

Me hacen despojos y lavados. Me entregan amuletos, crucifijos; me enseñan varios rezos y encantamientos que conserva tití Úrsula en un libro viejo que tiene en un altar en su casita en Maunabo, y me recomiendan preparar ofrendas a los Orishas. Me dicen que prenda incienso en la casa y que tenga sal alrededor de mi cama, por si acaso.

—Esperemos que esto te funcione, mija. La otra forma de lidiar con demonios es muy terrible, muy malo.

—¿Por qué?

—Porque involucra la más terribles de las magias. La magia de la sangre.

—¿Cómo así?

—Los diablos son atraídos por la sangre, pero también pueden ser atados con ella. La sangre de Cristo es la más poderosa, pero cualquier sacrificio de sangre humana inocente sirve para atar la voluntad de los demonios o volver a encerrarlos en el infierno del que se escaparon. Pero el precio es muy alto, algo que nadie debe estar dispuesto a pagar, un boleto para el mismo infierno. Tú mejor sigue nuestros consejos y ya verás que esa cosa no te molesta más.

Observo todas sus recomendaciones. Nada me sirve. Todas las noches vuelvo a tener el mismo sueño. Se lo cuento a mami. Al principio la veo pensativa, sin decir nada, pero luego recobra su rostro usual, duro, antipático.

—Eso son sueños de puta. Tú lo que tienes que hacer es dejar de estar buscando machos. Eso es lo que te tiene así. Estás pendiente a los cabroncitos

7

del barrio, ¿verdad? Como te coja con un macho, te voy a reventar hasta que sangres, ¿me oíste?

—Mami, no, no es eso. Ya lo he visto dos veces en la casa y todas estas noches me aparece en sueños. ¡Tengo miedo!

—¡Ay, déjame en paz y no seas tan pendeja! Lo único que sirves es pa joderme la existencia, mientras yo estoy aquí tratando de mantenerlos a ustedes. Malagradecidos que son también, ¡coño!

No insisto. Acepto encargos que me tienen ocupada después de la escuela durante los siguientes días. Cumplo con todos. Nadie se queja. Sé cómo curar el mal de ojo, cómo maldecir y conjurar, y cómo espantar espíritus malintencionados, pero no sé cómo espantar a Nam Irhá. Ni los lavados ni los crucifijos ni las plegarias ni las velas ni los rosarios ni los despojos ni los ayunos ni las ofrendas ni los rituales que hago evitan que sueñe con él, mucho menos prevenir sus visitas.

Se da otra sesión espiritista en casa. Nam Irhá vuelve a aparecer.

—Joana... Joana... Sé que me escuchas, Joana.

—¿Qué quieres conmigo, Nam Irhá?

—Ya sabes mi nombre. Vamos progresando.

—Estoy cansada de oírlo todas las noches. No me has dicho qué quieres conmigo.

—Lo que queremos todos los hijos perdidos de Omnia, lo que se nos ha negado por tanto tiempo...

—¿Quién es Omnia? ¿Qué es lo que quieren todos sus hijos?

Sus mil voces agudas se agravan, y su tono casual y burlón se torna como en una amenaza, cada sílaba alargada y pronunciada con un desespero ancestral, como el deseo de algo que siempre se ha querido y nunca se ha tenido, y sin tener muerte para apaciguar el malogrado deseo.

—¡Carne!

Todos vuelven en sí. Sin decir una palabra me voy a mi cuarto con mis hermanos, entre taquicardia y ansiedad. Busco en ellos un cierto sentido de seguridad. Les beso, abrazo y prometo que todo va a estar bien.

En la mañana, llega una muchacha llamada Perla, una de las mujeres más voluptuosas del barrio. Mami siempre habla mal de ella, a pesar de ser una de las pocas mujeres profesionales y exitosas de Paso Seco. Hoy, sin embargo, le llega como cliente. Le dice que tiene un problema; que necesita su ayuda, y, sobre todo, su discreción. Mami accede a brindar sus servicios luego de que acuerdan sobre un precio. Me hace ir con ella al cuarto con una olla llena de agua. Prende velas y tira bolsas plásticas sobre la cama de pilares. La muchacha se desviste y revela un vientre brotado con las primeras señales de un embarazo. Mami le soba la panza a un Buda que tiene sobre un tablero, junto a una estatua de la Virgen y santos tallados en madera, varias miniaturas de elefantes, y velones encendidos en frascos con el rostro de Cristo y San Miguel Arcángel.

El cuarto no tiene mucha iluminación; la bombilla irradia una luz tenue, y las velas no ayudan. Impera una fragancia de alcoholado e incienso. La muchacha se trepa a la cama de pilares. Mami toma un gancho de alambre, le deshace su forma para que quede alargado con un ganchito mucho más reducido en su punta. Lo lava en el agua y en el alcoholado. Le introduce el alambre a Perla por la cavidad vaginal y lo empuja hasta su útero. A Perla se le escapan gritos de dolor mientras mami le descuartiza el feto con el alambre y, luego, le saca los pedazos poco a poco, hasta que quedan sobre el plástico cantos de carne muerta, trozos de placenta, sangre y líquido amniótico.

Mami sale del cuarto con Perla para lavarla y desinfectarla en el baño, y me ordena limpiar todo. Voy por paños y detergentes a la cocina. Cuando entro al cuarto, lo veo aparecer en una esquina. La luz de la bombilla se vuelve intermitente, y su movimiento se muestra entrecortado por el alternado entre la oscuridad y la luz.

—Zitzaida sabe cómo alimentar al hambriento. Y tú, Joana, ¿saciarás mi sed?

No le respondo. Nam Irhá se dobla, lame la sangre con su lengua extensa. Bate sus alas en placer y se come la carne sobre la cama. Su rostro se retuerce cuando lo hace, como si en un éxtasis de gestos exagerados y profusos, como si su placer fuera interminable. No deja de gritar mientras lo hace. Tapo mis oídos para no escucharlo. Trato de no observar el vacío oscuro de sus ojos que me roban la voluntad de moverme y pensar, pero me resulta difícil desconectar mi mirada de la suya. Cuando termina, me contempla fijo entre la luz intermitente. Su semblante revela un deseo sádico. Me recuerda a Manuel cuando llega borracho y obliga a mami a tener sexo con él en la sala, mientras me mira a mí como con ganas de hacerlo conmigo, y corro a encerrarme en el cuarto con los nenes. Nam Irhá me mira así y se arrastra en la cama agitando sus alas en desespero. Extiende sus brazos y sus garras en mi dirección, saca de nuevo su lengua puntiaguda y negra de entre sus colmillos, y la pasa por encima de lo que pudieran haber sido sus labios. Ya no puedo moverme. Veo su figura desplazarse a la orilla de la cama más próxima a mí. Sus dedos se extienden hasta mi pecho, que ya empieza a brotarse con las primeras muestras de la pubertad.

La puerta se abre, y la luz del día penetra la mustia habitación. Nam Irhá se desvanece, y me libro del trance. No hay evidencia de los restos del feto sobre la cama.

—¡Nena, pero qué rápido limpiaste eso!

No digo nada. Saco las bolsas y termino de limpiar antes de que mami salga del cuarto.

Perla se viste y sale cojeando de la casa. Mami le advierte de los cuidados y la limpieza que debe observar todos los días; nada de contacto sexual hasta que se recupere y visitas al médico en caso de que se infecte. Mami sale a celebrar su dinero recién adquirido en la barra de don Carmelo. De seguro me espera una pela cuando regrese ebria, como acostumbra. Me deja al cuidado de Papo, Yuni y Larito.

Evito su cuarto. Completo varios encargos de personas que me han pedido soluciones a problemas que nadie más les puede resolver.

Al rato, me reúno con los nenes, después de hacerles un arroz blanco con habichuelas, sin mestura porque no dio para carne. Mami tiende a quitarme el poco dinero que gano para usarlos en juegos de azar, o simplemente para beber. Cuando puedo lo escondo, pero es muy sagaz para encontrar los chavos.

Papo me hace muchas preguntas, pero satisfago su necesidad de saber con cuentos que me invento. Antes de acostarlos a dormir, les leo la Biblia otra vez.

—¿Por qué Caín mata a Abel? —pregunta Papo.

—Creo que se enojó porque a Dios no le gustó su ofrenda. A Dios le gustó la de Abel, porque fue una ofrenda de sangre.

—¿Por qué a Dios le gusta la sangre?

—Creo que de ahí viene su poder. Mamá Yaya dice que la magia más poderosa viene de la sangre.

Mami regresa gritando mi nombre en la noche. Les digo a los nenes que se queden en el cuarto y que no salgan. Le abro la puerta antes de que el barrio entero se entere que está borracha otra vez. Manuel está con ella, igual de ebrio. Mami entra tambaleándose y se tira sobre el sofá de la sala. Manuel cierra la puerta. Me muevo rápido para irme de la sala hacia al cuarto, pero cuando me volteo, veo a Nam Irhá parado detrás de la mesa en el comedor. Miro hacia atrás. Ya Manuel le ha abierto la cremallera del mahón a mami de un tirón. Vuelvo a mirar a la cocina. Nam Irhá comienza a correr en mi dirección mientras se me escapa un grito involuntario. El cuerpo ocre del ente me atraviesa, y casi siento que me desmayo. Resisto. Me muevo hacia al frente y me doy la vuelta. Veo a Nam Irhá agarrarle la cabeza a Manuel. Él no aparenta darse cuenta. Nam Irhá mete sus brazos en su cuerpo, pero no lo lastima. Poco a poco logra insertar su monumental forma dentro del cuerpo de Manuel, hasta que solo queda una figura frente a mí.

Manuel se levanta, dejando a mami en el sofá, ya dormida de su embriaguez, y se da la vuelta. Pero cuando se vira, ya no veo a Manuel, sino a Nam Irhá sonriendo y dando unos primeros pasos hacia mí. Corro para el cuarto, pero me atrapa con sus poderosos brazos, me lleva a la fuerza hasta la habitación de mami y me tira sobre la cama.

—La sed, Joana. ¡La sed! ¡Es hora de saciar la sed!

Trato de escaparme. Pero las puertas se cierran y no logro abrirlas. Nam Irhá vuelve a agarrarme y me pincha sobre la cama. Desgarra mi ropa, prenda por prenda, hasta dejarme expuesta. Toca mis pequeños senos e introduce una garra por mi entrepierna y la mueve adentro. Me susurra algo en el oído. Pero su susurro es como un grito infernal.

—Eres mía, ahora. ¡Mía! La descendencia de Moncho el Continente me pertenece. ¡Mi permanencia en este plano se perpetuará a través de los ritos de la carne!

Me penetra con un pene ocre que le brota erecto de entre sus piernas arrugadas y aceitosas. El dolor es intenso. Es demasiado grande para mi cuerpo y casi siento que me desgarra. Nam Irhá no tiene cuidado, su sed por mi carne es incontrolable. Empuja constantemente dentro de mí, mientras sus alas se expanden cubriendo la poca luz y tirando su sombra sobre mi cuerpo invadido. Me lame con su lengua puntiaguda, me toca por todos lados con sus garras filosas, y se chupa la sangre que me hace brotar de las cortaduras. Sus gritos llenan el cuarto mientras su placer aumenta. Su éxtasis le hace pronuciar palabras en un idioma que no entiendo, y una multitud de voces se unen a su voz ya multitudinaria.

—Ahriahriman. Ahriahriman. Ahriahriman. Ahriman.

Otros entes rodean la cama para ver el espectáculo. Tratan de tocarme con sus manos, garras y extremidades deformes; de sacarlo del cuerpo de Manuel y tomar su lugar, pero no lo logran; solo Nam Irhá parece tener poder en este mundo. Otra vez, escucho ese coro grave, garrasposo, entonarse a mi alrededor por las figuras que pueblan el escenario de mi tortura.

—Ahriahriman. Ahriahriman. Ahriahriman. Ahriman.

Miro a los santos, al Buda, al Cristo y a la Virgen sobre el tablero de mami, y les ruego a todos que me libren, pero Nam Irhá sigue sobre mí, llegando a su éxtasis numerosas veces. Su respiración es como la de un rugido de leones frenéticos, incesante entre sus cantatas del ultramundo. Me moja con su saliva ácida, que chorrea de su boca mientras hace un intento de pegármela para besarme. Me inserta su lengua hasta casi tocar mi garganta, haciéndome toser y dejándome un sabor a azufre en la boca.

—Así te quería ver, Joana, como la puta que siempre se imaginó tu madre que eras. Una eternidad de espera ha valido la pena para saborear tu carne. Las deudas de los padres las pagarán los hijos —Nam Irhá saca su pene y me inserta su lengua en la vagina. Me saborea toda. Sus colmillos rosan mi entrepierna. Su piel arrugada y aceitosa se sienten casi como una plancha caliente. Vuelve a penetrarme. Vuelvo a gritar, pero Nam Irhá grita sus improperios sobre mi voz, sus aullidos como un matadero de cerdos multiplicada en su garganta amplificadora mientras llega al orgasmo. Mi cabeza no aguanta más el ruido, y casi me desmayo cuando eyacula algo caliente en mi vientre que me da la sensación de quemarme las heridas internas. Su eyaculación es prolongada. Me hace presión adentro y, luego, se desborda, dejándome toda mojada con su semen verde, mi sangre, su saliva y mis lágrimas.

Mi llanto y mis gritos pasan desapercibidos. Nadie llega para socorrerme. Nadie llega a preguntar qué pasa. Nam Irhá culmina su acto.

—La sed, Joana. Vendrá otra vez. La sed nunca se sacia. Necesito carne nueva. La deuda no se ha pagado. ¡Mi presencia debe perpetuarse para siempre a través de la carne tierna de los hijos de Continente!

Se aquieta y calla. Cuando abro los ojos, Nam Irhá ya no está ni los entes que fueron testigos de su acto, solo el cuerpo desnudo de Manuel tirado inconsciente sobre mí. Lo empujo, sacando su pene ya flácido de mi cuerpo, y lo pateo constantemente hasta que cae al piso. Lo sigo pateando mientras sigo llorando y gritando.

Me paro y me pongo una camisa de mami. La sangre mancha la tela de la camisa. Aún siento dolor y me pregunto por qué nadie vino a socorrerme, por qué nadie escuchó mis gritos ni los aullidos del demonio. Me dirijo hasta la puerta. Se abre sin resistencia. Escucho a los nenes llorando en el cuarto. Saco el pestillo y abro la puerta. Los nenes están en una esquina todos juntos. Nam Irhá los mira desde la otra con su lengua por fuera.

—¡Déjalos en paz! —le grito.

—¡La sed, Papo, la sed!

—¡Mis hermanos no!

Corro hacia ellos y los abrazo. Los mancho con los fluidos que humedecen la camisa y la piel. Veo a Nam Irhá moverse hacia el pasillo.

—¡Quédense aquí! —les ordeno.

Sigo tras Nam Irhá. Lo veo dirigirse a la sala. Desde el pasillo percibo sombras despavoridas correr en todas las direcciones. La luz se vuelve intermitente otra vez. Hay voces espectrales que llegan a mis oídos desde toda la casa. Las puertas hacen coro según se tiran, se abren y se vuelven a tirar. El canto mezquino se entona de nuevo entre el correteo de las sombras:

—Ahriahriman. Ahriahriman. Ahriahriman. Ahriman.

Recuerdo las palabras de mamá Yaya y tití Úrsula. Sé que no tengo opción, necesito sangre. Me dirijo a la cocina y agarro un cuchillo.

Me acerco a la sala. Mami está aún tirada ahí, roncando. Nam Irhá se inserta en su cuerpo. Mami se pone de pie, pero solo veo la figura de Nam Irhá, volviéndose como una torre mobiliaria con su aspecto deforme y sus alas siempre colgando.

—No hay nada que puedes hacer, Joana. Esta casa es mía ahora, y toda la carne será mía también.

Corro hacia el cuarto de los nenes, quienes no han dejado de gemir. Tranco la puerta con pestillo. Me recuerdo otra vez que necesito sangre. Necesito proteger a mis hermanos de Nam Irhá. No quiero que vivan el infierno que acabo de vivir. La puerta retumba violentamente. Nam Irhá trata de derribarla desde el pasillo. Los nenes gritan y lloran más fuerte. Me acerco a ellos y me arrodillo.

—Cierren los ojos y oren a papito Dios. Los niños pertenecen en el cielo. Él los va a salvar.

Me obedecen. Recitan la misma plegaria que les enseñé.

Los contemplo, les acerco el cuchillo y me tiembla la mano. Sé lo que tengo que hacer para salvar a mis hermanos y me pesa. La vida es un ciclo de crueldades. No hay bien que pueda opacar el dolor de estar vivo. Sé que en vida nunca podré defenderlos del mal abundante de la existencia. Necesitan estar con Dios.

Nam Irhá no ha dejado de patalear la puerta que aún no ha cedido, pero sé que no hay puerta lo suficiente fuerte para mantener a los niños a salvo. No hay pestillo que contenga la furia de los demonios, la brutalidad del ser humano. Empiezo a llorar. Le doy un beso a cada uno de los nenes en la mejilla. La desesperación y la angustia se apoderan de mi cuerpo. Tengo que ser fuerte, me repito internamente. El mal solo lo vence un mal mayor. Lo sé ahora, lo sabré para siempre. Me despido de mis hermanitos en silencio, y me despido de mí misma. Necesito sangre, sangre inocente. Daría sus vidas para protegerlos.

La puerta finalmente cede, y la sombra de Nam Irhá se desparrama como magma negro, fluyendo desde el cuerpo de mami hasta la mitad del cuarto, trayendo un calor intenso consigo. Los nenes siguen rezando. Contemplo a mi oponente. Se acerca una pisada a la vez, con caminar pesado, como si le costara mantener control de un cuerpo ajeno. Una sonrisa marca su boca; sus dientes amarillos brotados en deliciosa lujuria; sus alas bailando con sus sombras; sus manos extendidas, dispuestas; su aliento pesado. Nam Irhá está sediento otra vez.

—¡Mis hermanitos no, hijo de puta!

Mi mano deja de temblar. Le tapo la boca a Papo y lo traigo hasta el piso, boca arriba. Ofrece resistencia, pero no puede con la fuerza que me ha dado la furia contra Nam Irhá, mi celo por mantenerlos alejados de sus garras.

—Dios te llama, Papo. Me pide tu sangre. Respira profundo.

Un gemido sofocado le brota al niño mientras lo degollo delicadamente, dándole un último beso; Yuni mira aterrorizada.

—No te preocupes, Yuni. Todo acabará muy pronto.

La sangre inunda el piso del cuarto como una alfombra roja desplegándose en la oscuridad, mientras Papo da sus últimos movimientos de vida; su postrer aliento llena el cuarto de un frío singular, apaciguando el calor infernal que trajo consigo el espíritu maligno, sediento de carnes ajenas. Una legión de demonios nos rodea, evitando el paso de Nam Irhá.

—¡Maldita! ¡No estás lista para pagar el precio! ¡No estás lista!

Agarro firmemente a Yuni y me levanto para enfrentarme por última vez a mi oponente. René y Larito lloran y gritan desde la cuna. No entienden lo que pasa. Me enfrento a Nam Irhá, determinada, seria, mis labios cerrados, firmes como las tumbas viejas que saben que no hay resurrección que revoque su poder eterno. Tapo los ojos de Yuni. Le doy un beso para que sepa que lo hago por amor. Corto un surco profundo, de lado a lado, abriendo su yugular, como queriendo liberar su espíritu de la carne que la ata a los dolores de la mortalidad.

—¡Ahora estarán donde nunca probarás su carne!

Se puebla la casa de voces otra vez. Sombras se mueven por los espacios vacíos, alborotados, como si se hubiera roto un delicado equilibrio, tirando a la nada un orden no escrito, no dicho. Ahora solo reina el caos. Yo soy el caos. Me pertenece. Escucho a los demonios hablarme, esta vez más claro que antes, y sé que ellos me escuchan a mí. Muevo mis manos para dar órdenes. No tengo que hablar. Su poder es mío.

Me acerco a Nam Irhá con la furia de todos los demonios y lo agarro por su lengua; lo halo hasta que su forma es arrancada del cuerpo de mi madre, que cae al piso todavía inconsciente de la embriaguez. Lo arrastro por todo el suelo del cuarto, donde se ha abierto una especie de portal de fuego azul, púrpura y negro, que se extiende por el techo, como un abismo hundiéndose hacia el cielo desde donde se escuchan los gritos de un mar de gente que sufre la eternidad del azufre del odio de Dios, y lo empujo para que sea elevado a ese cielo de fuego eterno y no vuelva más. Lo veo ser succionado lentamente, pero lo escucho reírse mientras se eleva. En cada mano sujeta fuertemente una sombra pequeña. Dos espíritus pequeños que gritan mi nombre sin cesar. Reconozco sus voces de inmediato.

Caigo al suelo hundiéndome en un abismo de remordimiento. Mi rostro se retuerce cuando grito sus nombres. Mis lágrimas me llegan como una tormenta inesperada en alta mar por última vez en mi vida. Mando a los demonios a sacarlos, pero cada uno es incapaz de evitar ser arrastrado al fuego del cielo-abismo bajo mi techo. Los otros demonios no se atreven. Ahora sé que no hay lugar seguro. El mundo es un caldero de demonios de carne y huesos. La muerte es solo el plato hondo donde se sirven los resquicios de nuestra maldad.

—¡Este es el precio, Joana! ¡Papo y Yuni me saciarán mientras llegue el día de mi retorno! Yaya y Úrsula me prometieron a los hijos de Continente.

¡La sed, Joana! —grita Nam Irhá antes de desaparecer en la nada del siniestro, llevándose consigo los tiernos espíritus de mis hermanos y lo que queda de mi inocencia y mi humanidad.

Se cierra el abismo.

Ya no siento nada. Ni dolor ni tristeza ni remordimiento ni culpa.

—No me miren así. Tenemos mucho trabajo que hacer. Tienen permiso a poseer a quien les dé la gana, excepto a René y Larito. A la primera que intenten tocarlos, se irán al carajo con Nam Irhá. Vamos a empezar con la cabrona que le abrió la puerta y al violador que tiene por marido.

Mami está tirada en el piso sobre la sangre de sus hijos. Abro la puerta y busco el cuerpo de Manuel. Le pongo el cuchillo en la mano después de hacerme varias cortaduras. Llamo a la policía y, entre grito y grito, les suplico ayuda. Cuelgo justo después de darle suficiente información, pero dando a entender que alguien cortó la comunicación. Entonces me tiro sobre Larito, encharcado en la sangre de Papo y Yuni. Me hago la inconsciente y dejo correr el caos. Me dejo inundar de poder y saboreo el dulce placer de la maldad.

El cuco te va
a comer

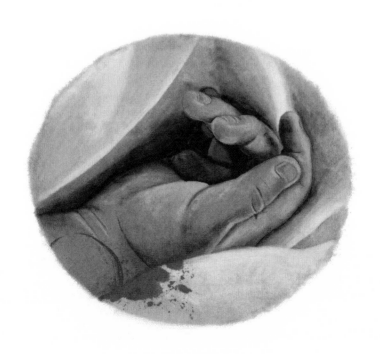

ami me advirtió de los peligros de no obedecer.

—Te va a comer el Cuco —me decía. Pero yo nunca le creí. Hasta que una noche, en medio de una de mis rabietas infantiles por no querer dormir, me dijo:

—¡El Cuco te va a comer! —y, después de obligarme a meterme en la cama y apagar las luces, quedé insomne. Hacía frío, algo inusual para una noche de verano en nuestra casa. Mis sábanas finitas apenas me podían proteger de él. En medio de mi desvelo oscuro y silente, un ruido desde mi ventana me hizo brincar. Al agudizar mi audición, distinguí un gemido como de un niño llorando. Luego, escuché sostenerse por largo rato el sonido rasposo de un gruñido. Cuando por fin tuve el coraje de quitarme la sábana de encima, pude apreciar una sombra que se formó detrás de las ventanas de aluminio que estaban entreabiertas. Por más de media hora no se movió, y yo, igual, permanecí inmóvil, no atreviéndome ni a respirar. Pero no pude quedarme sin saber que había más allá. Por eso, muy lentamente, me levanté y me deslicé en silencio hasta la ventana desde donde notaba la silueta y se escuchaba ese raspar de garganta y ansia que no había parado desde que comenzó. Mi mano temblorosa agarró la manigueta, y le di vueltas lentas e intermitentes hasta que se ensancharon las aperturas de las ventanas desde donde pude ver, entre las rendijas, un cuerpo oscuro y unos ojos blancos que me observaban como con hambre. Una garra se coló de momento por una de las rendijas, rompiendo el escrín e infligiendo una cortadura redonda sobre mi muñeca. Cuando, movido por el dolor, comencé a gritar y a cerrar la ventana con desespero, la figura se desvaneció, y yo quedé solo para contemplar lo ocurrido.

Mami no supo cómo reaccionar ante la escena cuando entró minutos más tarde atraída por mis gritos. Simplemente me consoló y, después de lavarme la mano sangrante, me llevó a dormir con ella. Días más tarde, la escuché hablando de lo ocurrido con abuela Delia mientras yo jugaba Súper Nintendo en el cuarto con mi hermana mayor. Lo puse en pausa cuando me di cuenta de que hablaban de mí.

—¿Qué tú crees, mami?

—Que no debes volver nunca a decir ese nombre ni para asustar al nene, y ni se te ocurra decir que se lo coma.

—Entonces, ¿es verdad lo que el nene dice?

—Nunca debes dudar del miedo de un niño.

Me miré la muñeca. El círculo rojizo aún me ardía. Juré nunca invocarlo en mi vida. Pero, los años son traicioneros, y la madurez distorsiona la realidad y los recuerdos hasta hacernos suprimir los horrores y dolores más punzantes, convenciéndonos de su irrealidad, y dejando cicatrices que nunca curan, pero que no pueden prevenir el retorno de los monstruos de la infancia.

* * *

—Pórtate bien con papá, Gaby.

Mariela besa a nuestro hijo, me sonríe, se despide de Andrés, y camina hasta la miniván, donde la espera en el asiento del pasajero Reynaldo, su marinovio de hace tres meses. A medio camino se da la vuelta y me dice en voz alta— Me llamas cualquier cosa, ¿sabes?

—Vale, chula. Cuídate. Gaby, dile adiós a mamá los tres meneamos nuestras manos en el aire en señal de despedida y, una vez vemos la miniván alejarse de la calle, entramos juntos a la casa. Andrés le lleva los maletines al cuarto.

El nene corre hasta la sala y prende el Nintendo, según su hábito al llegar de la escuela.

—Mira, mi amor, ¿no tienes tareas?

—No. Terminé todo en la hora de tutoría con misis Viera —me lo dice sin mirarme. Ya está metido por completo en el juego de Mario. Lo contemplo con orgullo. Siempre quise un hijo que fuera tan geek como yo. Lo dejo jugar libremente, pero, a veces tengo que regañarlo porque no quiere participar de otras actividades, por lo que le obligo a salir a jugar en el patio de vez en cuando, y tengo que velar que no se acueste muy tarde. Me da trabajo. Esto de ser padre cuando tienes espíritu de niño no es tan fácil. Por suerte, Andrés siempre es muy disciplinado y me ayuda con su sentido de estructura.

—Gaby, a las cinco nos vamos a comer fuera y después vamos a ver una peli en el cine. ¿Qué te parece? —le pregunta Andrés cuando regresa a la sala y se sienta a mi lado.

Gaby lo mira con su gran sonrisa y bambolea su cabeza en señal positiva. Le encanta el cine casi tanto como le gustan los juegos de video.

—Entonces, vete, y date un baño para ponerte bonito.

Gaby pausa el juego, y corre hacia el cuarto quitándose los zapatos y las medias mientras va de camino, dejando un rastro de ropa detrás de él, y yo le sigo el paso recogiendo todas sus prendas para ponerlas en su lugar. Corre hasta la ducha. Le coloco una toalla fresca en el baño, y le saco calzoncillos, medias, y una ropita recién planchada que le compré por la mañana. He sabido transferir mi sentido de vanidad a mi niño.

—Lávate bien —le recuerdo desde la puerta. Tiene la tendencia de solo lavarse el estómago y la cara. Bañarse, al parecer, es una tarea demasiado mundana y aburrida para sus gustos, y me toca asegurarme a que no renuncie del todo a su sentido de higiene personal. Si no lo hago, Mariela se encargaría de darme lata por no estar más pendiente.

Me voy para mi cuarto, me desvisto, y entro a la ducha. Al par de minutos, se me une Andrés. Me abraza por la espalda, y siente mi cuerpo. Me besa el cuello. Me viro y lo beso par de veces.

—No te emociones, bebo, que el nene está aquí.

—Lo sé —dice casi ignorándome.

—Te amo.

—Lo sé.

Me viro y termino de asearme. Luego salgo y dejo a Andrés en la ducha mientras me seco. Gaby me sorprende corriendo hacia mí todo mojado, y abrazando mis piernas.

—Nene, acabo de secarme. Mira el bache que estás haciendo —le digo, cogiendo otra toalla y secándolo— te dejé una toalla allá, tontín.

—No la vi, pa, y me gusta cuando me secas tú.

—Bueno, pero tienes que acostumbrarte a hacerlo tú solo. Ya no eres un bebé.

—No importa. Tú dices que siempre seré tu bebé.

Me río. Gaby sabe cómo usar lo que le digo en mi contra. Después de secarlo, me visto a medias. Llevo al nene hasta el cuarto y le busco la ropa que le planché, y lo ayudo a vestirse. Después de peinarlo y perfumarlo, termino de vestirme, mientras Gaby regresa a la sala para continuar con su juego de Mario. Andrés sale de la ducha, se viste, y sale a la sala a buscarnos.

—Vamos, Gaby, guarda el juego y apaga —dice.

Gaby obedece sin mucho problema, solo porque sabe que iremos al cine. Usualmente refunfuña y ofrece resistencia, y hasta le dan rabietas si sabe que iremos a algún lugar que detesta, como el supermercado o el hospital.

—Vamos a tomarnos un selfie les digo. Nos acomodamos todos cerca, y tomamos la foto. La subo a mis redes sociales, y nos montamos en el carro para disfrutar de la tarde en familia.

* * *

Ya está avanzada la noche cuando regresamos del cine y nos acostamos a dormir. Gaby me llama gritando desde el cuarto. Lo escucho tumbar objetos al piso. Luego, golpea la puerta. Al pasar los minutos continúa llamándome, repitiendo su lloriqueo hasta el cansancio. Lo ignoro. Trato de dormir y de perderme en sueños en medio de su alboroto sin fin. Ya escucho los tenues ronquidos de Andrés. Pero yo, después de media hora, aún no logro conciliar el sueño, y Gaby aún no se ha rendido ni se rendirá en el futuro próximo. Le pega más duro a la puerta. Andrés no lo escucha. Envidio su gran capacidad de dormir a través de los berrinches de nuestro hijo. Después de un rato, me empiezan a malhumorar sus perretas. Me salgo de la cama suavemente para no despertar a Andrés, y me dirijo a la puerta del cuarto de Gaby.

—Gaby, duérmete ya —le susurro.

—No quiero, papi. No quiero dormir. Déjame jugar Nintendo, pa.

—Tienes que descansar, nene. Mañana es otro día.

—Papi, por favor, no me dejes aquí solo. Me da miedo.

—No estás solo. Aquí estamos tus papás en el otro cuarto. Nada te va a pasar.

—Papi, por favor... papiiiii. ¿Y si viene?

—¿Y si viene quién? Gaby, deja la changuería, por Dios. ¿No crees que estás muy grande para estos papelones?

Gaby llora más fuerte y grita entre sus sollozos. Mi paciencia llega a su colmo. Se me escapa una amenaza sin querer:

—¡Si no te acuestas, el cuco te va a comer!

Gaby hace un silencio tan repentino, que hasta me asustó. Escucho con atención su respirar detrás de la puerta. Puedo sentirlo hiperventilando, pero no dice nada. Después de un minuto eterno, murmura algo en un susurro entre dientes, y apenas logro oírlo.

—Lo llamaste...

Me quedo pensativo, quiero recordar algo, pero no logro precisarlo. No digo nada. Me retiro de la puerta, y vuelvo a la cama. Empiezo a entender porqué las personas adultas asustan a los niños con esas viejas leyendas de barrio, pero no puedo dejar de sentirme culpable por hacer lo mismo.

—Eres un grandísimo hipócrita —me digo a mí mismo entre dientes.

La culpa me quita el poco sueño que me queda, y la oscuridad se intensifica como resultado del insomnio. Los sonidos de la noche se agudizan después de una hora mirando al vacío, cuando los ojos se acostumbran a la niebla negra de las horas tardías, y se distinguen vagamente las siluetas de objetos caseros, que se transforman en gárgolas malformadas a través de ese filtro espeso. De vez en cuando, el móvil vibra y prende la pantalla, indicando alguna notificación. Las paredes se estremecen con el encender y apagar de los enseres que solo se logran sentir a estas horas. Uno que otro perro ladra o aúlla en la urbanización, y, a lo lejos, los carros rugen sus motores sobre el asfalto maltrecho de la avenida.

En medio de esa cacofonía de sonidos tenues y casi imperceptibles, siento la presencia de Gaby a través de la pared. Mi instinto de padre me dice que aún no está dormido. Mi culpa me reclama que debo ir a buscarlo, darle un abrazo, pedirle disculpa, y llevarlo a dormir conmigo para que no sienta miedo en la noche. Pero algo indefinido dentro de mí insiste en que sea fuerte, que el niño debe aprender a crecer y manejarse solo emocionalmente para que madure. Doy vueltas en la cama. Andrés sigue hundido en su imperturbable somnolencia. Miro en su dirección un rato, aunque solo para observar su silueta. Luego, me viro otra vez. Me resigno a una noche sin sueño. Siento los pasos de Gaby, pequeños y suaves, sobre la losa de su cuarto, y percibo el sonido de su cuerpo metiéndose en la cama, con ese chillido particular que producen los resortes cuando se les aplica presión, y el movimiento de las sábanas cuando se intenta arropar por completo de pies a cabeza. Luego, vuelve a reinar el medio-silencio de la noche, con algún coquí colado del jardín, las chicharras, uno que otro gallo en la distancia, y la urbe que trata de dormir, pero que está tan insomne como mi conciencia una madrugada entre viernes y sábado.

Un leve cambio en la temperatura me hace temblar y extrañarme. Me arropo un poco más. Muevo mis ojos en dirección de la consola del aire; está apagada. Lo ignoro. Pienso en las tareas de la mañana, lo que le haré de desayuno a Gaby y Andrés, y a dónde los llevaré a pasear, qué libro le leeremos al nene en la tarde, y cuánto tiempo lo dejaremos jugar Nintendo.

Tenerlo solo los fines de semana es difícil porque tengo que tratar de hacer tanto con tan poco tiempo...

Siento un movimiento en la casa que me saca de mi trance. Muy despacio, me viro en dirección de la puerta del cuarto. No veo nada en la entrada hacia el pasillo, solo negrura, pero tengo la impresión de que hay algo presente. Mi piel se eriza y mis ojos se llenan de lágrimas, como cuando le cuentan a uno alguna historia de fantasmas en una fogata en el campo. Otra vez, mi memoria trata de invocar algo de mi pasado, pero falla.

Necesito dormir. La noche ya me traiciona los nervios me susurro para tranquilizarme. Escucho los resortes de la cama de Gaby. Está inquieto, como yo.

Ruash, ruash.

Me siento en la cama. Se oye algo como raspando alguna pared o algún piso, pero no puedo adivinar su dirección. Sé que es dentro de la casa. Prendo mi lámpara de noche, y tomo mi celular en mano. Enciendo la luz del flash, y alumbro mi camino a través del pasillo, hasta atravesar toda la sala, el comedor, el family, la biblioteca familiar, y el baño del pasillo. Nada. Escucho unos pasos detrás de mí. Me giro. Nada. Prendo la luz del pasillo. Nada. Apago. Escucho pasos nuevamente mientras una sombra se pasa hacia el final del pasillo y posa frente a la puerta del cuarto de Gaby. Enciendo la luz. Nada. Cuando apago de nuevo la luz, tampoco veo cosa alguna...

—Por mi madre que me estoy volviendo loco.

Voy de regreso hacia la cama, cuando escucho abrirse el pestillo del cuarto de Gaby que pusimos en el lado del pasillo para que no se salga cuando le dan sus berrinches. El chillido de la puerta abriéndose me produce un espanto indecible, pero más el grito de horror de Gaby. Salgo corriendo hacia allá. Agarro la escoba que estaba recostada contra una de las paredes cercanas, y enciendo la luz del pasillo, y luego la del cuarto de Gaby tan pronto entro corriendo. Andrés llega poco después de mi todo desorientado y asustado por la conmoción y el alboroto.

—¿Qué pasó? ¿Qué pasó?

Lo ignoro de momento. Voy donde Gaby y lo abrazo, y él a mí. Le rebusco en el cuerpo por alguna señal de daño físico. Le encuentro un pequeño círculo en la muñeca que está sangrando levemente. Miro alrededor mientras trato de encontrar en mis recuerdos por qué se me hace tan familiar esa herida. Investigo el armario. Me arrodillo y miro bajo la cama. Luego, voy a cada una de las ventanas y miro hacia fuera. Rebusco por toda la casa tratando de hallar alguna persona o presencia. No encuentro señal de vida más allá de mi familia.

—Pero ¿me van a decir lo que pasó, o qué?

—Alguien estuvo aquí, por mi santa madre, Andrés. Alguien entró a la casa. Abrió la puerta del cuarto del nene y, no sé cómo, pero de alguna forma se tuvo que haber escapado.

Andrés corre a través de todo nuestro hogar. Enciende todas las luces, verifica las puertas del comedor, de la sala, y la puerta de la marquesina, mientras yo intento curar y calmar a mi niño. En unos minutos, Andrés vuelve.

—Manasés, me imagino que lo tuviste que haber soñado, chulo, porque aquí no hay nadie, y la puerta de al frente, de la marquesina y el comedor están cerradas. No hay otra forma de entrar o salir, porque las ventanas son Miami. No hay forma que alguien pueda escapar por una de esas sin romperla.

—Pero, ¿y la herida del nene, cómo la explicas?

—Apenas es un rasguño, y no sería la primera vez que, en sus pataletas, se lastimara él solo tirando cosas al piso por conchú.

—Pero es que te lo juro por lo más santo, escuché pasos, y vi a alguien en la oscuridad, y cuando me fui a acostar, alguien abrió la puerta de Gaby. Él no lo pudo haber hecho desde adentro.

A lo mejor dejaste el pestillo mal puesto, y, ya sabes, a veces el efecto del viento hace que estas puertas se abran si no están bien cerradas. Es normal. Creo que estás muy tenso, mi amor. Trata de descansar. Vamos.

Las palabras de Andrés no me reconfortan. Sé lo que vi y escuché. La cara de Gaby delata completo horror, pero no dice nada. Ya ni siquiera llora.

—¿Tú viste algo, Gaby? le pregunta Andrés.

Gaby asiente, pero se queda callado.

—Pues yo no sé, pero creo que voy a dejar que Gaby duerma con nosotros lo que queda de la noche. Si no por él, por lo menos para yo estar tranquilo.

—Como tú quieras, mi amor.

Regresamos al cuarto de matrimonio y cierro la puerta con seguro. Acostamos a Gaby en medio de ambos y nos acomodamos. Les beso y apago las luces. Andrés no tarda en dormirse de nuevo. Gaby está arropado de pies a cabeza, pero sé que no se dormirá en buen rato. Sobo su cabeza por encima de la sábana para tratar de hacerlo sentir más tranquilo y a gusto, pero no logro el efecto ni en mí mismo.

Los ruidos nocturnos vuelven a cobrar mi atención. Al principio, solo son los ronquidos de Andrés. Luego, los vaivenes de la ciudad nocturna, seguida por las criaturas vespertinas y los electrodomésticos que nunca descansan. Quisiera que el silencio fuera absoluto. Pero el medio-silencio de la noche es mucho más siniestro, y el episodio inexplicable de hace una hora me hace cobrar conciencia de todo lo que esconden esos ruidos diminutos de las horas soñolientas de la media noche del diablo.

Ruash. Otra vez el rascar indefinido llega a mis oídos. Abro los ojos y presto atención.

Ruash, ruash. Levanto mi cabeza, y miro a la negrura, otra vez, mis ojos llorosos.

Ruash, ruash, ruash. Se vuelven más rápidos y frecuentes.

Ruash-ruash, ruash-ruash. Entonces el chillido familiar de resortes comprimidos llega hasta mi cuarto. Sé que no estoy soñando... hay algo en el cuarto de Gaby. Debato si debo levantarme, medio paralizado por el miedo. Mi pasado en la religión me ha predispuesto a ser supersticioso, aún años después de haber abandonado las creencias fuertes de mi niñez y adolescencia. La religión es como la guerra, sus efectos a la psique nunca se superan por completo.

Mientras me decido sobre cómo proceder, siento un respirar pesado colarse desde el pasillo, como un coro de ancianos asmáticos y con pulmonía luchando por agarrar un sorbo de aire. El respirar se acerca hasta que lo siento detenerse frente a la puerta de mi habitación. Siento que mi corazón quiere estallar dentro de mí. Escucho a Gaby comenzar a llorar en silencio.

—¿Qué te pasa, mi vida?

—Está allá afuera me susurra.

Ruash. El rascar es inconfundible ahora. Se produce sobre la puerta desde el pasillo. El ronquido-respirar acelera como si queriendo quebrar la puerta con su intensidad.

Ruash-ruash.

Suprimo mi cobardía, y enciendo mi lámpara de noche. Me levanto.

—¡Papi, no abras la puerta! —me dice Gaby en un susurro exasperado.

—Hay algo en la casa, a lo mejor es un animal.

—No, pa. Es el Cuco.

—Papi, el Cuco no existe. Es algo que decimos las personas grandes para asustar a los niños.

—Es el Cuco, papi ,y comienza a llorar de nuevo.

—Sigo hacia la puerta, hago como que voy a abrirla.

Ruash. Mi mano se detiene.

—Si la abres, va a entrar. No abras, papi, por favor.

No sé qué hacer. Una parte de mí es un niño tan miedoso como mi hijo de ocho años. Otra parte de mí quiere comprobar que no hay nada, que es solo la noche jugando con mi imaginación y mis viejas supersticiones.

Ruash, ruash. Se resume el respirar-ronquido tras la puerta acompañado de un leve jamaqueo a la puerta que, de no haber estado frente a ella, no lo habría notado. Me echo hacia atrás. Miro mi mano y noto la cicatriz casi desaparecida de una cortadura de hace muchos años. Mi mente viaja a mi infancia. Veo una silueta más allá de las rendijas de una ventana. Unos ojos blancos me miran, y una garra llega hasta mí para cortarme.

Cedo ante el niño en mí y regreso a mi cama, cerca de Gaby y Andrés. Me acurruco bajo la sábana; sostengo mi celular en mano para alumbrar en caso de que sea necesario; mantengo la luz de la lámpara prendida; y me quedo mirando fijo la puerta por el resto de la noche.

* * *

Los sonidos cesan cuando llega la luz, y amanezco con los nervios de punta, con los ojos morados, desprovistos de sueño. Gaby finalmente se durmió después de unas horas, pero yo me hice resistir el sueño. Andrés, inconsciente de todos los ruidos extraños que invadieron la casa mientras dormía, se levanta temprano. Se mete al baño del cuarto y enciende la ducha. Me levanto tembloroso y me pego a la puerta. No logro escuchar nada ni ronquidos ni respiraciones ni movimientos ni ruidos rascosos. Finalmente, me animo a abrir la puerta. Después de mirar en cada dirección, examino el lado de ella que da hacia el pasillo. Mi corazón se agita cuando veo todas las rasgaduras en la madera.

* * *

Juegos, cuentos, comida y cine. Me distraigo jugando con Gaby, tratando de que se olvide de todo lo de anoche. Lo logro por ratos, pero a veces me lo recuerda cuando me siento distraído.

—¿Papi, y si viene el Cuco otra vez?

—El Cuco no existe, Gaby. Y si existiera, papá está aquí para protegerte.

Luego, le hago cosquillas para que no insista sobre el asunto y me voy a correr con él al patio. Andrés tiene serias interrogantes sobre lo sucedido. No se deja creer en mis relatos de infancia. Pero a veces noto la duda en sus ojos cada vez que mira las rasgaduras en la puerta del cuarto.

—Debe ser algún animal, no hay de otra. Quizás un mono de esos escapados...

Pero ni él mismo logra convencerse. Es demasiado escéptico para eso. Y yo, mientras tanto, no puedo olvidar la cacofonía del respirar asmático y los arañazos, la figura de la sombra entre la niebla de la oscuridad, una masa deforme, moviéndose como una espuma negra. Los recuerdos plagan mi mente el resto del día. Me duele la herida sobre la muñeca. Gaby también se queja.

—¿Y si vuelve el Cuco? —me pregunto a solas.

* * *

Gaby juega Zelda, y yo lo miro para entretenerme. Me sé todos los secretos, pero nunca le cuento. Quiero que viva ese sentimiento de aventura y descubrimiento solo, como yo lo sentí de niño. Perdido en el juego, escucho los pasos de Andrés. Se sienta en el brazo del mueble y me soba la espalda. Me hace mirarlo y me pide un beso con su mirada.

—Te amo.

—Y yo a ti.

—Gaby, bebé, apaga el juego, que ya mismo va a ser hora —Gaby refunfuña, y hace caso omiso.

—Mira, nene, te hablé. Hazme caso.

—Déjalo por hoy, Ari. Total, mañana es domingo, y no tenemos planes. Yo todavía no me pienso acostar.

—Bueno, tú sabrás.

—Solo por hoy.

Gaby pausa el juego, corre hacia mí y Andrés, y nos besa a ambos de pura alegría; luego, se pone a jugar nuevamente. Por dentro, me siento culpable. Nunca le llevo la contraria a Andrés en estos asuntos, la disciplina ante todo según acordamos, por el carácter de Gaby. Pero las horas mustias llegan más pronto de lo esperado, y cada recoveco oscuro comienza a tirar una mirada torcida y larga sobre mi ánimo y conciencia, y me pregunto qué insanias ruidosas traerá consigo la noche. El desvelo me espera de nuevo.

—¿Café a esta hora, Manasés? Qué raro, pensé que no eras muy amante al líquido de los dioses.

—Nunca dije que no me gustara.

—Con eso de seguro no dormirás tampoco hoy, bobolón.

Justo mi intención, pienso. Andrés se marcha a cambiarse de ropa y a leer en el cuarto antes de acostarse a dormir. Me quedo mirando el juego de Gaby, taza en mano. El café me da vigor por buen rato. Hasta me cambia el ánimo y, por un breve momento, me burlo de mí mismo por ser tan crédulo. Pero pronto mi mente vuelve a reproducir las imágenes de la respiración chillona, los arañazos, la sombra y las rasgaduras en la puerta; y me regresa a la psicosis de mi niñez, y el dolor sobre mi muñeca. Me mantengo alerta. Alterno mi tiempo entre mirar el juego y buscar con mi mirada cada esquina con sombra. Trato de darle algunos minutos más de alivio a mi conciencia sobrecargada con la angustia de pensar que algo me observa desde una de ellas. Cada vez que verifico con la esquina del ojo, confirmo que no hay nada ahí.

La potencia de la cafeína se me agota después de un rato. La música del Nintendo empieza a dar vueltas en mi cabeza hasta que empieza a serenarme. Mis párpados pierden su fuerza, y mi cabeza empieza a bambolear. Me obligo a mirar a Gaby. No se ha dado cuenta que me estoy quedando dormido.

Lo próximo que veo es un muchacho caminando con otro en la calle, vestido de camisa blanca y corbata. Ambos jóvenes, en su adolescencia o apenas saliendo de ella. Llevan placas negras sobre el bolsillo de su camisa, pero no alcanzo a leer los nombres. La escena se me hace familiar. Es de noche, pero hace un calor sofocante. Creo que están en Las Vegas, sí, lo reconozco. Estuve ahí hace mucho, cuando fui misionero. Creo que es un viejo recuerdo. Yo soy uno de los muchachos, el más pequeño de los dos; mi compañero es un grandulón anglosajón, un chico un poco más joven que yo de Indiana, recién acabado de llegar. Es tarde y ya vamos de regreso al apartamento, pero vemos a un hombre en la calle y nos detenemos para dialogar con él. Siempre lo hacemos, se nos ha dicho que debemos hablar con todos. El hombre es mexicano. Piensa que Cristo es un alienígena que navega el cosmos en naves espaciales y monta dinosaurios como si fueran caballos. Nos parecen divertidas sus ideas. Nos confiesa que hace viajes astrales, y que una vez, fuera

30

de su cuerpo, lo vio. Según él, Dios es muy mezquino. Lo damos por loco. Logramos hablarle un poco sobre nuestra religión, pero de momento la conversación cesa de tener relevancia. Hay algo en el aire, algo opresivo, pesado. Tengo miedo, pero no puedo precisar lo que siento. Miro a mi compañero, hay algo en su rostro que me dice que él se siente igual. Me fijo de nuevo en el hombre mexicano. Ya no lo escucho, aunque veo sus labios moverse, aún hablando todas sus locuras New Age y teorías de conspiración. Sus ojos se vuelven rojos y un rostro siniestro se superpone sobre el suyo; entonces no es un solo rostro que me mira, sino dos. El otro es grande y deforme, translúcido, pero potente. Siento que mi respirar se vuelve pesado. Estoy paralizado, mis palpitaciones se disparan, y me suda la frente. El segundo rostro del hombre frente a mí me observa directamente con los ojos brotados. Entonces escucho su voz, un ronquido demoniaco que brama repitiéndose una y otra vez la misma frase: *¡Cómetelo, Cuco! ¡Cómetelo, Cuco! ¡Cómetelo, Cuco!*

Me despierto exasperado. Todo está oscuro, excepto por la pantalla del televisor con la imagen de Link muerto, y las letras Game Over flotando rojas sobre un fondo negro. Gaby no está. Miro a todos lados y me levanto bruscamente para buscarlo. Escucho voces en el pasillo, que, a diferencia de la sala, está iluminado.

—¡Cómetelo, Cuco! —la voz de Andrés, alzándose sobre el lloriqueo de Gaby, es inconfundible. Corro hasta la escena, el poco sueño que me queda se me escapa y es remplazado con el espanto de las últimas palabras de mi esposo cuando me doy cuenta de que acaba de llamar la presencia de la noche anterior.

—¿Qué hiciste, Andrés? —le reclamo, recordando, y entendiendo finalmente la advertencia de mi abuela a mi madre.

—Ay, mi amor, disculpa si te desperté; te veías tan cansado que no quise despertarte. Decidí poner el nene a dormir porque ya es tarde, pero ya sabes, le dio la perreta. Ahora no quiere dormir; se puso a gritar, a llorar y a darle cantazos a la puerta otra vez, y se me escapó lo del Cuco en desesperación porque ya llevaba media hora en esas, y no quería que te despertara.

Se me sube la presión. Escucho mi propio corazón palpitar más fuerte que lo habitual.

—Nene, ¿estás bien? Te ves pálido.

—Ahora vendrá —digo con una voz ahogada, sin fuerza. No le digo más. Siento una quietud momentánea en el cuarto de Gaby. Sé que el nene debe estar quieto como una estatua. Escucho una puerta abrirse desde adentro.

—¡Papi! ¡Papi! ¡Está aquí! ¡Está aquí! —el pánico en la voz de Gaby me estremece. Suelto el pestillo desesperado y me tiro hacia el cuarto dando tropezones en mi ajoro, buscando a mi hijo en medio de la poca luz. Encuentro a Gaby debajo de sus sábanas, temblando y llorando. Mientras, lo tomo en brazos para sacarlo y, entre las preguntas que me hace Andrés desde el pasillo, se hace audible el respirar del Cuco. Lo busco entre la poca luz. Una media figura se hace visible desde la puerta del clóset, al otro lado del cuarto. Nos mira. Hace un ruido rasposo con la boca. Sin pensarlo, corro hacia el pasillo y, después de darle el nene a Andrés, tranco la puerta con el pestillo.

—Pero, Manasés, ¿me vas a decir qué carajo está pasando? —se nota en su voz que está medio asustado.

—No sé cómo explicarlo... el Cuco... está en el cuarto de Gaby —Andrés me mira en blanco primero. Luego, comienza a reírse a carcajadas.

Ruash, ruash. Andrés se calla de repente y me mira con los ojos ampliamente abiertos. Ambos nos retiramos de la puerta.

¡RUASH- RUASH, RUASH-RUASH, RUASH- RUASH!

Las rasgaduras ya no son leves, sino violentas. Luego, se hace silencio y nos movemos hacia nuestra habitación; trancamos la puerta tras nuestra entrada y prendemos todas las luces. Escuchamos atentamente.

—¡Nos va a comer! —gime Gaby.

La puerta del baño de nuestro cuarto se mueve levemente, produciendo chillidos según se estremece. Un gruñido rasposo se cuela entre la apertura, y, luego, una sombra se interpone entre la poca luz que se filtra hacia adentro. Unos orbes blancos reflejan luz desde la apertura, y nos miran fijos, hambrientos. Andrés trata de decir algo, pero no logra formar las palabras. Unas garras grises aparecen y con un movimiento lento empujan la puerta hacia afuera.

Entonces, lo vemos. Una figura alta, encapuchada, cuyos brazos peludos terminan en unas garras que se extienden más allá de mantos rasgados que alguna vez pudieran haber sido blancos. Su cabeza es enorme, como una calabaza putrefacta y momificada; con un cuerno torcido en la parte superior; dos ojos blancos grandes sin expresión; y una boca, como un agujero negro, desde donde sobresalen colmillos afilados de diversos tamaños; alrededor de ellos unos pelillos, como un hongo antiguo, decoran sus encías grises y salivosas. El rostro arrugado y lleno de líneas verticales, deformes e irregulares, demarcan una serenidad siniestra, como una satisfacción silente de alguien que obtiene lo que desea tras una eternidad de espera.

Al principio, se mueve lento, como arrastrando los pies porque ir demasiado rápido podría desmembrarlo con el fuerte movimiento. Pero luego acelera, y llega, de repente, hasta al frente de nosotros, todo el tiempo emitiendo su gruñido rasposo.

—¡Llévate al nene! —le grito a Andrés. Andrés primero duda, pero luego se va corriendo hacia la puerta y sale a toda prisa mientras Gaby grita y llora. ¡Me va a comer, me va a comer!

El Cuco no se inmuta. Gira su cabeza amorfa hacia la puerta por donde salieron mi esposo y mi hijo. Brinco sobre la cama y me interpongo. Agarro la escoba que está justo afuera de la puerta y le trato de propinar un golpe con ella. El Cuco se desvanece. Segundos más tardes escucho la voz de Andrés.

—¡Está acá! ¡Está...! —un silencio repentino, seguido de un golpetazo como algo cayendo al suelo, me hacen lanzarme de inmediato hacia la sala. Encuentro a Andrés tirado en el piso inconsciente. El Cuco se interpone entre Gaby, la puerta y yo. Agarro a Gaby y lo halo para correr hacia la salida de la marquesina, pero de inmediato siento su aliento sobre mi cuello, y una de sus garras rodeadas de pelo agarra mi brazo, y me tira hacia atrás con una fuerza descomunal, haciéndome chocar con la mesita de la sala, produciendo un estruendo, y cortándome con el vidrio roto. Grito por el dolor que me provocan las cortaduras.

—¡Gaby, corre, bebé, corre! le suplico a mi hijo en pura desesperación y llanto.

—Pero Gaby está paralizado. El Cuco lo agarra con uno de sus brazos peludos, envolviendo su pequeño cuerpo entre sus garras. Lo contempla, como quien quiere apreciar un manjar antes de saborearlo. Hago el esfuerzo de levantarme y cojeo hasta la cocina. Agarro el cuchillo más cercano, y me vuelvo hacia la bestia. Se la espeto en la cabeza con todas mis fuerzas, y repito la acción varias veces como si poseído por una locura. Mi mano se llena de polvo gris y un líquido espeso verdoso. Pero el Cuco no parece sentir nada luego de mis ataques. Abre su inmensa boca, presto a devorar a mi niño.

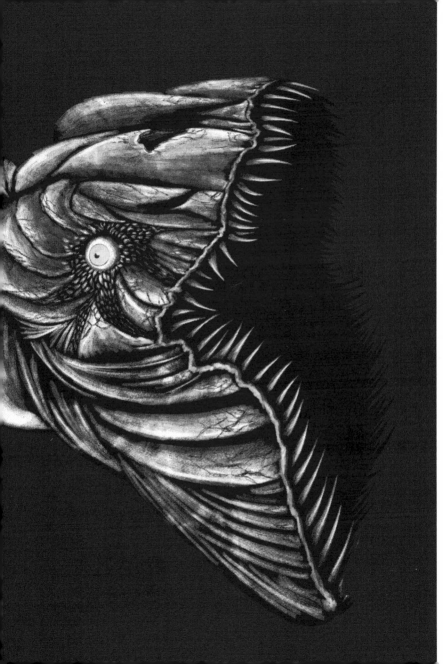

—¡Mi nene no, cabrón, mi nene no...! —le grito mientras le doy golpes en vano. Las lágrimas no se hacen esperar.

El niño grita, impotente de librarse de las garras del Cuco. Me mira, suplicándome protección.

—Papá está aquí, Gaby. Estoy contigo —lloro otra vez.

El agujero negro de su boca cubre la cabeza de Gaby hasta llegar al cuello, rozando su piel delicada con los filamentos hongosos entre sus encías, y sus colmillos cortantes.

—¡Gaby! ¡Mi bebé! —trato de alcanzarlo. Es una parte de mí, una extensión de mi mente y mi carne. No puedo perderlo. No puedo dejar su destino en manos de la bestia.

—Paaaapiii, ayúdame —la voz de mi hijo quiebra mis sentidos. Le arranco el cuchillo de encima al Cuco y se la espeto repetidamente por todo el cuerpo, a donde caiga. Finalmente, la tiro hacia el cuello. Más líquido espeso verdoso cae al piso. Todo es en vano.

La boca se cierra. El pequeño cuerpo decapitado de Gaby cae al piso, retorciéndose por par de segundos, pero aquietándose instantes después, sangre desparramándose por todo el piso, retorciéndose con él, mi voluntad y mi vida. Un sentido de vacío horroroso llena mis entrañas. Me siento frío. Me echo hacia atrás atónito, desolado, incrédulo. Mis suspiros incrementan velozmente hasta dejarme sin aliento. Me tiro al piso agarrando lo que queda del cuerpo del nene.

—¡Gaby! ¡Mi nene! ¡Mi bebé! —mi lamento llena toda la casa. Siento que no me queda nada. Ni a mí mismo. Arrastro el cuerpecito de Gaby y lo acerco hasta Andrés.

—Levántate, Andrés. No me dejes solo. No me dejes tú también.

Miro de nuevo al Cuco. Se contorsiona violentamente mientras me da la espalda. De pronto, se aquieta.

—Paaaapiii una voz nueva sale del gruñido rasposo del Cuco.

El Cuco se vira. La cabeza de calabaza podrida tiene una nueva forma. Las facciones de Gaby se ven asomarse entre su piel arrugada como si dos rostros me observaran.

—Paaapiii la voz rasposa se repite con los sub-tonos de Gaby mientras el Cuco se desvanece, y luces azules y rojas intermitentes se cuelan desde la ventana, acompañados de los sonidos de sirenas.

Colección de porcelana

etsy no puede resistirse. Son antigüedades; un par de reliquias victorianas a solo un clic de convertirse en parte de su gran colección de muñecas. Mira bien las fotos cargadas a la página de eBay. Son idénticas. Tienen pecas desgastadas sobre el rostro y piel de porcelana nívea cubierta por un traje negro con puntillas blancas. Calzan zapatillas de charol, y lucen ojos castaños que se ven casi rojos por la luz que capturan en la fotografía. No sonríen. Sus labios pálidos y apretados les producen a las figuras una expresión de hastío y tortura. Ambas tienen las manchas del tiempo marcadas en la pintura de la cara. En fin, se ven casi idénticas, salvo por el color de pelo. Una es rubia, la otra tiene el pelo rojo. La descripción dice que tienen cabello de las dueñas originales y sus vestimentas fabricadas con tejidos reusados de la ropa original de ellas.

—¡Me encantan! No puede demorar porque alguien más se las llevará por ser venta final. Nada dura en eBay así que no lo piensa más. Clic.

* * *

—Tengo una sorpresa para ti —le dice a Dalimar.

—Tití Betsy, espero que no sea lo que estoy pensando —le responde, casi resignada.

—Esta vez te va a encantar. Es especial. Ven, te mostraré.

Dalimar la sigue al cuarto donde conserva su colección. Betsy sabe que no entra nunca sin ella, que su madre se ha encargado de llenarle la cabeza de musarañas.

—Uy, tití, sabes que no me gustan las muñecas, ¿por qué insistes?

—Nena, algún día se te quitará el miedo que les tienes. Además, vas a ser mi heredera cuando ya no esté. ¿A quién más le podría confiar mis hijos e hijas si no es a ti, mi sobrina favorita?

—Ay, tú siempre.

—Anyway, nena, mira, estas son. Las nuevas joyas de mi colección. Yo las llamo La Rubia y La Colorá. Según dicen los papeles, fueran hechas en 1891, en Francia, y luego las compró un don de esos ingleses para su hija. Hasta vienen con certificados de autenticidad. Tuve suerte al conseguirlas. Al parecer, la bisnieta de la dueña original no tiene tiempo para cuidar de las reliquias familiares, y las han puesto en venta por eBay. Para lo que son, el precio fue una ganga.

Dalimar se acerca a las muñecas, que están colocadas en el centro de un enorme tablillero que cruza de pared a pared, y del suelo hasta el techo, repleto de muñecas y figuras de porcelana de todo tipo. Muñecos americanos, europeos y asiáticos; niñas y niños pintados con gran destreza; payasos y arlequines coloridos con rostros blancos; figuras antropomórficas vestidas en ropitas bonitas, y muñecas rusas de todos los tamaños imaginados puestas en filas. Todos están ubicados en su propio espacio, categorizados por grupos, alineados con destreza militar, libres de polvo, y rotulados con los nombres que Betsy les ha puesto. Cuando se acerca para examinarlas, un tanto nerviosa, no puede evitar pensar que una de ellas, que su tía ha rotulado como "La Rubia", mueve su rostro sutilmente para mirarla. Se echa para atrás y voltea la cara para no verla.

—Siento que me están mirando.

—Dices eso de todas mis muñecas.

—Bueno, están lindas, creo... —miente para tratar de no parecer una completa cobarde ante su tía.

—Qué bueno que te gusten. Porque esta es para ti —toma a La Rubia, y se la entrega— sé que no te gustan las muñecas, pero creo que podría ser divertido que cada cual tenga la suya. Algo para conectarnos. Sabes que eres lo más cercano a una hija para mí. Así, podríamos estar siempre juntas, no importa dónde andemos.

—Ay, tití...

—Dale, hazlo por mí.

—Ok, tití, tú ganas. Lo hago por ti —finalmente le regala una sonrisa, mientras su tía la abraza, sobando su pelo oscuro, y besando sus mejillas abundantes y negras.

—¡Qué linda! Por eso, eres mi sobrina favorita. Sabes que tan pronto tengas edad, te vienes a vivir conmigo, y no vas a tener que pisar la iglesia mientras no quieras, y puedes vestirte como quieras, salir con quien quieras, y estudiar lo que quieras.

—Ay, sí, que estoy loca por salir de casa. Mami jode mucho.

—Lo sé, nena, pero no es su culpa. Ya sabes cómo eran mami y papi. Pero ya vamos de regreso, que, si te llevo muy tarde, tu mai no me va a dejar secuestrarte otra vez.

* * *

—¿Estas son horas de llegar?

—No empieces, mami. Estaba con tití.

—Cuidaíto cómo me hablas. Te tengo dicho que después de clases vengas directo a casa. No me gusta que estés tanto tiempo en casa de Betsy. En esa casa no hay temor de Dios. Le amo porque es mi hermana, pero ella es una mujer del mundo. Ninguna hija mía va a coger esas malas costumbres que cogió ella cuando se fue a estudiar.

—Solo fue una visita. No te tienes que alterar.

—Jum. Pues tienes prohibido ir para allá hasta nuevo aviso. ¿Está claro? —Dalimar levanta y deja caer sus hombros en una afirmación desganada. Betty mira a su hija un tanto sospechosa, y se fija en La Rubia.

—¿De dónde sacaste esa muñeca?

—Me la regaló tití.

—¿Ujum?

—Sí.

—Déjame verla —Betty examina la muñeca. Hace expresión de satisfacción. Su hija rara vez cede a los gustos femeninos. Al menos en esto considera que su hermana podría influenciar bien a su hija.

—¿Te gusta? Es una muñeca bien vieja que tití mando a pedir a Inglaterra. En verdad son dos, pero esta me la quiso dar a mí.

—Está chula. Pero ¿a ti y que no te gustaban las muñecas?

—No, pero pues, ¿cómo le voy a decir que no a tití?

—Pues esta la vas a cuidar bien, que está preciosa, y además se ve que es antigua. Te voy a velar. Siempre te pasas botando las muñecas que te regalan.

—¡Ay, ma, ni que fuera una nena chiquita!

—Jum. Pon la muñeca en el cuarto, y vístete bien que vamos pa'l culto.

Dalimar refunfuña un poco, pero como sabe que no es una petición, se va desganada a prepararse. Pone a La Rubia sobre el biuro sentada, porque teme que se caiga y se rompa. Le incomoda la mirada que tiene la muñeca. Trata de ignorarla al vestirse. Se pone una falda mahón y una blusa de flores, mientras escucha a sus dos hermanitas discutir desde el otro cuarto, los ladridos de Pancho, su perro, y la música metal que tiene su hermano menor puesto desde su cuarto. Escucha a su madre gritar mientras le da puños a la puerta.

—¡Apaga esa música del diablo, David! ¡Estoy harta de decirte que en esta casa solo se escucha música del Señor! ¡Y más vale que te estés preparando para ir al culto, porque si no, vas a llevar!

Dalimar se termina de vestir. Toma su cartera, su pandereta y su Biblia, y camina hacia la puerta. Antes de apagar la luz, mira hacia atrás. La Rubia la mira fijamente, con el rostro volteado hacia al lado. Su corazón se acelera, mientras escalofríos corren por su cuerpo. La había dejado mirando hacia al frente.

* * *

El culto termina tarde, como siempre. El pastor, Reynaldo Soto, no tiene noción de lo que es tener que ir a la escuela al siguiente día, así que sigue ministrando hasta bien entrada la noche. Dalimar quiere irse, aunque le da un poco de nervio tener que regresar a dormir en el mismo cuarto que La Rubia. Trata de distraerse tocando la pandereta durante los coritos. Es lo único que le gusta de los cultos: poder darle cantazos y hacer algo de ruido mientras los hermanitos en Cristo cantan alabanzas al Todopoderoso. No le gustan los gritos, los sermones de condena y de miedo, pregonando el cierto destino al infierno de los pecadores que no se arrepientan, y los que no se convierten a la fe del Cristo. Aun así, ha crecido con el terror a los demonios que tanto menciona el pastor Reynaldo. Incluso, presenció cuando un predicador extranjero echó fuera un demonio de uno de los feligreses, Pijuán Ortiz. No puede olvidar las voces infernales, el tintineo de las luces, los movimientos espásticos que se producían en el cuerpo del endemoniado. De las pocas veces en que llegó a elevar una oración sincera, oró para que no se le pegara el diablo a ella. Su mamá le había dicho que, si no estaba limpia de pecado, era más susceptible a ser poseída por un espíritu maligno.

Luego del culto, la guagua de la iglesia los deja en la esquina. Betty carga a Mara, la menor de sus cuatro hijos, que ya duerme. David marcha más atrás sin hablarle a nadie y con audífonos puestos. Dalimar camina más adelante aguantándole la mano a Nery, su otra hermana pequeña. La calle se ve desierta, solo la habitan los muchachos del punto con sus traqueteos nocturnos.

—Avancen y métanse a la casa—les dice Betty, apresurándolos.

Dalimar abre. Está un poco nerviosa. No puede olvidar a La Rubia. Ahora tendrá que enfrentarse a ella nuevamente. Sostiene la puerta para que su madre y hermanos pasen, y es la última en entrar.

—Pidan la bendición y váyanse a dormir, que mañana tienen clases.

Sus hijos obedecen. David murmura antes de darle el beso a su madre, y se va a su cuarto. Nery también le pide la bendición a Betty, que aún lleva en brazos a su hija menor, y se van juntas a la habitación. Dalimar aprovecha para quedarse sentada en el sofá de la sala, mirando de reojo la puerta de su cuarto, abierta, emanando oscuridad. Siente la presencia de La Rubia, pero no sabe si quizás es que ya se ha vuelto paranoica. Prolonga su entrada a la habitación. Quiere deshacerse de La Rubia, pero piensa en la cara de decepción de su tía, y desiste de la idea. Si no amara tanto a Betsy...

—¿Bueno, pero qué usted se cree? ¡Arranque!

Dalimar se levanta, resignada. Camina despacio, y siente que poco a poco es absorbida por el umbral oscuro que yace a la entrada de su habitación. Enciende la luz. La Rubia no está sobre el *biuro*. Mira a todos lados hasta posar su mirada sobre su cama. Ahí, justo sobre su almohada, está la muñeca, quieta, pero mirando con sus ojos enrojecidos por la luz en la dirección de la puerta. Empieza a temblar. Trata de racionalizar. Tuvo que haber sido Mara o Nery, justo antes de salir. Se repite la idea varias veces, pero no queda del todo convencida. Se acerca, sudando, palpitando, casi llorando. Extiende su mano para tomar a la muñeca. Primero, se detiene; no se atreve. Vuelve a extender su mano hasta que se obliga a tomarla. La pone en el *biuro* boca abajo para evitar tener que verle la cara de noche. Se desviste, y se pone una bata, y dándole una última mirada a La Rubia, apaga la luz.

* * *

Betsy pasa toda la tarde y gran parte de la noche leyendo. Lee con tanta voracidad, que ni se detiene en ningún momento para contemplar su colección, como suele hacer cuando se sienta en el reclinable que tiene en el cuarto donde la exhibe. Como ya es tarde, cierra el libro y lo pone sobre la mesita justo al lado del reclinable. Se pone de pie y busca a su nueva joya, La Colorá. Queda un poco confusa cuando ve que no está donde pensaba que la había puesto. Está dos tablillas más abajo.

—Qué raro... —toma la muñeca y vuelve a colocarla en la tablilla del centro. Apaga la luz de la lámpara y se recuesta sobre el sofá que está ubicado justo al frente de sus muñecas. Prefiere acurrucarse ahí, lo siente más cómodo y hogareño. Le gusta la compañía de sus criaturitas de barro.

Mientras trata de dormirse, piensa en la primera de su colección. La compró al saber que Betty quedó embarazada de Dalimar. Tuvo el presentimiento que sería niña y le invadió la nostalgia de la niñez que nunca tuvo. Entonces sintió la necesidad de reconectar con la niña perdida en la rigidez de las normas y las obligaciones de la iglesia pentecostal a la que iban sus papás. En ese pasado, no había lugar para jugar con figuras, pues creían, a pesar de que no era doctrina de la congregación, de que las figuras eran una forma de idolatría. Su padre les repetía a diario que ni una jota ni una tilde pasarían de la ley. Por eso, Betty y Betsy eran las nenas raras de la escuela. Las aleluyas de las piernas peludas, las faldas hasta los tobillos, los moños descuidados, que no asistían a ninguna actividad de la escuela, y que casi no celebraban nada, a no ser por actividades y fiestas de la iglesia.

Betsy no tardó en hartarse, y se fue de la casa al cumplir los dieciocho años tras conseguir becas para la universidad. No volvió. Conoció a Ana Julia, una profesora encantadora. Ana le enseñó mucho más de lo que admite un currículo de literatura de primer año. Con ella aprendió a vestirse más a su gusto, a leer otros libros que no fueran la Biblia, a perder la timidez y la inseguridad, y a ver el mundo sin el filtro de la perdición, el pecado, y la insaciable ira del Dios patriarcal de su infancia. Ana Julia fue quien la recogió cuando, al final del semestre, Betsy le dijo llorando que no quería regresar a su casa para el verano. Vivió con ella hasta varios años después de completar su maestría. Fue feliz con ella, con sus altibajos, claro, pero feliz. Quizás habría seguido con ella si no hubiera muerto de un paro cardíaco. La lleva continuamente en su mente, a pesar de que no le gusta pensar en ella; no puede evitarlo. Después de todo, ninguna de las que le siguieron comparaban con su inteligencia, su misticismo, su generosidad, su sentido de aventura, ni los placeres que llegó a conocer con ella.

Tras la partida de Ana Julia, se vio obligada a conseguir un nuevo hogar, ya que los hijos de ella reclamaron todos los bienes. Betsy solo se llevó algunas fotos. Consiguió primero un pequeño apartamento en su pueblo, para cuidar de Betty durante su embarazo. Luego, se esforzó en conseguir una plaza en el Departamento de Español de la universidad más cercana. Cuando estabilizó sus finanzas, compró su casa, y empezó a llenarla de muñecas.

Sus recuerdos traicionan sus emociones, así que suspira un poco y piensa en Dalimar, la luz de sus ojos. La visitaba todos los días, aún estando en el vientre. Le cantaba nanas y le leía cuentos sobre la panza de su hermana. Ayudó en todo lo que Betty la necesitó, y la acompañó durante todo el embarazo, consintiéndola en sus antojos. Hasta hizo las paces con sus padres con tal de asegurarse poder compartir más con la bebé en actividades familiares. Fue ella quien llevó a Betty a todas las citas, y la acompañó al hospital para el nacimiento, porque era la única con un vehículo propio en la familia. Hasta fue a la iglesia cuando presentaron a Dalimar al Señor para su bendición.

Betsy decide tratar de pensar un poco menos. Cierra los ojos a medias, y se acomoda para mirar para el lado contrario. En unos minutos empieza a perderse en el sueño, pero su somnolencia no dura. Un estallido, como de vidrio quebrándose contra el suelo, le arrebata el sueño y la deja sentada de un tirón sobre el sofá. En la oscuridad no puede ver muy bien, pero aprecia algo tirado en el piso. Prende la lámpara junto al sillón.

—No me jodas —dice sorprendida. Una de sus muñecas favoritas yace en fragmentos sobre la losa. No sabe cómo explicarlo. Nunca se le han caído ninguna de sus preciadas figuras. Siempre se asegura de colocarlas de forma tal que no se caigan. Examina la tablilla. La muñeca estaba justo al lado La Colorá en el tablillero del centro. Betsy la observa aturdida. Aunque está en el lugar donde la dejó, está en otra posición. No mira hacia el frente, sino hacia abajo, con sus ojos rojizos fijos en los pedazos de la otra muñeca.

—Aquí hay algo raro.

Recoge los pedazos del suelo con cuidado, para evitar cortarse, y se acuesta otra vez. No puede dormir. Deja la luz prendida.

* * *

La noche es larga para Dalimar. Durante toda la velada los sonidos parecen intensificarse. Las sombras cobran formas grotescas, como pareidolias siniestras que invaden las esquinas. El espacio del cuarto se achica hasta el punto de sofocarla. No encuentra forma de sentirse segura. Se tapa entera con la manta, y busca desesperadamente conciliar el sueño. Pero los sonidos la mortifican. Son sutiles, casi imperceptibles. Un tun débil que sale de un espacio indefinido en el cuarto o un chillido leve que se produce de la fricción de algún objeto desconocido. Parecen rodearla, cercarla, acorralarla, hasta que se siente ahogada. Cuando no puede más, se rinde a una somnolencia pesada e incómoda, llena de pesadillas. Ahí la ve, en esquinas apenas en el marco de su visión. En lugares inesperados aparece inmóvil, pero llena de una vida que no sabría explicar, y siempre la mira fijo. Toda luz, por tenue, parece intensificar el rojo que se cuela en el castaño de sus ojos. Se siente

44

inmovilizada cada vez que la ve. No sabe qué hacer. Trata de despertarse, pero solo salta de pesadilla en pesadilla donde, sin moverse, siempre le sigue La Rubia.

Un movimiento y un sonido de impacto la logran sacar del sueño. Oculta debajo de su manta, Dalimar no se atreve a abrir los ojos. Pero el sonido que la despertó fue en su cuarto, y sabe que no podrá dormir hasta que descubra su origen. Despacio, se remueve la sábana de encima. Mira alrededor, y no ve nada fuera de lo común, hasta que asoma su cabeza por encima de la cama, y ve a La Rubia en el piso, sentada frente al *biuro*, mirando en dirección de la cama. Dalimar comienza a llorar.

—¡Mami!... ¡Ma!

La puerta se abre y la luz queda prendida, dejando a Dalimar ciega.

—Nena, ¿qué pasó? ¿Estás bien? —pregunta Betty asustada, pero media dormida.

—Ma, la muñeca esa tiene algo. Se está moviendo sola. Tengo miedo.

—¿Para eso me despiertas? Mi amor, ya estás grande para estas cosas. Las niñas de Dios no tienen que temerle a nada malo, mucho menos a muñecas —recoge a La Rubia del piso— ponte a orar y acuéstate. Me voy a llevar a la muñeca esta para que te tranquilices. Pero es hora de que madures. Manganzona.

Betty apaga la luz y cierra la puerta, llevándose a La Rubia consigo. Dalimar hace una breve oración. Al rato, el sueño la vence otra vez. Pero las pesadillas la siguen toda la noche. Ya no ve a La Rubia, pero se ve en un pasillo largo lleno de puertas, y detrás de cada puerta hay alguien tocando tenuemente. Dalimar no se atreve abrir. Corre a través del pasillo, pero el pasillo se extiende sin fin y las puertas se multiplican a cada paso, junto con el tumtum detrás de cada una. Cuando piensa que llega al final, se encuentra con La Rubia. Pero no está sola. Hay una sombra como de una mujer detrás de ella. Corre en la dirección contraria, pero ahí también está la muñeca y la sombra de la mujer justo detrás.

Se despierta. Solo han pasado varias horas. Pronto amanecerá, y Dalimar ya no quiere dormir.

Tum, tum. Dalimar brinca. La casa se siente quieta. No cree que su madre se haya levantado aún. Tum, tum. Se acerca con temor a la puerta, y escucha. No siente a nadie. Tum, tum. Finalmente, decide abrir la puerta.

La Rubia cae desparramada frente a ella en el piso, boca arriba, inerte, pero con su mirada fija en ella. Dalimar suspira del susto y retrocede un poco.

—¡Déjame en paz! —dice entre su llanto, y agarra temblando a la muñeca con ganas de destrozarla, pero se detiene.

En silencio, camina hacia el pasillo y se dirige a la puerta de atrás, la abre lo más callado posible y sale al patio posterior de la casa. Se mete entre las matas de plátano, cerca de la verja de aluminio, y comienza a cavar con una pala que encuentra tirada. Cuando hace un hoyo de suficiente profundidad, entierra a La Rubia.

—Tengo que inventar algo para decirle a tití —se dice, y se va a prepararse para la escuela antes de que despierten los demás.

* * *

Un texto de Dalimar despierta a Betsy en la madrugada. *Tití, tenemos que hablar. Te llamo cuando salga de la escuela.* Aún más dormida que despierta, le contesta: *Ok, mi amor. Espero tu llamada.* Betsy bosteza, tira la sábana hacia el lado y apaga el abanico. Se queda un rato mirando al techo. No había podido dormir muy bien durante la noche, así que decidió quedarse en cama hasta más tarde. Pero cuando se sienta derecha sobre el sillón en el que había dormido, nota algo extraño. Sus muñecas están todas mal ubicadas, dispersas por los tablilleros al azar, como si alguien en la noche hubiera entrado a jugar con ellas y no supiera dónde colocarlas. Se levanta, toda la morriña se le pasa al instante de darse cuenta. Las mira con incredulidad y revisa cada una para asegurarse que no está viendo cosas. Corre hacia los otros cuartos. Todo se ve igual, nada ha cambiado. Encuentra la puerta delantera cerrada con llave por dentro. No hay signos de que alguien hubiera entrado. Betsy regresa al cuarto. Mira otra vez los tablilleros con sus muñecas, y hace conteo. Están todas excepto la que se le había roto durante la noche y... La Colorá.

No la encuentra entre sus muñecas. Empieza a virar todo en el cuarto. Finalmente, la encuentra debajo del sillón. La recoge, y la mira largo y tendido. Empieza a temblar cuando siente que voltea la cara como para mirarla fría, estática. Trata de calmarse. Racionaliza.

—Creo que debo estar de sonámbula, quizás por eso no pude dormir bien. Tuve que haber sido yo —con eso se calma un poco, pero aún no se siente satisfecha con la respuesta. A ella nunca le habían encontrado caminando o reacomodando objetos de la casa mientras dormía. La vuelve a colocar en su sitio.

* * *

Dalimar entra a toda prisa. Escucha a su madre tararear un corito de la iglesia desde la cocina. Se dirige a su cuarto para cambiarse y escaparse antes de que su mamá se dé cuenta. Tiene que ver a su tía cuanto antes. Sospecha que, si La Rubia es una muñeca demoníaca, es posible que La Colorá también. Quizás ni se esté dando cuenta que hay cosas raras pasando, porque ella todo lo trata de explicar de forma empírica. Cruza la sala a toda prisa en silencio, y entra a su cuarto. Cuando pasa por la puerta suspira, y se paraliza. No puede creer lo que ve. Ahí, encima de su almohada, está La Rubia. Mueve su cabeza un par de centímetros, y vuelve a mirar a Dalimar. No parece que hubiera estado enterrada, se ve completamente limpia.

Aún más perturbador, cuando se fija en el espejo, no se ve una muñeca sentada contra la almohada en la cama. Se ve una mujer pálida, de pelo rubio todo desgreñado, con una bata vieja. Se ve tiesa, como una muñeca. Sus ojos tienen ojeras negras profundas; sus labios se ven partidos. Su rostro se ve cubierto en la sangre que sale de una herida abierta en su cabeza. Ella también observa a Dalimar.

—Dali, no te vi entrar, —le dice su madre, asustándola un poco— Dios te bendiga, mija.

Dalimar mira a su madre de reojo, pero no dice nada. Está atónita por lo que ve. No sabe qué hacer. Vuelve su mirada al espejo. Ahora solo ve a La Rubia.

—Nena, cualquiera diría que viste un fantasma, estás más pálida... Anyway, mira, te tengo que contar, tuve que castigar a las nenas, porque cuando me levanté no encontré la muñeca. Pero al ratito, cuando estoy tendiendo ropa, encuentro a las nenas en el patio jugando con la muñeca esa, y ya la tenían toda llena de tierra. ¡Me dio un coraje! Les di tremenda pela y las mandé pa'l cuarto para que aprendan a no estar metimiando con cosas ajenas. Me pasé *toa* la mañana limpiándola.

—Mami, yo sé que tú no me crees, pero esa muñeca tiene algo malo *metío*.

—Tú siempre has dicho eso de todas las muñecas. Eso es mental, nena. Déjate de *zanganaces*. Voy *pa* la cocina, ya casi la comida está lista. Horita vamos pa'l culto, así que te quiero lista antes de las seis.

No dice nada. Betty regresa a la cocina resumiendo su tarareo. Se

47

escuchan los ladridos de Pancho desde el patio, la vecina tiene puesta su música altísima, unas bachatas despechadas que Dalimar está harta de tener que escuchar todos los días tan cerca de su ventana. David entra y le pide la bendición a su madre a toda boca.

—¿Qué hay de comer, mami?

—Comida —responde Betty de mala gana.

—¿Qué te pasa, Dali, que estás ahí como una estatua?

Dalimar sale de su trance.

—¿David, tú crees que una muñeca puede estar poseída por un espíritu maligno?

—No sé, ¿por qué?

—Mira esa muñeca, ¿no parece que nos está mirando?

—Diablo, sí. ¿Por qué carajo tú tienes esa cosa ahí? Está bien freaky.

—Me la regaló tití. Pero la muñeca me está persiguiendo. Te lo juro que se mueve sola. Estoy asustá y mami no me cree.

—¿Hablaste con tití?

—No, la voy a llamar ahora. Hazme un favor, llévatela para el cuarto, y mantenle el ojo puesto.

—¡Estás loca, tú!

—Por favor, David, ya traté hasta de enterrarla, y como quiera aparece la cabrona muñeca. Necesito hablar con tití, pero no puedo si ella está aquí mirándome.

—Ok. Pero si esa muñeca trata de hacerme algo, la voy a triturar con el bate que me regaló papi.

David coge la muñeca como si estuviera cogiendo un pañal sucio, con la puntita de los dedos.

—Que mami no te vea.

El adolescente se va sigiloso para su cuarto con La Rubia. Acto seguido, Dalimar llama a Betsy.

—Bendición, tití.

—Dios te bendiga. Me dijiste que querías hablarme de algo. Creo que sé de qué se trata. ¿Puedes venir?

—Estoy castigá, pero me escapo. Esto es importante.

—Tu mai que esta prendía conmigo, ahora no va a querer ni saber de mí.

—Ya se le pasará, como siempre. Recógeme en la esquina del parque.

—Ok, tráete a La Rubia.

Dalimar engancha, se cambia rápidamente de su uniforme escolar y se dirige al cuarto de David. Cuando entra, lo encuentra pálido, con bate en mano, sudando.

—Por fin llegas, mujer.

—Solo fueron par de minutos, bobolón.

—Me parecieron eternos. La cosa esa se movió sola. La vi. No estás loca.

—Gracias por el voto de confianza, pendejo —agarra nerviosamente a La Rubia.

—Voy para casa de tití. No le digas nada a mami.

—¿Van a hacer un exorcismo?

—¿En serio, David? ¡Qué sé yo que vamos a hacer! Tití es bien inteligente, de segura habrá pensado en algo, si es que sabe algo. Ok, bye.

Dalimar sale del cuarto con cautela, escucha a su madre fregando en la cocina entonando otro himno. Sale con prisa, y se dirige al punto de encuentro.

* * *

Después de saludarse con un beso, no hablan durante el recorrido. Dalimar recuerda la última vez que su tía y su madre se hablaron. Fue luego de su quinceañero. Como regalo, su tía se la llevó para hacerse un *makeover,* al gusto de Dalimar. Se recortó el pelo por primera vez en su vida. Se hizo un recorte bien pegado y moderno. Se compró su primer par de mahones pegados negros, unas botas altas con tacos, par de camisas de sus bandas favoritas de Hot Topic, y unas pantallas grandotas. Dalimar estaba que no cabía en sí. Su madre nunca la había dejado vestirse a su gusto, ni la dejaba ser ella misma. Cuando llegó a la casa, se armó de inmediato la trifulca entre las dos hermanas y Dalimar.

—¿Qué es esto? ¿Qué es esto, carajo? —les gritó Betty a ambas, agarrando a Dalimar por la camisa, y arrastrándola hacia la casa.

—Betty, cálmate, chica. Fue un regalito que le hice de quinceañero.

—A la verdad que tú eres bien atrevida. Tú no tienes ningún derecho de estar influenciando mal a mi hija. Tú a mí me pides permiso antes de llevártela a meterle ideas mundanas en su cabeza. ¿Qué quieres? ¿Que se aleje de los caminos del Señor como tú? Sobre mi cadáver. Ustedes dos me van a tener que aprender a respetar. Métete a la casa Dalimar, que tú y yo tenemos que hablar.

—Mira, Betty —dice Betsy alzando la voz— yo te voy a decir una cosa a ti. A mí tú no me trates como una nena. A mí tú me hablas con respeto, y no en un tono condescendiente. Segundo, Dalimar ya tiene edad para decidir lo que quiere y lo que no quiere. Deja de estar culpándome a mí de que ella se aleje de la iglesia. Eso lo haces tú con tu actitud, que no la dejas ni respirar. Ya tienes a la pobre muchacha asfixiá. Déjala que viva un poco. Si tú decidiste perder tu vida en la iglesia, ese es tu problema. Dalimar tiene derecho a hacer con su vida lo que le dé la gana.

—Mientras viva en mi casa, vive bajo mis reglas. Punto. Ahora te me vas, y me haces el favor y no regreses, que mientras esté bajo mi custodia, no la vas a volver a ver. ¡Te me largas!

—El tiempo me dará la razón. Sigue así, que vas a perder a tus hijos.

No se hablan directamente desde entonces. Dalimar, aunque tenía prohibido ir a la casa de su tía, como quiera iba, a sabiendas de su madre, quien aprendió a acostumbrarse a los desafíos de su hija adolescente. No dejó nunca de imponerse, pero al menos con el tiempo dejó de discutir demasiado con Dalimar por las visitas a su tía.

* * *

Dalimar se sienta en la mesa del comedor y pone a La Rubia sobre la mesa. Betsy sale brevemente a su cuarto y regresa con un cofre de madera cerrado con un pequeño candado. Cuando lo deja sobre la mesa, se escucha un tumtum desde adentro. Se levanta media asustada.

—¿Esa es La Colorá?

—*Ujum* —le responde su tía con voz nerviosa.

—Lo sabía.

—¿A ti también te están pasando cosas raras, entonces?

—Sí. La jodia muñeca siempre se está moviendo de lugar. Siempre me está mirando. Me persigue. Y hoy en el espejo vi a una mujer en vez del reflejo de la muñeca. Hasta traté de enterrarla, y como quiera apareció. Ah, y ni hablemos de las pesadillas.

—Al principio pensé que solo era mi mente. Pero ahora estoy convencida. Algo no anda del todo bien. Mira esta grabación. Tuve que hacer la prueba, porque no podía creer lo que estaba pasando. Dejé el celular grabando en el cuarto con La Colorá adentro.

Oprime el botón de reproducir. Al principio, solo se veían los tablilleros con las muñecas completamente quietas. Luego, se ve un leve movimiento. La

Colorá mueve su cabeza. Mira en dirección de la cámara del celular como si supiera que la estaban grabando. Luego, como si alguien la estuviera levantando, queda de pie con movimientos titerescos. Se mueve lentamente, con gestos bruscos y torpes, como si no supiera moverse y le costara un gran esfuerzo. Se le ve tumbar a otras de las muñecas como con resentimiento. Luego de un rato, se queda quieta otra vez. Dalimar agarra la mano de su tía horrorizada.

Tum, tum. Se vuelven a escuchar los toques desde adentro del cofre. La Rubia vira su cabeza en dirección del cofre. Tum, tum, tum, tum. Dalimar se retira de la mesa. Betsy se mantiene cerca de ella con una mano puesta sobre su hombro. La Rubia queda de pie como si alguien la levantara. Vuelve su mirada hacia Dalimar y Betsy, luego vira su rostro hacia el cofre. Tum, Tum. La Rubia, lenta y sutilmente, levanta su brazo y coloca su mano encima del cofre.

—Carajo, tití, ¿qué vamos a hacer con ellas?

—No sé.

Tum, tum. Tum, tum. Los toques desde adentro se hacen más frecuentes. Desde afuera, La Rubia sigue señalando al cofre, mirando intermitentemente a las dos mujeres o el cofre. Tum, tum, tum, tum.

—Creo que quiere que la saques de ahí —Betsy mira a Dalimar con miedo. Pero luego se desplaza hacia el cofre. Con manos temblorosas lo coge. La Rubia mantiene su rostro virado hacia ella, pero aparte de mover la cabeza ocasionalmente para mantener su rostro fijo en ella, está quieta, pero de pie. Betsy saca una pequeña llave de su bolsillo y abre el candado. Saca a La Colorá del cofre y la deja sentada junto a La Rubia. Vuelve y se aleja. La Colorá queda de pie también, y luego ambas viran sus rostros como para verse frente a frente; vuelven y viran sus caras hacia Dalimar y Betsy. Empiezan a dar pasos torpes. Se mueven hacia ellas. Dalimar empieza a temblar y se echa hacia atrás. Betsy también. Pero las muñecas siguen avanzando. Las luces tintinean. Se siente un viento leve y frío moverse adentro de la casa. Gritos de mujer empiezan a colarse desde los cuartos. Y las muñecas siguen con sus pasos torpes hacia ellas.

Un trueno fuerte llega de pronto desde afuera, provocando que griten, y dejando a todo el sector sin energía eléctrica. Todo se vuelve oscuro. Dalimar y Betsy se buscan, y aguantan firmes sus manos. Tratan de ajustar su visión a la oscuridad para poder tratar de ver a las muñecas, pero todo está muy oscuro aún. Dalimar saca su celular y empieza a alumbrar hacia la mesa. Ni La Rubia ni La Colorá están ahí. Suspira. Empieza a tirar la luz a todos lados. No se ven. De pronto, escuchan una risa salir del cuarto de la colección. Dalimar y Betsy se miran preocupadas. Caminan lentamente hacia allá. Se escuchan más risas, que se mezclan con el ruido de la lluvia que empieza a caer, mientras Dalimar y Betsy entran al cuarto de la colección. Los relámpagos alumbran las habitaciones por breves instantes creando sombras extrañas entre todas las muñecas. Entre ellas están La Rubia y La Colorá moviéndose constantemente, mientras continúan las risas en el cuarto.

La electricidad se restablece. Todo queda iluminado. La Rubia y La Colorá están a los pies de Betsy y Dalimar. Entonces se oyen murmullos y muchos pasos desde afuera, y, de pronto, escuchan abrirse el escrín, y la puerta del balcón queda abierta de un tirón.

—¡Este jueguito se acabó! ¡Hoy sí que me van a escuchar las dos! —Betty entra dando pisotones con sus otros tres hijos, todos mojados por la lluvia. Le da un bofetón a su primogénita— tú eres una ingrata. Tú no sabes toda la angustia que me haces pasar, muchachita. Te dije que íbamos pa'l culto, y te atreves a aparecerte por acá. Y tú de cómplice, Betsy, pensé que ya habías aprendido algo, pero ya veo que no cambias en nada. A ti no te importa que destrozaste a nuestra familia; no te bastó con dejar la iglesia y abandonarnos por tanto tiempo mientras estabas por allá en San Juan de fiesta en fiesta con la vieja bucha esa, ahora también estás empeñá en descarrilar a mi hija. Pero esto se acabó hoy. ¡Se acabó!

—¡Me haces el favor y te calmas! Y mucho cuidaíto sobre cómo hablas de mi difunta mujer. Este no es el mejor momento para esto. Si te dedicaras más a escuchar, y menos a sermonear y a acusar, quizás le prestarías más atención a las cosas que te dice tu hija, y no tendría la necesidad de escaparse. Yo elegí la vida que quise vivir y soy más feliz por ello. Nunca te he pedido que dejes la iglesia. Siempre he respetado tu decisión de quedarte en la religión de mami y papi. Pero ustedes nunca respetaron mi decisión, a pesar de que yo nunca les fallé cuando más me necesitaron. Ahora vienes a acusarme de querer pervertir a la nena, cuando yo solo le doy el espacio para que se encuentre a sí misma.

—¿Y por qué tú no acabas de entender que en mi casa se teme a Jehová, y que mi trabajo es criar a mis hijos en su camino? Estoy harta ya de que sigas destruyendo lo que trato de cosechar.

—Deja de culparme a mí, Betty, bendito sea Dios. Mírate en un espejo, y pregúntate si lo que estás haciendo ahora te va a ayudar a que Dalimar quiera estar en la iglesia. Ella es como yo, no porque yo le enseñé a ser como yo, sino porque estás haciendo lo mismo que hicieron mami y papi, que terminaron alejándome de la religión y la familia. Ya está bueno de eso. Dalimar es una señorita, tiene capacidad para tomar decisiones. Déjala vivir su vida, carajo, antes de que se harte de todo y cometa una verdadera locura. Me deberías de estar agradeciendo.

—Tú lo que quieres es quitarme a mi hija, envidiosa, porque nunca tuviste hijos propios, y ahora quieres venir a decirme cómo criar los míos.

Dalimar llora mientras mira el enfrentamiento de las dos hermanas. David se mantiene en una esquina mirando con interés, pero con obvia cara de nerviosismo, mientras Mara y Nery comienzan a llorar también, asustadas por la trifulca.

—Ya cállense las dos. No es el momento. Mami, tenemos que resolver lo de las muñecas. Tú no me crees, pero tití, dile. Dile lo que ha estado pasando. Míralas y dime que no te dan miedo.

—Es verdad, Betty, esas muñecas tienen algo; han estado pasando cosas raras desde el otro día cuando me llegaron.

—Ay, Jehová, esto es increíble. La que decía no creer ni en la luz eléctrica ahora me viene con el cuentito de que tiene muñecas endiablás en la casa. Mira como yo resuelvo esto —acto seguido, y antes de que Dalimar o Betsy pudieran hacer algo, Betty agarra a La Rubia y a La Colorá, en son de rabia, y las estrella a ambas contra la pared. Los pedazos de porcelana estallan, dejando pedazos caer por todo el cuarto, y un polvo gris comienza a derramarse y esparcirse por el aire con un hedor particular que inunda toda el área.

Suspiros profundos se escapan de Dalimar y Betsy. Luego, un silencio inquietante queda. Hasta Betty se queda tiesa, como si de momento se diera cuenta de lo que acababa de hacer en su coraje, y estuviera ahora a la expectativa de algo.

Entonces gritos; gritos como de Llorona se reproducen en el espacio mustio del cuarto, mientras un viento recio esparce las cenizas. Llueve con más intensidad. Los truenos se dejan sentir con más fuerza, y el sistema eléctrico falla otra vez. Dos mujeres aparecen en la oscuridad frente a la colección de muñecas y se revelan como las dueñas de los gritos, con sus bocas abiertas de una forma sobrehumana por lo ancho que logran abrirlas. Dalimar reconoce para su completo horror a una de ellas; era la mujer que vio en el espejo de su casa cuando llegó de la escuela.

La familia completa se junta por instinto. Betty, Betsy y Dalimar al frente, los otros niños justo detrás. Se echan hacia atrás. Mara y Nery gritan y lloran. David le agarra la mano fuerte a Dalimar, y también se le escapan lágrimas y gemidos producto del terror. Las mujeres espectrales comienzan a tirar las muñecas en los tablilleros, gritando cada vez que lanzan una al suelo para dejarla en pedazos. El viento sigue soplando recio, y tira y abre las puertas a su antojo. Betty cae al suelo de rodillas.

—En el nombre de Cristo, reprendo al enemigo que está en esta casa. Santo, alabado sea tu nombre, Jehová de los ejércitos. Echa de aquí estas presencias malignas, bendito Jesús.

Los espectros de La Rubia y La Colorá siguen tirando cada objeto de la colección hacia el piso y hacia la familia. Betsy trata de impedir que les den a los niños.

—¡Arrodíllense conmigo, implórenle a Dios! —grita Betty, casi como una súplica.

David, Mara y Nery son los primeros en arrodillarse. Comienzan a decir las oracioncitas que su madre les enseñó. Dalimar observa a su madre, y observa a su tía. Betsy se resiste, Betty le suplica con la mirada. Se siente en conflicto, no sabe en qué creer. Tiembla, llora. No se decide. Más muñecas caen al piso haciendo estruendo. Polvillo de porcelana se eleva en el aire mezclándose con el polvo y la ceniza.

—¡Váyanse de mi casa! ¡Déjenos en paz! —grita Betsy en desespero.

—Arrodíllense. ¡Oren conmigo para que el Señor nos libre de este mal! ¡Humíllense ante el Señor, por favor! —se producen más gritos desde las boca-abismos de las mujeres fantasmales que habitaban a La Rubia y La Colorá. Dalimar mira a su madre, quien sigue suplicando con su mirada a su hija mientras sigue rogando en sus plegarias por la intervención del Altísimo en la casa. Dirige su mirada a su tía, a quien se le comienzan a escapar lágrimas. El viento, la lluvia y los truenos, forman una especie de sinfonía críptica que a veces le da más fuerza a los gritos de los espectros, quienes no han dejado de tirar y romper las muñecas de porcelana en las tablillas. Finalmente, Dalimar se arrodilla junto a su madre para orar.

—Santo, santo, santo es el Señor. Vive Jesús, reprende estos demonios,

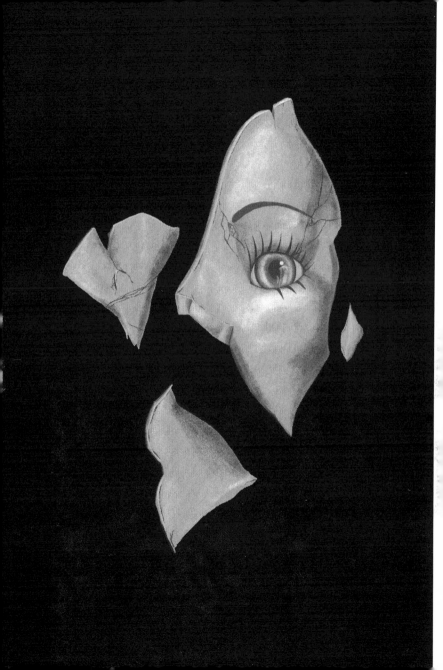

aleluya, repréndelos, Señor. Gloria a tu nombre por los siglos de los siglos. Espíritus malignos que habitan esta morada, los reprendo en el nombre de Jesús de Nazaret. Declaro sanidad para este hogar.

Los niños siguen con sus plegarias. Betty no sabe qué más hacer. Las mujeres no se rinden. Siguen con su juego de destrucción hasta que por fin rompen las últimas muñecas y el piso se vuelve un vertedero de porcelana, un cementerio de muñecas destrozadas, y un abismo de recuerdos rotos, perdidos en la desolación de sus objetos perdidos. Las mujeres dejan de gritar. Se mueven al unísono en dirección de la familia con pasos brutos y movimientos espásticos. Sus figuras se hacen y deshacen en la oscuridad, como si su esencia fuera efímera. Pero nunca se desvanecen por completo.

—¡Arrodíllate, mujer, Dios es nuestra única salvación ahora! —. Otro paso espástico. Ahora se escuchan risas con la melodía perversa de los truenos, la lluvia y el viento. Dos pasos torpes, y las mujeres extienden sus manos— ¡Betsy!

Betsy se arrodilla, y toma la mano de su hermana, y comienza a orar junto a ella. Pero no cierra los ojos. Las mira fijamente, así como Dalimar.

—Oh, Jehová, tú que prometiste a través de tu hijo que en su nombre echaríamos fuera demonios, que haríamos hazañas aún mayores a través de la fe. Mira la fe de tus siervos que se arrodillan para suplicar liberación. Por el poder de la sangre del Cordero, reprende estas presencias malignas que invaden este hogar, manda fuego de lo alto, Señor Jesús, gloria a tu nombre. Manda tu Santo Espíritu a purificar esta casa de todo mal.

Betsy siente un toque frío. Sigue orando. Betty no se da cuenta que una de ellas la está tocando. Sigue con su plegaria. Ambas sienten una lengua fría y seca lamerlas, y un olor a ceniza y pudrición les colma el olfato, dejándolas un poco mareadas. Sienten sus fuerzas desvanecerse cuando sienten el abrazo de las mujeres espectrales. David cae al suelo desmayado. Convulsa. Le siguen Mara y Nery. Dalimar, Betty y Betsy sienten que se asfixian. Pero Betty da un último grito de súplica.

—¡En el nombre de Jesús, hágase la paz!

Silencio.

El viento se aquieta. La lluvia se calma, los truenos pierden su intensidad. La luz regresa a la casa, y no hay señal de los espectros de La Rubia y La Colorá.

—Gracias, Jesús. Amén —dice Betty, finalizando su oración. Abraza a

Betsy y a Dalimar todavía con lágrimas en los ojos. Dalimar y Betsy se miran brevemente, pero pronto vuelven su atención a los niños. David es el primero que se levanta.

—¿Qué pasó? —pregunta.

—Ya se fueron. Todo está bien, papá —le responde Betsy.

Dalimar y Betty se ocupan de las niñas. Las levantan del suelo. Ellas se despiertan, pero no dicen nada.

—Deben estar en shock. Vamos, Betty. Yo las llevo, si quieres los puedo dejar en la Iglesia.

—No. Llévanos a casa. Me siento cansada. No quiero ir para allá en este estado. ¿Por qué no te traes ropa? No me siento segura de que te quedes aquí sola después de lo que pasó.

* * *

—Pensé un poco en lo que me dijiste hoy. Tengo que darle más espacio a Dali. Voy a tratar de no abacorarla demasiado. Pero quiero que siga yendo a la iglesia mientras esté en la escuela. Ya cuando sea adulta, estaré lista para aceptar cualquier decisión que tome.

—Perdón si me tomé alguna autoridad que no es mía. Sabes que, en el fondo, yo también quiero lo mejor para ella.

—Sí, lo sé. La realidad es que tú también eres una madre para ella. Si algo me pasa, sé que va a estar en buenas manos. Nunca te he agradecido todo lo que has hecho. Perdón por rechazarte por ser como eres. La verdad es que eres muy importante para mí. No quiero que estemos tan distantes otra vez.

—Estoy aquí, siempre que me necesites, Betty —las hermanas se miran. Betsy se retira y va al cuarto de Dalimar, que ya se ha bañado y puesto la bata de dormir. Está sentada en su cama. Se nota más tranquila ahora.

—¿Ahora crees en Dios, tití?

—No.

—Yo tampoco.

—Bendición.

—Dios te bendiga.

* * *

A medianoche el chillido de la puerta abriéndose despierta a Dalimar. En la entrada distingue dos figuras pequeñas. Dalimar prende su lámpara. Sus hermanas entran en silencio al cuarto.

—¿Qué tienen, mis amores? Si quieren pueden dormir conmigo esta noche —sin decir nada las niñas se trepan en la cama de su hermana. Se acomodan ambas del lado de la cama que está junto a la pared. Dalimar extiende su mano para apagar la lámpara, pero nota algo raro en el espejo. En el reflejo se ve a ella misma en la cama, pero no ve a sus hermanas. Ve a las dos mujeres espectrales que habían salido de La Rubia y La Colorá.

Como guayaba

para un opía

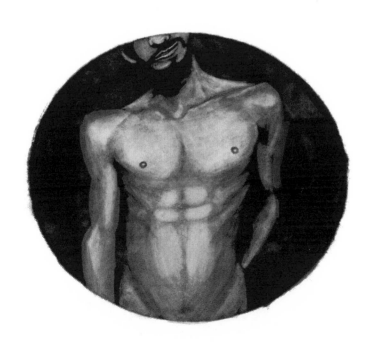

n desvío breve para detenerme a mear lejos de los ojos curiosos del bonche fue lo que bastó para perderme. Le dije a Arturo que me acompañara, pero estaba muy entretenido yéndose detrás del culo de Sandra. No lo culpo. *Coño, una diosa de mujer pretendida por un Adonis.* Dos seres perfectos y están hechos el uno para el otro. *Y yo, "forever alone".* Me conformo con ser amigo de los dos. Esto de ser el amiguito nerdo recién graduado de la high no es fácil. Casi terminan su bachillerato mientras que yo acabo de empezar. Me adoptaron en su círculo por caridad o porque somos del mismo barrio, y me está que conocen a mi abuela. *Qué sé yo.* En fin, me trajeron hasta acá, y, cuando me dio el apuro, me tuve que ir solo a buscar donde resolver. Y yo que tengo tan mal sentido de dirección.

Doy vueltas por media hora, buscando a ver si logro encontrarlos, y grito sus nombres en par de ocasiones a ver si me escuchan, pero nada. Intento llamarlos por celular, claro, pero como imaginé, no tengo nada de señal en este rincón del infierno verde a donde me obligaron venir a janguear.

Acampar ni que acampar. "Who does that?" Debí haberme quedado en casa y ver Netflix todo el fin de semana. Ni modo.

Después de pensarlo un rato, me salgo de la ruta que más o menos llevo, y busco claves que me puedan dar alguna idea hacia dónde ir. No seré boyscout, pero algo se aprende matando horas con el Playstation, y mis juegos favoritos son los de exploración y aventura.

Todavía puedo sobrevivir esto.

Al olfatear, noto un fuerte olor a guayaba. No debería extrañarme. Esto es, después de todo, un bosque tropical.

Hello. A lo mejor sea buena señal, es posible que haya alguien cultivándolas y, entonces, también algún indicio de civilización.

Veo un caminito que parece tener, más o menos, buen mantenimiento, y pienso que es posible que haya alguna familia viviendo cerca. Llevo más de veinte minutos dando vueltas sin ver nada de edificios, pero sigo el camino en espera de encontrar signos de vida inteligente o por lo menos suficiente señal para llamar a mis panas y reencontrarnos. La carreterita es larga. Más de lo que pensaba. Pero después de tanto caminar, no quiero volver atrás.

Ya esto me desespera.

Estoy convencido que a algún lado me va a llevar el sendero entre los matojos, los bambúes y el resto de la vegetación de la montaña. Veo que el sol comienza a desaparecer detrás de las colinas. Todavía la noche no llega, pero ya se siente oscuro por la espesa capa de hojas y las sombras de las montañas cercanas que se hacen más largas según pasan los minutos. Si no avanzo, quedaré atrapado en la oscuridad del bosque nocturno. El olor a guayaba me da más fuerte, hasta que me doy cuenta de estar rodeado por cientos de árboles del susodicho fruto. Las cáscaras están regadas por todo el terreno. Los palos se ven cargados de frutos verdes y amarillos. Pulpa blanca, roja y podrida, llena de moscas y gusanos, yacen como plastas cerca de los troncos por la arboleda y emiten el aroma dulce de la descomposición frutal. Y yo que pensaba en comerme alguna; la escena completa me da tanto asco que me espanta el apetito.

Fo.

Me fijo en otra cosa rara en los troncos de los palos de guayaba. Son formas brotadas, casi como si fueran esculturas surreales.

Uy.

Parecen caras y cuerpos de personas. Deben ser árboles bien viejos para que tengan troncos tan gruesos y deformes. Hay algo más. Ojos grandes y negros me miran desde una de las ramas.

Fuck!

Se me hiela la sangre, y me quedo paralizado en donde estoy, hasta que noto que es un pájaro, creo que es un búho. Cuando escucho su ulular, me calmo y avanzo para seguirlo de largo.

Bájale dos, Uri, es un cabrón múcaro.

Pronto me encuentro con un letrero de madera todo maltrecho que dice: "Bienvenidos al Sector Portal Soraya". Continúo, esperanzado de haber llegado por fin a algún lado, y me emociono cuando veo en la distancia lo que pienso debe ser una casa. Voy corriendo hacia ella.

Ya prontito consigo quién me pueda llevar a un teléfono o al menos al centro del pueblo para poder llamar y esperar tranquilamente a que me busquen.

La casa es de madera, de dos pisos.

Fucking ricos y sus casas fabulosas.

Es media rara, no se me parece a la típica casa de por ahí, con sus formas cuadradas, techos bajitos y construcción de cemento, pintadas en colores tutifruti. Esta parece a las casas del poblado de Aguirre, un poco más alta, pero no está pintada completamente blanca, los bordes están cubiertos con un color marrón. Ahora que lo pienso, me recuerdan más a las casas viejas alemanas de campo, con techos angulares, y su apariencia sobria, pero elegante. Las ventanas son persianas de madera, y hay otra redonda en la parte más alta que está hecha de cristal.

Parece que son muy finos para las Miami. Nos jodimos ahora.

—¡Buenas tardes!

Dios santo, que no piensen que soy un testigo de Jehová o algo así. Aunque, en serio, en un lugar como este creo que ni esa gente le llega. Una cosa son las urbanizaciones con control de acceso, y otra cosa es este matorral del diablo.

Nadie contesta. Me concentro en escuchar. Lo único que puedo oír es mi corazón acelerado por el correteo y el subir de la cuesta hasta la casa. Miro alrededor. El camino continúa y hay otras casas más abajo. Decido seguir hacia adelante. Posiblemente no haya nadie en la casa, pero me siento tenso. El lugar me resulta demasiado callado y calmado. Ninguno de los edificios parece estar iluminado, a pesar de que poco a poco ya va oscureciéndose el panorama, el sol bajando detrás de las montañas cercanas. Al menos llegué aquí justo antes del anochecer. Malo hubiera sido estar todavía en el bosque dando tumbos sin saber a dónde ir.

Me acerco a otras casas, llamo y nadie contesta. Son unas veinte casas de madera. Parecen viejas, pero sin deterioro mayor, y todas aparentan estar carentes de habitantes humanos. Luego de quince minutos llamando y tocando a cada puerta, me siento cansado. Llego al final del camino, y no encuentro más casas. No hay para dónde ir.

Puñeta, por qué me tiene que estar pasando esto a mí.

Verifico mi celular.

Ay, Dios, todavía sin señal.

Busco a ver si hay forma de llegar a un sitio más alto para que me llegue señal, pero no hay forma de escalar los riscos alrededor.

Cristo, esto es un hoyo, y yo no tengo guille de Spiderman.

Me vuelve a molestar el hecho de que no se escucha nada. No hay aves cantando.

Qué extraño, es a esta hora cuando hacen fiesta las escandalosas esas.

Tampoco se escuchan los grillos ni los coquíes ni las ranas. No hay voces de niños ni de viejos de barrio ni de adultos discutiendo ni de jóvenes relajando. Nada.

No puede ser, esta cuestión de tanto silencio, la gente de esta isla es ruidosa por naturaleza.

Solo un vientecito debilucho que se introduce tímidamente entre la vegetación, arrastrando el olor constante a guayaba dulce y podrida de la arboleda cercana, pero nada más.

—¡Sandra! ¡Arturo! ¡Moisés! ¡Cristina! ¡Pepe! ¡Julio! ¡Alguien, por favor! ¡Estoy aquí, puñeta!

Mano, estoy que puedo llorar de la frustración. Ni modo, vamos de regreso.

Me viro hacia la vereda que me trajo hasta este pueblo vacío. Paso por todas las casas, y llego hasta donde se supone que sea la entrada del pobladito, pero no encuentro la cuesta hacia abajo, sino una pared altísima de la montaña.

—¿Guatdefoc?

Miro a todos lados, confundido. Vuelvo, y corro por todo el camino, pasando por todas las casas cerradas, y no encuentro el camino para salir del poblado. La desesperación me cae encima. Siento hambre y sed. Más que nada, me siento abandonado. La soledad y el silencio me hacen extrañar la compañía de mis amigos, y me cuestiono por qué no me andan buscando y me dejaron solo en este monte inmundo.

Soy el más joven del grupo, se supone que me cuiden. Si mami se entera de esto los entierra vivos a todos. Ella que se cree que todavía soy un nene chiquito, ya me la imagino.

Regreso a mi situación. Ya está oscuro. Quizás pueda descansar en una de las casas y encontrar el camino cuando amanezca.

Quién sabe, a lo mejor llegan hasta acá durante la noche. Al cabo, la idea era acampar en algún lugar. No veo mejor sitio que este. Es más, esto es caviar comparado a eso de dormir en casetas. Aunque dormir entre Arturo y Sandra no me está tan malo. Lo awkward serían las erecciones mañaneras, después van y piensan que soy un pervertido. No que no lo sea. Pero no quiero que lo piensen. Anyway...

Me dirijo a la casa más grande, juzgando que quizás tendría los mejores acomodos, si alguno.

Qué bien, la puerta está abierta.

No hay luz adentro, pero noto que está completamente amueblada. Hay algo de polvo sobre las superficies, no mucho.

Jum, ¿será que aquí la gente llega de noche? ¿Y si llegan? Cristo, me van a llamar a los guardias. ¿Pero en este monte? Esto yo creo que no tiene ni código postal.

Simplemente no parece como si llevara mucho tiempo cerrada. De hecho, todos los muebles, aunque antiguos, parecen estar relativamente limpios y arreglados. Al averiguar un poco más, me doy cuenta de que en la casa no puede estar nadie viviendo porque no hay fotos ni pertenencias más allá de los muebles. No hay ropa ni juguetes ni libros ni cartas ni nada con nombre y las decoraciones son bien pocas. Aparte, la casa no cuenta con electricidad ni acueducto. Concluyo que es una especie de campamento o parador abandonado por temporada, y que recientemente se tuvieron que haber ido los últimos inquilinos.

Pero algo sobre la mesa del comedor me hace dudar de nuevo mis conclusiones. Sobre ella hay guayabas frescas sobre un plato de piedra, y, más aún, varias están comidas a medias, con algunas cáscaras que no pueden haber estado ahí por más de dos o tres horas.

Bueno, Sherlock, contéstame esta: si aquí hubo gente hoy, ¿pa dónde fueron? ¿Cómo salieron de aquí, y por qué no me crucé nunca con nadie? Ay, estoy muy cansao pa esto. Mejor me acuesto pa recobrar fuerzas.

Me tiro encima de un mueble, pero no lo encuentro muy cómodo. Al final de la sala hay unas escaleras.

Creo que los cuartos tienen que estar arriba. A lo mejor las casas las construyeron unos gringos de esos con chavos para venir a vacacionar por acá.

Voy subiendo mientras me alumbro con el flash de mi celular. Las escaleras terminan en un pasillo largo que llega hasta la ventana redonda que había visto desde afuera. A cada lado del pasillo hay una apertura. Cuando me detengo, y ya no escucho el retumbar de mis pisadas, siento una presencia desde el cuarto a la derecha. Hay alguien llorando. Me tiembla el cuerpo con la electricidad de un escalofrío al escucharlo. ¡Carajo, aquí hay alguien! Camino bien despacito hacia el cuarto para asomarme a la puerta, pero obvio, que tengo el corazón en la mano.

—¿Buenas tardes? Disculpen, fue que pensaba que este sitio estaba abandonado, y la puerta estaba abierta...

Cuando doy la vuelta por la puerta el lloriqueo se detiene tan abruptamente, que me espanta cuando regresa el silencio perturbador que reinaba hasta entonces. No veo a nadie en el cuarto. Hay dos ventanas que miran hacia el frente, y en la parte de atrás hay como una estatuilla de madera, casi como un cemí, pero no como los que he visto en los museos indígenas a los que nos llevan en giras escolares. Esos son de piedra y tienen la forma de los picachos de la isla. Este es más extraño. Parece un perro, pero aparte de tener cuatro patas, tiene dos brazos humanos largos. Tiene una corona cuadrada en la cabeza, y está amarrada por sogas que van desde la estatuilla hasta la pared.

Uy, qué cosa fea...

Detrás de la estatuilla amarrada, hay un letrero viejo. Alumbro con el flash y leo:

"Camaradas, recordad cuando regreséis en las vigilias desde Soraya, no soltéis a Opiye, no sea que no os deje salir del portal".

Whatever. ¿Qué se supone que signifique eso? Claro, Uri, que no son gringos los dueños de este sitio. ¿A lo mejor son sacerdotes? Más creepy todavía.

Me doy la vuelta para mirar otra vez si hay alguien. Soy el único en el cuarto, pero sigo sintiendo que hay alguien cerca. Otro escalofrío.

Déjame ver que hay en el otro cuarto. Ojalá que al menos tenga una cama.

Efectivamente. Una cama.

Alábalo, que vive.

Primero, la inspecciono. No veo nada raro.

Bien, nada de fluidos secos o manchas raras. No huele mal. Me encantaría tener un black light para ser más exacto, pero acá en este monte, puej. Anyway, esto me debe bastar, no estoy en posición de negociar.

Me tiro sobre la cama, dejando caer mi mochila hacia el lado. Saco la botellita de agua y tomo unos sorbos.

Inventory management, Uri, horita vas a necesitar más.

Saco mi trail mix y me como un puñado de nueces, frutas disecadas y M&M. Me acerco el celular y le bajo la brillantez para que me dure la batería hasta la mañana. Me pongo a mirar algunas fotos. Me detengo en una con los chicos en la playa. Sandra está en un bikini chiquitito, el top apenas le cubre los pezones, y Arturo está junto a ella mostrando sus piernas jugosas y su torso esculpido. ¿Dios, por qué me haces esto? No sé cuál de los dos me gusta más. No tardo en sentir la presión bajo mis calzoncillos.

Soy un freak...

Aprovecho el momento para jugar conmigo mismo.

Casquetearme en un pueblo fantasma, check.

Me estimulo por par de segundos, pero pronto escucho unas pisadas justo afuera de la casa. El susto me mata la erección. Me acomodo todo dentro del calzoncillo rápidamente y corro hacia la ventana.

¿Serán los chicos?

Miro por las rendijas de las persianas. Al principio no veo a nadie. Pero por unos breves instantes pienso que hay una figura en sombras caminando al otro lado de la carretera.

—¿Sandra? ¿Arturo? —grito. Trato de abrir las persianas. No abren.

Maldita sea la madre.

Prendo el flash del celular de nuevo y bajo corriendo hasta la puerta. Escucho pasos de personas corriendo.

Esto tienen que ser estos cabrones, me quieren asustar. Y lo están logrando. Carajo, tras que tímido, cobarde. Get it together, Uri.

Abro la puerta.

—Miren, chorro'e cabrones, dejen el puto juego... —pero no hay nadie por todo eso. Camino hasta la calle. Rebusco en ella con la mirada. Silencio.

Ok. Oficialmente me estoy friquiando.

—Chicos, ya dejen la pendejá. Ya me asustaron. Salgan. No me hagan esto, plis.

Pero nadie habla. Ni siquiera las risitas tontas que uno escuchaba de niño cuando los amigos y hermanos estaban escondidos con sus bromas estúpidas. Camino y ojeo cada una de las casas. Piso algo.

Cáscaras de guayaba. *Fuck.* Están por toda la calle hasta el final. No estaban ahí hace unos minutos.

Con mi corazón acelerado a mil sigo el rastro mientras miro de lado a lado para ver si distingo a alguien. Llegan a la pared del risco. Me viro y voy caminando de regreso. Veo cientos de murciélagos volando. Se dirigen al guayabal.

Lo que me faltaba. A lo mejor estoy cerca de la baticueva.

Resumo mis pasos apurados de camino a la casa grande. Risitas detrás de mí. Me viro de nuevo.

Ay, santo, ya ando con la piel de gallina, los pelos de punta y el pipí escondío. Estoy escuchando cosas.

Lágrimas de espanto se cuelan entre los ojos, nublando mi visión. Según me volteo y me limpio la vista, siento un movimiento en la cima de los árboles, detrás de una de las casas cercanas. Enfoco mi vista. Algo se mueve en la oscuridad, algo grande. Camino lento y me concentro en mirar, mi corazón todavía latiendo tan rápido que amenaza con escaparse por mi cavidad torácica.

No hagas esto, Uri, esto nunca termina bien. Has visto demasiado películas de horror para saber cómo desenlaza esto.

Pero no puedo dejar de escanear el área con mi mirada. Primero veo los ojos, más bien dos orbes grandes tan oscuros que parecen simplemente cuencas vacías que miran como desde otro mundo. Casi no se mueve. Estoy paralizado, aunque siento mis rodillas temblar. La poca luz del lugar no deja apreciar todos sus detalles. Alrededor tiene pelo un tono marrón oscuro o negro, y creo distinguir un hocico, sí, uno grueso, ancho y achatado, formando una especie de sonrisa siniestra. Su figura en general se asemeja a un...

...Perro. O quizás un murciélago. No sé. Lo que sé es que me mira, y sabe que lo miro. Uy mil veces.

En un instante se desaparece retrocediendo hacia la densidad del bosque con poco más que un crujir de hojas y ramas, tan suaves, que se pudiera confundir con el viento moviéndose. Luego, se hace el silencio otra vez.

Dios, que esto sea una pesadilla, por favor.

Camino bien rápido hasta la casa. La puerta está ampliamente abierta y hay un camino de cáscaras de guayaba que conducen hasta adentro.

Aquí hay alguien, puñeta, y está jugando conmigo bien duro.

Miro alrededor, trato de buscar algún objeto sólido con que defenderme. No veo nada útil. Me quito la correa.

Algo es algo, el broche tiene que doler.

Las cáscaras siguen hasta las escaleras y se pierden en la oscuridad más allá en la parte de arriba. Trato de pisar lentamente para no hacer ruido, pero es en vano. Con cada pisada se forma un alboroto de chillidos entre la madera y su roce con los clavos.

Me jodí, ya deben saber que estoy aquí.

Sin embargo, continúo.

No creo que tenga mejor suerte afuera anyway, con esa cosa grande y pelúa rondando por ahí.

Subiendo, escucho de nuevo el lloriqueo que se había manifestado más temprano en el cuarto de al lado.

Nos jodimos ahora con el regreso de la llorona.

Iba a doblar hacia el cuarto de la estatuilla y el llanto, cuando escucho unas voces en el otro cuarto cuchicheando y riendo en voz baja. Me giro en esa dirección con el corazón en la boca, anticipando ser asesinado en cualquier momento.

—Uri, te estábamos esperando. ¿Por qué tardaste tanto? —Sandra me habla en un tono tan seductor, que apenas la reconozco. Ella y Arturo se encuentran sentados en la cama, desnudos, como si nada. Tienen guayaba en las manos. Comen como si nunca la hubieran probado antes, como si les diera placer. Según muerden, noto un líquido negro sobresalir de sus bocas.

Wait, what?

Por primera vez en mi vida no sé qué decir. Demasiadas preguntas, ¿por dónde empezar?

El llanto continúa en el cuarto del cemí. Hago como que voy a mirar atrás, pero Arturo se levanta y se me acerca. Mis ojos se llenan con la imagen de su sexo que se remenea según camina. No puedo ver bien, pero veo lo suficiente.

Es enorme.

Me siento intimidado.

Carajo, ¿qué hago pensando en esto?

Siento su brazo fuerte tocar mi pecho y subir hasta mi hombro. Mis hormonas se revuelcan. Siento un cosquilleo en mi bicho, mientras mi sangre fluye hasta mi entrepierna obligándola a crecer y endurecerse.

—Vente. No te quedes ahí, campeón —Sandra se levanta también, su vulva perfecta se ve por un momento en un rayo de luz colado de las rendijas de la persiana. Sus tetas bambolean hasta que llega a mí y me roza un brazo con ellas. Siento la erección terminar de llegar como una explosión, y siento la humedad comenzar a fluir.

¿Qué me pasa? ¿Qué está pasando? Así no fue como me imaginaba esto.

El lloriqueo continúa y se intensifica. Pero no tengo tiempo de ponderarlo. Arturo y Sandra me llevan a la cama y me dan un empujón. Caigo sobre ella, rebotando levemente.

¿En serio que esto está pasando? Debería estar más contento. Me encontraron, y creo que me van a chichar, coño. Esto es bueno, ¿no?

—Chicos, ¿qué está pasando? ¿Y los demás? ¿Dónde estamos? ¿Quién está llorando en el otro cuarto? ¿Por qué no les molesta que los vea sin ropa? ¿Estamos haciendo lo que pienso que estamos haciendo?

—Los muchachos andan por ahí. Olvídate de lo demás. Solo calla y relájate. Esto te va a encantar.

Abro los ojos grandes. Siento sus manos sobre mí. Me toman entre los dos como un muñeco. Me desnudan. Primero, lentamente, pero cuando llegan a los pantalones, casi me los arrancan con todo y calzoncillos, dejando expuesto mi bicho que está tan erecto que choca fuerte contra mi abdomen. Al principio me da vergüenza.

Puñeta, al lado de Arturo, parezco un preadolescente, con un cuerpo tan pequeño y un bicho promedio que al lado del suyo se ve ínfimo.

Pero ellos se aseguran de hacerme sentir confiado. Me miran con deseo. Me dejan saber que me disfrutan tal cual soy. Me tocan en cada rincón de mi cuerpo, tanto las suaves palmas de Sandra, como los dedos más gruesos y firmes de Arturo. Sandra me deja probar de su vulva mojada. Me susurra qué hacer. Sabe que no tengo mucha experiencia.

—No te preocupes, hombrecito —me dice Sandra al oído— nosotros te guiamos.

Me enseña qué hacer con la lengua, me deja tocarla, su vientre, su estómago, sus tetas abundantes, sus pezones erectos. Le recorro el cuerpo con las manos tratando de absorberla toda mientras bebo de su pubis una y otra vez, sediento, queriendo que el momento nunca acabe. Mis manos sienten algo raro. No palpo su ombligo. Todo está plano, como si no lo tuviera. Lo ignoro. No es importante. Sigo en mi delirio y me olvido del llanto constante en el otro cuarto. Arturo me chupa el miembro tieso con gran maestría. Se nota que lo ha hecho antes. No estaba seguro de que le gustaran también los hombres, porque siempre lo vi saliendo con mujeres. Pero aquí está disfrutándome y dejándome disfrutar su cuerpo.

Y yo torturándome con tanto miedo y complejos. Si hubiera sabido que esto era tan fácil...

Me juega con los testículos, acaricia mi vello púbico, y roza gentilmente mi ano, haciéndome círculos alrededor del anillo, e introduciendo suavemente sus dedos mojados de vez en cuando. Me guía hasta su enorme miembro y me deja chupar. Se siente dulce en mi boca. Le miro de arriba a abajo. Tiene pectorales firmes y abultados, sus abdominales son duros como piedra, esculpidos, cada cuadrito en perfecta simetría. Veo que tampoco tiene ombligo.

Qué weird. Me conozco sus cuerpos. No los había visto esnús, pero los he visto en ropa de playa. Ambos tienen ombligos, lo puedo jurar. Deberían, ¿no?

Lo ignoro nuevamente. Lo que importa es el momento. El placer nunca se repite de la misma forma. Años de masturbación, y mis primeras experiencias sexuales me lo enseñaron. No voy a desaprovechar la oportunidad de saciar mi fantasía. No me importa si lo hacen por pena, o si es un ritual extraño de pase, esta es la experiencia más cabrona de mi vida. Y pensar que estaba tan asustado hasta horita.

¿Por qué estaba asustado? Ahora no lo recuerdo.

Who cares?

Arturo le lame el clítoris a Sandra mientras yo sigo probando de su virilidad. Luego Sandra se acomoda en la cama y abre las piernas. Está lista para más. Arturo la penetra y ambos gimen de placer. Arturo me invita a penetrarlo mientras está pegado al cuerpo de Sandra. Nos intercambiamos. Sandra me prepara con sus dedos para recibir a Arturo. Primero duele, pero es gentil conmigo. Nunca pensé ser penetrado, pero me gusta, aun cuando a veces me incomoda. Siento que veo luces cada vez que Arturo me estimula la próstata. Saboreo el momento.

Por ratos, Sandra se monta encima de mí y me consume entre sus piernas. Me domina, me hace suyo, y la dejo. Permito que hagan conmigo lo que quieren. El placer es inigualable. Combinamos nuestros gemidos, como una sinfonía de puro deleite. Compitiendo con el llanto de al lado, que nunca cesa. Hay otras voces que escucho, también gimiendo. Al parecer, hay más personas teniendo sexo por todo el pobladito. Los sonidos vienen de las otras casas. Creo que hay una pareja también en la sala.

Deben ser los otros muchachos del bonche. Ja, no me habían dicho que era un campamento para una orgía. A lo mejor me creyeron muy inocente. Si solo supieran. Bueno, ya deben saber.

Dejo que el coro de gritos extasiados alimente mi excitación, que me dé más fuerza y virilidad, más ganas de dar y recibir, de usar y ser usado. Pero el gemir del cuarto del cemí nunca cesa. Una distracción menor.

Seguimos.

Todo es como un sueño. Parecen que pasan horas que se pierden en posiciones cambiantes, en sensaciones nuevas y en el cumplimiento total de mis fantasías más ocultas. Cuando llego al punto máximo del placer, escucho el sonido de un gruñido tan fuerte que parece un trueno.

—Guayaba nos llama. Debemos regresar —dice Sandra.

Según eyaculo, siento que me voy del mundo. Todo se vuelve negro, casi como si el mundo ante mí se desvaneciera, y se deshicieran también Arturo y Sandra, y las voces de las personas gimiendo como actores porno por todo el poblado.

Y de pronto, reina otra vez el silencio casi absoluto, con una excepción: alguien llorando. No sé por cuánto tiempo, mis ojos están cerrados, pesados. Siento que no los puedo abrir. Pero mis oídos atentos reciben la queja sin fin de ese raro lamento. Pero hay más. Después de una eternidad del silencio y el lloro, siento pisadas en la casa. Muchas personas vienen subiendo las escaleras, ahogando el lamento de la persona en el otro cuarto. Murmuro los nombres de mis panas. Pero no escucho respuesta. Siento a las personas nuevas rodearme. Cuchichean entre sí. Aún mi cuerpo no responde. ¿Qué me pasa?

—¿Es un ausente?

—No. Pero parece que tuvo sexo con uno. Pobre diablo. Y más joven que los otros. Está perfecto para completar. Este es el que nos faltaba. Parece que se separó del grupo. Y nosotros que pensamos que no llegaríamos a la cuota del Perro de Coaibai.

—¿Otra ofrenda?

—Al parecer el Señor nos sonríe. Vamos a prepararnos, camaradas. Hoy extendemos nuestro acuerdo.

—Quién lo diría. Llevamos largo tiempo sin lograr satisfacer el acuerdo. Por poco perdemos nuestra buena palabra ante el Perro. Ya casi nadie viene por estas tierras, y traerlos hasta aquí sin levantar sospecha es bien difícil.

—Vamos, tenemos mucho que hacer.

—Sí, pero alguien por favor que calle al de al lado. Me tiene harto con su berreo interminable. Todas las noches es lo mismo.

—Ignóralo. Es caso perdido. A ese nadie lo calla.

—Suficiente nos debe estar con dejarlo ahí atado.

—Vamos, preparemos la ceremonia. Este no tardará en despertar.

—¿Lo dejamos aquí?

—Es noche. Aún falta tiempo para que amanezca. De aquí no hay escape. Horita volvemos por él.

Los escucho alejarse y bajar las escaleras. Hacen ruido hasta que se alejan de la casa.

Fuck. No sé qué fue eso. Pero no me suena nada bien. Responde, cuerpo, responde.

Después de largo rato, despierto. Estoy desorientado. Tengo ropa puesta.

No me digas que todo fue un sueño... Digo, hay partes que estaban medio qué sé yo, pero el sexo, pues eso estuvo chévere.

Siento humedad en mis calzoncillos. Sip, sueño mojado, puñeta, sabía que era demasiado bueno como para ser verdad. Pero algo anda mal. Me alumbro con el celular. Tengo marcas en toda la piel. En algunas partes encuentro líquido negro tiznándome. Tengo olor de otros cuerpos sobre el mío, y un fuerte sabor a guayaba en la boca. Llevo la correa puesta, y recuerdo habérmela quitado antes de subir. Y entonces, una sensación desde mi ano, como un ardor mezclado con humedad me alarma. Me rebusco y encuentro semen.

Ya no sé qué es real y qué no. ¿Qué carajo ocurrió? Recuerdo que no estoy solo. Fuck, fuck. El tipo que llora. ¿De verdad que lo llevo ignorando toda la noche? ¿A dónde fueron los muchachos? ¿Por qué me dejaron solo otra vez? ¿Y las voces que escuché, serán reales? ¿Qué quieren conmigo? Ay, Dios, mi cabeza me va a explotar.

Finalmente, decido moverme al cuarto del cemí. En lugar de una estatuilla, veo a un hombre de piel oscura desnudo y amarrado fuertemente entre sogas. Es la fuente del desconsuelo que llevaba escuchando por lo que parecen horas. Cuando se percata de mi presencia torna su vista hacia arriba y se ríe de forma burlona. Su risa me da piel de gallina y me congela la sangre.

—Tú no perteneces aquí, arijua. Libérame. Llévame al bosque y hago trato contigo —se ríe de nuevo, más alto que la primera vez. Tanto que su forma cambia, su piel cobra la apariencia de madera y cobra patas de perro. A lo lejos se escucha como si otros se rieran con él por todo el poblado. Me echo hacia atrás, espantado.

—¡Libérame, te dije! Solo así conocerás el favor de Guayaba. —Su voz se vuelve amenazante, ronca, demoniaca. Sus ojos se tornan rojos. Se ríe más, y más fuerte, hasta que sus carcajadas se deshacen y comienza a gemir de nuevo. Se remenea entre sus ataduras tratando de soltarse— Se salen, se pierden los niños, mis opías, andan buscando guayaba, andan buscando a sus queridos. Los debo llevar otra vez al hogar, el dulce, dulce hogar. Todo es culpa de los arisarijuas. ¡Malditos arisarijuas, nos encontraron, y me ataron! Llegaron hasta aquí. Ahora vienen por ti. Pero si me sueltas, te libero de los arisarijuas.

Me suplica con la mirada. Pero no sé qué hacer. Me resulta horrífico. Y, desde luego, atrás está la advertencia de no soltarlo por razones que no entiendo. Las piernas me siguen temblando. Me siento incómodo, pegajoso, frío, aterrado. Quiero irme a casa.

¿Cómo escapo de aquí? Tengo que irme ya. No puedo esperar a la mañana.

Me echo hacia atrás. Miro a la puerta.

Cojo mis cosas y me voy pa'l carajo.

—¡No lo hagas, arijua! No hay escapatoria hasta que llegue el bajacu'. No podrás irte de aquí, excepto a Coaibai. Ellos hacen tratos con Guayaba. Yo puedo hacer tratos contigo también, si me sueltas. Hazlo. Suéltame y te obsequio una canción —la criatura vuelve a pasearse entre risas y llantos. Yo me termino de alejar hacia el otro cuarto, agarro mi mochila y voy corriendo hacia abajo. La criatura atada grita varias veces mientras bajo, pero al ignorarlo, continúa con su llorar.

Con mucha cautela y tratando de no hacer demasiado ruido, me deslizo hacia afuera. Ahí me encuentro con cientos y cientos de personas desnudas y sin ombligo caminando en la calle, saliendo de las casas, todas riéndose, muchas comiendo guayaba, con manchas negras en la boca.

¿De dónde carajo salió tanta gente? "Mano" esto lo que aparenta ser es una especie de comuna nudista, y lo único que comen es guayaba. Cualquiera diría que fuera coca.

Algunos están teniendo sexo en la calle.

Sin comentarios...

Cuando me dirijo hacia la calle lo más disimuladamente posible, una gran cantidad de ellos se detiene a mirarme y reírse.

Awkward.

Trato de ignorarlos. Sigo caminando. Las burlas siguen. Encuentro que bloquean mi camino, y que según me acerco para pasar, ellos no se mueven para abrirme paso.

Maldita sea, si no es una cosa es otra.

Trato de colarme entre los pequeños espacios entre ellos, y poco a poco voy haciéndome camino.

Si no me dejan pasar, no se quejen que roce alguna teta, bicho, chocha o culo fuera de lugar. Not my fault.

Pero ellos nunca dejan de mirar, o reírse, y nunca dicen nada, ni responden si les saludo incómodamente con un "hola". Llego otra vez al punto donde se supone que estuviera la carretera que desciende y me saca del poblado, pero encuentro que no está. En su lugar, permanece la pared de una montaña alta, imposible de escalar. Solo identifico una manera de alejarse de las casas, a través de los árboles donde vi a la criatura gigante.

¿Qué hacer, puñeta, qué hacer? Mientras más tiempo paso aquí más pienso que me vuelvo loco.

Noto, de momento, las risas de las personas disiparse. Me volteo a ver qué ocurre. Ya no hay nadie, excepto un grupo de personas de piel pálida, vestidos con mantos blancos, que vienen avanzando hacia mí con antorchas en la mano. No dejan de clavarme lascivamente con la mirada. La incomodidad y el terror se apoderan de mí.

—Allá está. Ya ha despertado el tributo. ¡Tras él, camaradas!

Fuck it. Voy a probar mi suerte con el perro gigante, pero me voy pa'l carajo por dónde sea.

Me dirijo corriendo hacia la arboleda, detrás de las casas, al lado derecho de la calle, y trato de perderme en medio de la oscuridad. Siento que piso cáscaras y pulpa en el camino. Escucho voces a mi alrededor: risas, lamentos, susurros, gritos lejanos como de dolor, gruñidos y aullidos. Los chillidos de los murciélagos se riegan con gran frecuencia en el aire y cada tres árboles escucho algún búho ulular malhumoradamente mi paso por su espacio personal. La arboleda es espesa, y hay una leve capa de neblina que permea, haciendo que la oscuridad sea blanca, en vez de negra, ante mis ojos. Saco mi celular y alumbro mi camino. Entonces los veo. En cada tronco está la figura y la cara de alguna persona en posición fetal. Los rostros demarcan dolor y desespero. Todos me siguen con sus ojos de corteza. Me doy cuenta de que los lamentos vienen de ellos. Sus bocas forman huecos grotescos, y su aliento me huele a la guayaba dulce y putrefacta a la que ya me he acostumbrado por mi estadía en este lugar que me tiene atrapado.

¡Qué fucking creepy, mano! ¿Dónde carajo es este lugar?

Miro hacia atrás, veo las antorchas flotando en medio de la niebla y sé que las personas pálidas se acercan. Sigo corriendo, pisando ramas, hojas, cáscaras y pulpa, una y otra vez. Siento picaduras de mosquitos, y el zumbido molestoso de las moscas y los mimes volándome cerca del oído. De vez en cuando, un murciélago extraviado se aproxima, pero se aleja cuando me presiente en su camino, y me enredo cada par de minutos en alguna telaraña.

Ay, Dios, dame de todo, menos arañas, por favor.

No tardo en llegar a un claro en el guayabal. Me tropiezo con una piedra y caigo cuesta abajo a un espacio circular rodeado de una serie de rocas planas con símbolos.

Petroglifos. Creo que acabo de descubrir un yacimiento. Si sobrevivo, puedo ser famoso.

Recojo el celular que se me había caído. El espacio entre las piedras está tan oscuro que no puedo ver alrededor, pero huele terrible. Un olor rancio se mezcla con el olor a Guayaba podrida, un hedor insoportable como de animal muerto. Decido investigar, pero antes de poder alumbrar, al levantarme, escucho un gruñido casi como un trueno. Dirijo mis ojos en dirección del ruido.

Oh, Dios, esto lo he oído antes hoy.

Justo encima del círculo, sobresaliendo de los árboles, está la figura gigante y monstruosa de más temprano.

Oh, shit.

Me está mirando con sus ojos de nada, negros como un universo sin estrellas. Sus enormes cuencas, de por sí lo suficiente grandes como para devorarme entero, me absorben la fuerza, me quitan el aliento, me dejan confuso, sin ideas. Soy como un muñeco que pronto estará a la merced de un niño mezquino y destructivo. Abre su inmensa boca, otro agujero negro iluminado por sus dientes blancos. Paralizado, escucho al gran perro rugir sus truenos otra vez. Me caigo hacia atrás. Siento algo en el piso, algo carnoso y húmedo. Alumbro el espacio oscuro con las manos temblorosas, osando quitar mi mirada del titán que ruge sobre mí. Hay cuerpos aquí. Seis cuerpos, todos en posición fetal, están esparcidos desnudos alrededor de mí. Los reconozco, aunque sus rostros ensangrentados y deformes distorsionan mis recuerdos de ellos. Lloro y tiemblo violentamente.

No, no, no, no. ¡NO! Esto no puede estar pasando, puñeta. Mis panas, mis amigos. ¿Qué carajo está pasando? ¿Qué "jodia pesadilla es esta? ¡Voy a morir, voy a morir también!

Uno a uno los nombro en mi mente, incrédulo de lo que veo.

Sandra, Moisés, Arturo, Cristina, Pepe, Julio.

Todos. Muertos.

Otro gruñido se desata. La tierra alrededor tiembla. El perro se acerca, su gigantesca cabeza cubre el cielo. Sus ojos llegan casi hasta mí. Aspiro profundo. Escucho pasos. El perro quita sus ojos de encima de mí. En sus cuencas negras veo reflejado antorchas encendidas.

—Maquetaurie Guayaba, nuestro señor de la morada de los ausentes, presentamos ante ti esta humilde ofrenda como señal de nuestra buena voluntad en continuar nuestro acuerdo contigo —reconozco la voz. Es uno de los que hablaba cuando estaba dormido en la casa, es parte del grupo de personas pálidas vestidas de blanco— te obsequiamos siete ánimas para acompañarte al Coaibai; oh, señor abstinente de guayabas. Ante la ausencia de Opiyelguobirán, nos hacemos ante ti guardianes de este último portal al gran Soraya, con la concesión de que nos libres de su maldición, dejándonos seguir a la morada de los goeiz durante el día, y en las noches regresaremos a traerte nuevos opías, como lo han hecho todas las generaciones de nuestros antepasados, cuya sagrada obligación hemos heredado hasta el día de hoy, y que hemos cumplido sin fallar por los últimos quinientos años a cambio de tu permiso de estar entre aquellos que aún viven.

Otro rugido. Varios de ellos se acercan. Antes de que pueda reaccionar me toman por los brazos y me pegan una cuchilla al cuello. Sigo llorando.

Soy tremendo pendejo. Pendejo y llorón.

—No me hagan daño, por favor. ¿Qué quieren conmigo?

—Cállate.

—Con la sangre de este sacrificio, te ofrecemos esta última opía para sellar nuestro acuerdo nuevamente. ¿Qué dice nuestro señor Guayaba?

El rugido que sigue es el más fuerte de todos. No suena muy contenta la bestia colosal. Se levanta, y por primera vez, lo veo entero de pie. Tiene cuerpo de hombre, pero inmenso como una montaña y alas de murciélago que cubren la extensión del cielo delante de mí hasta cubrir los astros con su oscuridad. Luego, veo incontables cuerpos desnudos ser escupidos desde su boca. Con el alboroto, miles de murciélagos se levantan y llenan los espacios vacíos. Aprovecho el caos para soltarme y echar a correr cuesta arriba. Los cuerpos sin ombligo se levantan, y comienzan a reír y correr por todo el guayabal. Las personas pálidas no pierden tiempo en tirarse detrás de mí y me persiguen en medio de todo el espantoso alboroto. Dos de ellos me alcanzan y me bloquean el paso con sus antorchas en la parte de arriba de la cuesta. Justo entonces, siento un puñal en la pantorrilla, que me tumba al suelo por el dolor y la repentina debilidad.

¡Carajo, carajo, puñeta, eso duele! Esta gente va en serio. Dios, me van a matar.

Como buen pendejo, sigo llorando. Siento sus manos agarrarme. Me cortan la camiseta con la cuchilla con que me habían apuñalado y me la arrancan de un tirón. La sangre caliente me chorrea por la pierna, y el dolor me late causándome mareos. Me apuntan con la cuchilla al pecho.

—¡Guayaba! ¡Acepta nuestro tributo! ¡Honra nuestro acuerdo! —el perro ruge más fuerte. Vuelve a vomitar cuerpos desnudos al guayabal que se levantan, se ríen y corren por todo el sitio.

¿Qué fucking crical es este? Si me van a matar, háganlo ya.

Me resigno a mi destino. Lloro, pero miro hacia al frente.

No voy a morir con los ojos cerrados.

Seis cuerpos sin ombligos llegan de repente y tumban a mis captores. La cuchilla me corta un poco, pero es arrebatada antes de causarme daño, y entonces siento las manos de dos de los sin ombligo y me arrastran hasta el bosque, lejos del perro y los matones en trajes blancos que me quieren sacrificar.

—No lo dejen ir. ¡No lo dejen ir! —grita el líder—¡pronto amanece!

Los miro confundido. Reconozco a Sandra y a Arturo.

Wait. No entiendo.

—No hay tiempo, hombrecito —me dice la Sandra sin ombligo con la voz seductora de más temprano— El Perro tiene una misión para ti. Suelta al atado. Quema el poblado. Pero no queda mucho tiempo, pronto amanece. Suéltalo. Suéltalo antes de que mueras, suéltalo o morirás.

—¿Y por qué yo?

—Porque eres el único que está vivo, campeón. Fue atado por los arisarijuas en el mundo de los vivos, solo un vivo lo puede desatar. Vamos —el Arturo sin ombligo me arrastra hasta que más o menos me logro levantar y puedo correr-cojear junto con ellos.

Wait. Si soy el único vivo, todos los demás están... No lo quiero pensar.

Las personas pálidas nos siguen de cerca. Sus antorchas casi nos rodean por todos lados, excepto de frente. Mis sentidos quieren explotar, entre risas, gritos, chillidos de murciélagos, rugidos como truenos, los lamentos de las personas en los troncos, mis ojos húmedos de tanto llorar, el dolor que quema desde mi pierna, el calor y la pegajosidad de mi cuerpo junto con el viento frío de la montaña y el zumbido de los insectos; hay demasiado ocurriendo como para mantener mi cordura intacta.

¿Y qué voy a hacer con mi vida después de esto? ¿Internarme en el Panamericano? Con mi suerte, probablemente me mandan a un Hogar Crea a rehabilitarme con los "tecatos". Cualquier cosa es mejor que esta mierda.

Moisés, Pepe, Cristina y Julio llegan hasta nosotros con antorchas en las manos.

—Se acercan. Uriel, quema el poblado. Suelta al atado —me repiten todos tan pronto llegamos a la orilla del bosque detrás de las casas. Todos me ofrecen una antorcha.

—Nosotros te ayudamos con las de atrás, una vez sueltes a Opiye, quema el remanente de las casas —Sandra me da un empujón. No me queda más remedio que obedecer. Escucho a los pálidos acercarse. Cojeo hasta la casa grande y abro la puerta.

El freak del cuarto de la derecha. Ese debe ser el atado, Opiye, como decía el letrero.

Escucho el crujir de fuego desde las otras casas, y el olor a humo se mezcla con el olor a guayaba.

—¡Está en la casa! ¡Está en la casa! ¡Mátenlo, antes de que lo suelte!

Acelero lo más que puedo. El dolor es insoportable. Cojeo hasta el fondo de la sala donde están las escaleras. Lo escucho llorar aun desde abajo.

—¡Opiye, vengo a soltarte! —grito comenzando a subir. Pero mi subir es lento y entrecortado porque no logro afirmar bien la pierna entre escalón y escalón. Los siento aproximarse a la casa.

—Están aquí, arijua. ¡Avanza! —Opiye se ríe. Luego, llora. Luego, ríe otra vez.

Piso el último escalón. La pérdida de sangre me tiene mareado. Las personas pálidas llegan a la casa. Avanzan hasta las escaleras. Entro al cuarto.

—Pégales fuego a las sogas. ¡Avanza, arijua!

Obedezco, pego mi antorcha a todas las sogas. Las personas pálidas llegan. Siento una puñalada en la espalda. No puedo respirar. Suelto la antorcha y el fuego comienza a esparcirse por todo el cuarto.

—¡Se quema esta casa también, se quema también! —dice uno de los arisarijuas, entrando al cuarto. Sus túnicas blancas se comienzan a prender en fuego y comienzan a escurrirse cuando se dan cuenta que la bestia se ha soltado. Opiye los muerde y los azota con sus brazos largos de madera; luego, recoge la antorcha con una mano y me agarra con la otra y se lanza hacia la ventana, rompiéndola y cayendo en la calle, justo afuera.

—Ve, quema, antes de que te mueras.

No tengo casi fuerzas, pero me da la antorcha. Todo se ve borroso. Solo faltan algunas casas. Veo que pronto va a amanecer. Tambaleo hacia cada casa y le pego fuego a cada una hasta que todas arden y todo es una nube negra de ceniza y humo. Suelto la antorcha. Me asfixio y vomito sangre. Entonces, Opiye llega hasta mí y me atrapa antes de caer al suelo sin fuerzas. Miro hacia arriba. Sobre la nube de humo, siento la presencia del perro.

—Una vez maldije a los arisarijuas para que habitaran el tiempo y el espacio entre los muertos y los vivos. Pero fueron astutos. Me ataron para forzar un tratado con Guayaba, y así vivir entre los vivos durante el día. Ahora, desatado, puedo revocar la maldición y negarles el Soraya. He aprendido que su dios les reserva un fuego eterno. Pues tendrán que morar allí porque el Coaibai les es negado, y el portal no será más refugio de usurpadores.

—No entiendo.

—Ya es tu tiempo, arijua. Ahora serás opía. Cierra tus ojos y entra al Coaibai. Nos veremos otra vez.

Me jodí, este es el fin.

Pero ya no tengo miedo. Acepto lo que viene. El dolor es demasiado ya. No tengo fuerzas. Observo alrededor. Todo se quema en el poblado. Ahora todo es un círculo de fuego. Los hombres pálidos se queman también. Escucho sus gritos, el olor de carne quemada llega hasta mí, con el humo y el perpetuo olor a guayaba podrida. Los sin ombligo no están por ninguna parte, ni mis amigos tampoco. Opiye me ofrece al perro al son de una canción. Su cantar es dulce como la guayaba, muy distinta a su lamento infernal y su risa perversa. El hocico de Guayaba se acerca. La canción me calma y saca de mí una carcajada que me obliga a toser y escupir sangre. Siento el aliento del perro cuando abre el abismo de su boca. Escucho risas y voces cantando desde lo profundo. Me envuelve en el agujero negro entre sus dientes, y todo se vuelve oscuridad y nada.

* * *

Despierto. Estoy en una camilla de hospital. Mi abuela y mi madre están junto a mí. No siento nada de dolor. Miro para el lado. Hay un periódico sobre la mesa, al lado de la camilla. MASACRE EN EL BOSQUE: Misteriosa muerte de seis jóvenes que acampaban en parque nacional deja perplejas a las autoridades.

—¡Gloria a Dios! Mira, Berta, ya despertó el nene. Ay, Santo Jesús, ¡qué grande eres! Nene, qué susto nos has dado. Esos pobres muchachos —mi abuela está atacá llorando. Mami está igual. Se acercan para sobarme el rostro y el pelo.

—No tienes que decir nada, papi. Descansa. Acabas de sobrevivir algo horrible. Cuando estés listo para hablar, nos cuentas. La policía quiere hablar contigo después.

Fuck. ¿Qué les voy a decir? Ni yo mismo sé lo que pasó. Algo me inventaré, porque no van a creer nada de lo que les diga.

En efecto, no digo nada. No quiero hablar. Ni siquiera me siento mal. Tengo hambre. Eso sí. Quiero comer algo dulce. Quiero... Oh, "shit". No puede ser. Me pongo pálido con solo pensarlo.

—¿Qué te pasa, mi santo?

—Nada, nada. Me pueden dejar solito un momento. No me siento bien.

—Está bien, mi amor. Como quieras. Vamos a estar afuera un rato. Hay guardias en la puerta por seguridad. Si necesitas algo, nos llamas. Te conseguimos un celular nuevo, porque el tuyo se perdió. Está ahí encima de la mesita, junto a la estatua fea esa —Mami y abuela se van alejando.

—Buela, ¿me consigues guayaba, cuando puedas?

—Deja ver mi amor, si el médico me deja, y si hay por ahí, te las traigo, cómo no.

Una vez salen, me levanto de la cama. Me siento completamente saludable. Hay un espejo junto al lavamanos. Me subo la bata hasta más encima de mi abdomen.

Lo sabía. No tengo ombligo.

Entonces noto la estatuilla a la que mi madre referenciaba.

Opiye.

Una sombra cubre la luz y se posa detrás de mí, y una risa familiar llena el cuarto. Puedo verlo a través del espejo. Opiye me habla entre su risa burlona.

—Un nuevo trato, opía, entre tú y yo. Te he regalado una canción. Hay más arisarijuas en la isla en busca de atar y desatar cemíes para usurpar nuestro poder. Ayúdame a matarlos, y puedes permanecer entre los goeiz. Lleva mi cemí contigo a donde quiera que vayas. Y no olvides comer mucha guayaba. Tenemos mucho trabajo que hacer.

Suelto la bata y me meto en la cama mientras escucho su carcajada siniestra y, por alguna razón, no puedo evitar reírme también.

El grimorio
de Úrsula

I

o tengo más remedio que transitar frente a ella cada día de camino a la universidad; la antigua morada de doña Úrsula. Es una pequeña vivienda que tiene un balcón con balaustre y posee la engañosa apariencia de ser una sencilla e inocente casa de campo. A mí, sin embargo, me produce escalofríos cada vez que camino por la diminuta carretera que me obliga a pasar por ella. Se ve clausurada y, cuando me acerco, percibo su aparente soledad. Se nota que nadie ha entrado hace mucho. Los vecinos, sin embargo, aseguran que oyen voces cada noche, y rumoran que en ocasiones luces y sombras se mueven frente a las rendijas de las ventanas que, por viejas y deshechas, no logran cerrarse por completo. Nadie se atreve entrar, ni siquiera los hijos de Úrsula, quienes hace seis meses se la llevaron de la casa a vivir con el menor de ellos. Ella se resistió pues no tenía la intención de separarse del hogar que habitó por casi un siglo. La maldijo cuando se la llevaron, puesto que adentro había dejado su posesión más valiosa.

II

Conozco muy poco de la difunta dueña de aquel edificio y lo que sé lo aprendí a través de uno de sus bisnietos, Antonio, quien es amigo mío desde que estudiamos juntos en la escuela superior de Maunabo. Nos llevamos bien, pero Antonio y su familia son gente poco común, y me provocan miedo. En una ocasión, lo acompañé al hogar de su abuelo, el hijo menor de Úrsula. Ahí, en una esquina, estaba la anciana. Fue la primera vez que la vi. Permanecía sentada, y su quietud sobre la mecedora era inquietante. No daba señales de vida, mientras la silla aparentaba mecerse de forma automática. No miraba a nada fijo, ni hablaba con nadie. Hasta que sus ojos conectaron con los míos. Sentí frío. Todos los vellos de mi cuerpo quedaron de punta. Detrás de su arrugado y enjuto cuerpo, y aun detrás de su mirada de gárgola, flotaba una sombra que también me contemplaba, fija, estática, como estudiándome. Entonces, la anciana me señaló, mientras un espanto indecible sacudió mis sentidos. En contra de mi voluntad, me acerqué estupefacta, mientras la familia observaba boquiabierta la escena. La anciana agarró mi mano con tanta fuerza, que me hizo perder el equilibrio, pero no caí al suelo. Luego, hizo lo que, según me dijeron, no hacía desde que se la llevaron de su casa; habló.

—Grimorio... el grimorio... es tuyo, Ana —y me soltó, mientras yo traté de descifrar quién le había revelado mi nombre.

La figura oscura detrás de ella no dejaba de acecharme con sus ojos de sombra, pero Úrsula volvió a su mutis inmóvil. Me fui corriendo. Antonio me siguió.

—Tenemos que hablar. No sabes lo que significa esto —me dijo.

—No, ni quiero saberlo —le respondí casi llorando, acelerando más mis pasos.

—¡Espera y escucha, nena! El grimorio, el libro de abuela. Todos quieren el grimorio de abuela. Pero ahora mama Úrsula dejó claro que es para ti.

—Que se queden con él. No lo quiero —no me detuve. Ignoré a Antonio el resto del camino hasta llegar a casa.

Antonio no insistió.

No regresé a ese lugar, pero la sombra, el toque frío de Úrsula y su cara de gárgola, seguían siempre presente en mi mente, en especial cuando transitaba junto a su clausurada casa, donde todas las tardes, al regresar de la universidad, escuchaba su voz tenue, frágil y fría, llamarme desde detrás de las rendijas de las ventanas, y donde, en otras ocasiones, la sombra aparecía de pie en el balcón y me miraba de nuevo.

III

Úrsula murió ayer. Hoy siento esa fuerza extraña que me hizo desplazarme hacia la anciana el día que la conocí en persona. Voy a la casa de su hijo para su velatorio. Percibo que mi presencia no es deseada, pero nadie osa detenerme cuando entro por el portón delantero.

—Nadie ha podido entrar a la casa. No hay de otra. La abuela quiere que tengas el grimorio. Debes aceptarlo. Solo tú puedes entrar a la casa ahora. Por eso toda la familia te odia, —me dice— pero no tengas miedo. No se atreven a hacerte nada. Te tienen miedo.

Cuando me adentro en la sala, veo velas encendidas por todos lados. El olor a incienso es sofocante. Los hijos de Úrsula visten ropas extrañas y portan talismanes en sus cuellos que nunca he visto en ningún velorio católico. Según camino, todos me abren paso.

Lucho con mis propios movimientos. No quiero llegar hasta donde yace el féretro. Pero la fuerza misteriosa me sigue empujando hacia allá. Cuando llego frente al cadáver, siento mi corazón casi paralizarse al ver que la muerta

85

todavía observa con los ojos abiertos, los labios separados produciendo una siniestra sonrisa entre las arrugas y manchas que marcan los muchos años que acumuló en vida. La mecedora en que se sentaba está puesta justo al lado del féretro. Sobre ella nadie se sienta, pero empieza a bambolearse sola, produciendo un chillido que deja a todos en silencio y posando su vista sobre la silla. Empiezo a temblar de frío, a pesar de que unos minutos antes sudaba por el calor irritante del sobrepoblado cuarto.

En ese momento, la cabeza tiesa de Úrsula, que se mantenía fija mirando hacia arriba, se voltea en mi dirección, creando un ruido como de una rama partiéndose, y desgarrando la piel de su cuello al momento. El cuarto queda inundando con el olor a bálsamo y la putrefacción de carne humana cruda y expuesta. Justo detrás de mí, siento un susurro que, en el silencio que impera, parece un grito acusador.

—Grimorio...

Dejo escapar un grito. Lágrimas de terror bajan por mis mejillas, y huyo del lugar despavorida.

IV

Mi corazón aún palpita mientras camino de prisa de regreso a mi apartamento. Todavía escucho detrás de mi cabeza el susurro que oí frente al féretro, pero miro a todos lados y la calle está desierta. No logro sacudir el olor a cadáver de mi nariz. A una corta distancia, la sombra de la casa de Úrsula se acerca a mí, mientras el atardecer se desaparece detrás de las colinas del barrio.

Sin quererlo, me paro frente al portón de la antigua casa. Con un chillido metálico, los portones mohosos se abren frente a mí, y, más adelante, algún ente no visible abre la puerta que por tantos meses permaneció cerrada. El sonido de la puerta al separarse del marco me provoca escalofríos, pero más la oscuridad que emana de sus espacios vacíos. Mis pies se mueven solos. Me impulsan hacia adentro. En el balcón, una minga grotesca, con ojos pintados de rojo, el pelo todo revuelto y tieso, el rostro sucio con excremento de aves, y una boca rayada con el maltrato de tiempo, yace vigilante sobre el balaustre. Sus ojos me siguen al caminar, como lo hacía todos los días cuando caminaba frente a la casa, y no deja de clavarme con su mirada hasta que estoy dentro de la oscuridad de la sala.

La puerta se cierra. Tiemblo y lloro, mientras dos filas de velas paralelas se prenden delante de mí y forman un sendero que llega hasta un pequeño altar al final de la sala. Sobre el sagrario se encuentra el grimorio cerrado. Es un libro voluminoso, de apariencia antigua y rodeado de símbolos que ni conozco ni entiendo. Alrededor, veo huesos de animales disecados, remanentes de frutas podridas, incienso quemado, varios santos tallados y muchas moscas que transitan el área cercana al altar persiguiendo el olor a decadencia que permea en el espacio. El libro se abre y las páginas se mueven como si un viento soplara con furia, excepto que no hay ni viento ni aire en la sala que alivie el ambiente mustio. Siento frío otra vez, mientras el libro se aquieta en una página.

—Lee — me dice una voz de ultratumba.

No quiero leer. Miro para otro lado y veo la mirada de gárgola de doña Úrsula asomarse entre la oscuridad de un pasillo, y me produce un sobresalto. Casi de inmediato, siento que una mano helada e invisible fuerza mi vista hacia la página. Escrito en sangre se lee mi nombre cientos de veces. Entre gemidos y llanto, leo mi nombre involuntariamente hasta que termino gritándolo entre mis sollozos. Luego, mi mano se levanta y se hiere con la punta filosa de un candelabro hasta sangrar levemente, y se coloca sobre el libro. Mi palma permanece sobre las páginas del libro, que absorben las gotas que se escapan del surco recién abierto.

Siento aquella presencia perder su fuerza sobre mí mientras quito mi mano del grimorio y las velas se apagan. Reina una densa oscuridad. Jadeante, busco algún interruptor para encender la luz. Al fin, encuentro uno que deja la sala iluminada con una luz tenue y, a veces, intermitente, como si la bombilla no estuviera bien insertada. Acelero mi paso hasta la puerta, pero no logro abrirla, como si alguien la hubiese cerrado con llave desde afuera. Detrás de mí, escucho un chillido. Me volteo para ver una mecedora oscilando de lado a lado, como con desespero. Escucho las puertas del pasillo abrirse y cerrarse solas. Mientras gimo en silencio, me volteo hacia la puerta nuevamente para tratar de abrirla golpeándola y pateándola con todas mis fuerzas. Es entonces que noto por vez primera el espejo en la puerta. Veo mi figura en el espejo. Me paralizo de terror al notar que no estoy sola. Detrás de mí, erguida como una torre, yace la sombra que acompañaba a Úrsula cuando vivía. Me observa a través del espejo, como si fuera una estatua viviente detrás de mí. Alza una mano translúcida y la pone sobre mi hombro.

Mientras me toca, mi cuerpo completo se vuelve frío. Una sonrisa pronunciada y malévola se marca en mi rostro sin yo quererlo, y mi cuerpo deja de ser mío.

Dosboca

a caza se dio la noche lluviosa del viernes. Los oficiales de Recursos Naturales se retiraron temprano y recomendaron a todos los dueños de pequeñas embarcaciones que anclaran y aseguraran bien sus vehículos acuáticos. Pronto, solo la lancha de Tato Escopeta y su pequeña tripulación osábamos desafiar el clima sobre el lago. La temperatura bajó bastante desde la tarde soleada en que me encontré con Tato para discutir los pormenores del acecho, y mi piel empezó a resentir que no viniera con ropa más adecuada. Ahora todo estaba oscuro y callado, nada del bullicio que hubo temprano, cuando los turistas hacían fila para el recorrido por el lago en las lanchas estatales. La neblina comenzó a asomarse sobre las cuestas de las montañas. Me resultó desconcertante, además, la quietud del área. A no ser por la lluvia y su sinfonía de innumerables gotas cayendo sobre la superficie negra del agua, creando surcos y ondas diminutas esparciéndose en todas las direcciones, la experiencia me resultaba como navegar un cosmos líquido de una dimensión aislada y sin luz, como estar en una cápsula de tiempo-espacio donde solo existíamos nosotros sobre el lago cazando a Dosboca.

—¿Ves algo? —me preguntó Tato. Sus soldados estaban parados en diferentes partes de la lancha, ubicados estratégicamente y armados con rifles, pero visiblemente nerviosos.

—Todavía no. Hay que buscar lugares que podrían servirle de nido. No creo que sea cerca de lugares donde transita mucho la gente. Dile a Rey que siga *pa* la parte sureste del lago, hacia el río Limón. Podemos buscar ahí primero.

Tato dio la señal. Yo alumbraba con una linterna especial que me ayudaría a identificarlo. Normalmente, las noches eran más favorables para encontrar a estas criaturas, en especial con mi linterna. Pero el clima nos complicaba bastante la situación. Tato, sin embargo, no estaba en son de escuchar mis consejos de que no era el mejor momento. Insistió en la caza, y no había nada más que discutirle al respecto.

—Ya estoy aquí —me dije—. Ni modo.

Rey siguió las instrucciones, navegando hacia el sureste; la lancha sacudiéndose un poco ante la resistencia del viento contrario. Miré con intención en todas direcciones. Una criatura del tamaño de Dosboca no podría ser tan difícil de identificar, aunque en esa oscuridad, no estaba tan seguro de que tuviéramos tanta ventaja. El lago Dos Bocas también era más expansivo que las lagunas donde acostumbraba a atrapar especímenes similares. Cada figura que se formaba en el agua por causa del aguacero me obligaba a dirigir la mirada hacia allá. Me obligaba a mirar, sí, pero no me engañaba. Veinte años trabajando con estas bestias me bastaban para saber exactamente qué buscaba y cómo encontrarlo; piel escamosa, porosa, una multitud de dientes filosos, y ojos... ojos como canicas de un hambre salvaje y antiguo; nobles y calculadores; profundos e inmisericordes. No hay nada más terrorífico que encontrarte bajo la súbita contemplación de esos ojos cuando surgen de la nada del pantano.

El agua seguía trazando ilusiones, y mis ojos las seguían persiguiendo en anticipación. Tato insistía:

—¿Lo ves, cabrón?

—Sh —le respondí, irritado. —Déjame concentrarme.

Lluvia. Imágenes. Surcos en el agua. Ojos. Una sombra se desplazó sobre el agua en la brevedad de un segundo.

—¡Lo vi! ¡Rey, dale suave! —el navegante redujo la velocidad, mientras yo enfocaba mi visión en la dirección en que lo vi nadar. Me acerqué a la orilla de la lancha. Los soldados de Tato Escopeta buscaban a la bestia más con sus rifles que con sus ojos. Lucían rígidos, y algo me decía que nada en sus cortas vidas de capeo y traqueteo los preparó para esto. La lluvia no logró sacudirme el repentino y absoluto sentimiento de quietud que surgió en ese momento, esperando otro avistamiento, uno más concreto que el anterior que me dejara apreciar de cerca lo que se me había dicho del animal: su tamaño descomunal y el motivo de su nombre. En esa quietud lluviosa, la expectativa se hacía desesperante, opresiva. La nada seguía los pasos de las ondas surcadas en el espejo oscuro del lago. La neblina se derramaba de las cuestas e inundó la lancha con su sombra blanca. El susurro del viento exhalaba sobre nosotros la angustia de la espera inacabable.

—¿Pa dónde cogió? —Tato no tenía la paciencia para la caza, acostumbrado a dar órdenes que se cumplen rápido. Pero a Dosboca nadie lo ordena. Dosboca, al parecer, fluye como el agua, a su propio ritmo y tiempo.

—No sé —le dije, mi tono denotando estar cansado de sus cuestionamientos exasperados. Sigo buscando. Más lluvia. Imágenes grotescas sobre el agua. Fantasmas de luz en la neblina. Voces en el viento. Lluvia, silencio y nada; no veía nada sobre ese teatro macabro de la naturaleza nocturna. Señalo hasta donde imaginé que había nadado para apaciguar a Tato.

—Creo que por all... —no pude terminar. Un golpe fuerte arremetió contra la lancha casi virándola y fundiendo la lluvia, la neblina, el silencio y nuestros gritos en un caos de cuerpos tirados y brazos buscando de dónde aferrarse para no caer al agua.

—¡Aguántense, cabrones! —gritó Tato, sosteniéndose de uno de los tubos que bordeaban la nave. Su advertencia no fue lo suficiente; no todos lograron afirmar sus manos para sobrevivir el impacto y el casi volcarse de la lancha. El chapuzón se escuchó casi como un estruendo en medio del desorden y, según la lancha volvía a caer en sitio, nos buscamos con miradas exasperadas para ver quién había caído. Tito fue el primero en alzar la voz.

—¡Carlitos! ¡Carlitos, cabrón, dame la mano!

Cuando pude levantarme bien, di pasos tambaleando hacia la parte posterior de la lancha, pero la lancha no se estaba quieta. Algo la meneaba; algo estaba justo debajo sacudiéndonos. Tito extendió su mano; Carlitos la imploró desesperado. Extendí mi mano también tan pronto llegué al lado de Tito.

—Sáquenlo de ahí —ordenó Tato.

—Dale, Carlitos, llega que no te alcanzamos —le dije al muchacho. Pero Carlos no alcanzaba y antes de que pudiera llegar a hacer contacto con nuestras manos lo escuchamos gritar.

—¡Me rozó los pies!

Entonces lo vi. Piel escamosa, porosa, una multitud de dientes filosos, y ojos; cuatro ojos como canicas de un hambre salvaje y antiguo. Dos cabezas descomunales salieron abruptamente del agua como un estallido de agua y escamas. Dos bocas se abrieron y cerraron como el golpe de un rayo. La primera se cerró sobre Carlitos, su grito llenando la noche del terror que se escapaba por su boca, como la sangre que se expulsaba a chorros de su cuerpo partido, sus ojos dilatándose no muy lejos de mí, según perdía fuerza y vida.

Nadie pudo reaccionar lo suficientemente rápido porque la segunda boca cayó justo al frente de nosotros, sus dientes extendiéndose, buscando otra presa. Sentí su aliento oloroso a pescado, agua posada y carne descompuesta. Uno de sus ojos conectó con el mío y por primera vez, desde que empecé a cazar a estos animales, sentí miedo. Por una fracción de segundo su ojo me penetró. Me comunicó inteligencia y premeditación, dejándome expuesto, mi experiencia hecha nada ante su astucia salvaje y su fuerza bruta.

Dosboca cerró la segunda quijada y así mismo como apareció volvió a la oscuridad del agua, entre la lluvia y la neblina y el brazo de Tito. Sobre la lancha quedamos el resto de la tripulación improvisada de Tato Escopeta, con gritos de Tito que yacía en el piso desangrándose con lo que le quedaba del brazo derecho, un poco de piel, carne mascullada y un poco de hueso que le sobresalía de la carne. Miré otra vez al lago. Alumbré el área. Vi a Dosboca alejarse velozmente hacia el río Limón; su cuerpo visiblemente más largo que nuestra lancha, sus dos cabezas sumergidas a medias; sus cuatro ojos alertas todavía justo sobre el agua, y su cola extendiéndose hacia nosotros cortando en surcos las imágenes rojas y grotescas que dejaba la lluvia en la sangre que dejó como rastro en su huida victoriosa.

* * *

La lluvia no paró después de nuestro encuentro con Dosboca. Cuando nos vimos forzados a regresar a la casa de Tato, a orillas del lago, ya los ríos estaban crecidos y los niveles del agua en el embalse comenzaron a elevarse. Rey, el copa de Tato, se llevó a un Tito apenas consciente en un *jeep* para tratar de dejarlo en algún hospital. En la casa permanecimos Tato, dos de sus soldados y yo. Horas más tarde, nadie, ni siquiera Tato, había dicho una sola palabra. Yo estaba frente a una mesa en el balcón de la casa, que estaba construido en madera en altos sobre vigas enterradas profundamente en una base de concreto sólido que casi siempre estaba bajo el agua. La casa fue construida precisamente pensando en los niveles fluctuantes del embalse, de lo contrario, ya estaría inundada. Casi no se veía nada. Mis manos aún me temblaban pensando en la bestia. Pensaba en los rostros de Carlos y Tito, chamacos poco mayores que mi propia hija de diecisiete años, y me sobrecogía un coraje que solo el ron me ayudaba a manejar. Todavía no entendía la obsesión de Tato Escopeta de atraparlo, costara lo que nos costara.

Tato estaba al otro lado del balcón haciendo algunas llamadas. Trató de que nos llegaran refuerzos, pero según pude escuchar, los caminos estaban muy peligrosos con tantos ríos crecidos. Posiblemente tendríamos que esperar al otro día, si es que la lluvia cedía. Aún entre las sombras se notaba su coraje y sus murmullos contenciosos en el teléfono me confirmaron su estado de ánimo. Cuando colgó, entró a la casa tirando la puerta.

—¡Puñeta! —gritó, probablemente tratando de verbalizar su frustración. Al rato, volvió con dos rifles y me entregó uno.

—¿Pa qué es esto?

—Nos cogió de sorpresa. La próxima vez que lo veamos, plomo es lo que hay pa'l hijoeputa.

Cogí el arma, inseguro. Sabía cómo usarla; parte de mi trabajo en Recursos Naturales me requiere estar listo para lidiar con especies peligrosas que se sueltan o escapan, pero casi nunca llega al uso de armas de fuego. Ciertamente, nunca las había usado para atrapar a los especímenes menos monstruosos de caimanes que sacábamos semanalmente de Tortuguero o del embalse La Plata. En la mayoría de los casos, usamos trampas o tranquilizantes. No me sentía cómodo manejando un arma ilegal, pero después de lo que vi, tampoco estaba seguro de no disparar con él si me enfrentaba a la bestia otra vez. Verifiqué que el arma estuviera correctamente asegurada y lo coloqué en una esquina. Tato se sentó en la mesa conmigo observando el panorama, tragando un sorbo de whiskey. Hubo un silencio incómodo entre ambos. Hice lo que pude por volver a mis propios pensamientos, contemplando el lago y tratando de adivinar dónde, entre la negrura expansiva, podría estar Dosboca. Pero mi molestia con Tato no me dejaba tranquilo. Sentí que debía decir algo o explotar.

—Te advertí que las condiciones no eran buenas. Te dije que era mejor si me dejabas bregar con esto de forma oficial con personal de Recursos Naturales. La muerte de Carlitos y el desmembramiento de Tito se pudieron haber evitado.

—Me importa un bicho. Quiero al cabrón caimán muerto y quiero verlo morir frente a mí, con mis fucking pistolas, pagadas con mis chavos.

—¿Y por puro capricho tuyo nos mandas a joder a todos, poniéndonos en peligro? ¿O es porque no querías que se enteraran tus enemigos que tu mostrito, el que usabas pa amedrentar a los bichotes de otros puntos, se te había escapao? No te importa cuántos más salgan heridos o muertos, con tal de que se haga lo que tú quieres y tú salgas bien de todo. ¿Qué más da? A eso te has acostumbrao. Lo mismo te da un chamaco vivo que uno muerto.

—¡Ay, ya, tú el más santo! No sabes un carajo, tipo. Anyway, tú estás aquí porque te estoy pagando. Tú no eres mejor que yo.

—Te puedes meter los putos chavos por el culo, cabrón. Estoy aquí porque amenazaste con hacerle qué sé yo qué a mi hija si no venía a encontrar a tu jodio caimán mutante. Estoy aquí por ella, no por tus chavos sucios.

—Cabrón, te dije que no sabes na. Sin saberlo, papi, nos entendemos mejor de lo que te imaginas.

—Habla claro.

—Cuando Dosboca se escapó de la fosa, mi nene, que lo cuidó desde que era una lagartija; mi nene, que me pidió que no lo matara cuando salió del huevo así todo defectuoso, se fue detrás de suyo antes de que me enterara de que había escapao. No me quiso decir; probablemente quería llevarlo de vuelta a la fosa para que no lo fuera a mandar a matar. Le tenía cariño al cabrón caimán. Nadie sabe qué fue lo que pasó exactamente. Lo único que encontramos fue el brazo podrío, flotando en el lago, días después de haber desaparecío, ¿y sabes cómo supe que era su brazo?

Ante mi silencio, Tato se sacó un collar de oro que tenía guindado en su cuello y oculto detrás de su camiseta. Tenía un anillo de graduación de cuarto año, también de oro. La removió del collar y me la mostró. Por un lado, tenía la figura de un caimán, por el otro, el año de graduación. Adentro, había un nombre grabado en letras cursivas: Tatito.

—Yo estoy aquí por mi nene. O mato a Dosboca, o muero en el intento.

No dije nada. No estaba seguro hasta qué punto llegaría por proteger o vengar a mis hijos. Probablemente, también estaría dispuesto a llevarme el mundo por delante de ser necesario. No tuve mucho tiempo para ponderarlo. Vimos el jeep de Rey bajando la cuesta que llegaba a la callecita que pasaba detrás de la casa. Rey tocaba la bocina como para llamarnos la atención. Se parqueó lo más bajo que pudo porque el agua estaba ya bastante alta. Abrió la puerta y salió. Aun en la oscuridad, pudimos notar que estaba encharcado de sangre.

—¿Qué pasó? ¿Y Tito? —le cuestionó Tato.

—Tito está muerto, cabrón. La corriente de la quebrada Jobos estaba muy fuerte y estaba pasando por encima del puente. Tito se desangró. Ah, y me debes un jeep nuevo, ese no hay quien lo limpie ahora. Me cago en la madre del jodio cocodrilo ese —Rey cerró la puerta del jeep. Se acercó a las escaleras como para subir.

—¿Pa dónde tú vienes? *Pa* acá tú no subes así. Me haces el favor y te me quitas los trapos esos, te enjuagas en el agua y despúes subes.

—Diablo, mano, tú no vales na.

Rey obedeció. Se quitó los zapatos, camiseta y mahones, y los dejó tirados en una esquina. Se acercó a la orilla del lago y comenzó a lavarse.

—Puñeta, está fría. Como me enferme, sabes que me vas a pagar los biles médicos también, ¿verdad? —gritó con su voz temblando por lo frío del agua.

Casi no se veía. La neblina seguía merodeando y la lluvia no dejaba de derramarse en torrentes finos y cristalinos que producían el teatro de imágenes acuáticas. Rey se notaba incómodo y se restregaba el pecho, los brazos y las piernas con desespero. Miré a Tato por un momento. Estaba perdido entre sus propias ideas.

—¿Qué vamos a hacer con el cuerpo de Tito?

—Mañana temprano voy a mandar a los muchachos a llevarlo a la finca donde tengo la fosa para que lo piquen en cantos y se lo den a los otros caimanes, y también voy a mandar a quemar el jeep con to y la ropa de Rey. Después, en la tarde, nos ponemos ready para matar a Dosboca. Ya di instrucciones para que me traigan dos lanchas más. El caimán es listo, pero no pude tumbar tres lanchas a la vez. En lo que ataca a uno, los otros dos lo rodean y le caemos encima a balazos.

—Ojalá funcione tu plan —Tato no pudo responder. Ambos nos percatamos de que todo estaba demasiado silencioso. No se escuchaba ni a Rey ni sus pasos ni sus movimientos en el agua, como hasta hace una fracción de segundo. Volvimos a mirar hacia donde se enjuagaba Rey. No estaba.

—¡Rey! ¡Sal ya, que no estoy pa juegos, pendejo! —le gritó.

Silencio. Indagamos en el agujero negro del lago. Tato tomó una linterna que estaba puesta sobre la mesa y alumbró el área donde se había enjuagado Rey. Surcos de agua formándose y deformándose en figuras grotescas ahora acompañaban un burbujeo desconcertante. Tato agarró su rifle y yo le seguí inconsciente, como por efecto dominó.

—¡Javi, Carmelo, salgan, y traigan pistolas!

—No puede ser que... —empecé a decir, pero entonces vino el grito. Un gemir agudo y ahogado entre bocanadas involuntarias de agua surgió de un estallido desde lo profundo. Cuatro ojos bailaban al son del movimiento de dos cabezas que se batían sobre el lago entre la neblina. Rey estaba preso entre las dos mandíbulas. Sus brazos se movían salvajes buscando libertad;

sus ojos nos buscaban, rogando la salvación. Tato disparó primero. Los cañonazos me aturdieron un poco por el estruendo retumbando en mi oído, creándome desbalance, pero me concentré y, al recobrar mi enfoque, preparé mi rifle para disparar junto a él. Javi y Rubén salieron al balcón casi corriendo por la conmoción. Estaban listos para abrir fuego contra la bestia también. Los gritos de Rey continuaron según sentía desgarrarse sus tejidos y sus huesos crujir bajo las poderosas mordidas del animal. Entonces, sus alaridos se detuvieron de forma abrupta cuando Dosboca movió sus dos mandíbulas en direcciones opuestas, partiendo a Rey en dos cantos que derramaban vísceras y sangre a chorros. Y así, tan pronto como lo habíamos visto, Dosboca se perdió en la niebla y no supimos si los disparos llegaron a su objetivo. Solo nos quedaron entre las imágenes surcadas en rojo por el efecto de la lluvia sobre el lago, los dos cantos mascullados y quebrados de Rey flotando sin vida; algunos de sus órganos internos flotando también sobre el lago de sangre. Fue entonces que supimos que Dosboca no tenía hambre, nos estaba vigilando; nos quería muertos.

* * *

Derrotados nuevamente, nos refugiamos en el interior de la casa, donde al menos estaba seco y no podríamos ver la escena macabra que había afuera; la orilla sangrienta donde flotaban los muchos restos de Rey, y el jeep detenido ominoso sobre la loma conteniendo el cadáver sin brazo y desangrado de Tito. Después de casi una hora de Tato gritar, maldecir y dar vueltas por la casa, nos mandó a descansar. Nos metimos a los cuartos, pero tenía la certeza de que nadie podía dormir. Los escuché dar pasos a través de las paredes. Oí a Javi susurrarle a Carmelo que estaba asustado y él responder que se sentía igual. En cambio, yo no había soltado el rifle, como si esperara que en cualquier momento ocurriera algo. Solo miraba por la ventana de rato en rato hacia la nada de la noche, el lago misterioso y la neblina que se movía como fantasma sobre las aguas. La lluvia sobre el techo metálico, que en otras ocasiones me resultaba melodiosa y relajante, se me hizo opresiva por su constante insistencia en no concederme un momento de solaz. Se sentía fresco el aire, pero mi cuerpo sudaba porque permeaba una humedad pegajosa en el aire que no me dejó estar cómodo.

Me levanté de la cama y volví a acercarme a la ventana. La luz de un relámpago parpadeó tres veces, llenando el cielo de una luz blanca intermitente que duró varios segundos. Acto seguido, un trueno fuerte retumbó por toda el área, su fuerza haciendo temblar levemente la casa. Un segundo más tarde, la electricidad falló. Lo supe porque el abanico de techo dejó de girar. Lo confirmé cuando le di al interruptor a ver si la luz prendía. Escuché mi puerta abrirse. Aun en medio de la oscuridad, pude distinguir la figura de Tato. Me alumbró con su linterna.

—¿Estás bien, pai?

—Desvelao.

—Así no se puede dormir. Yo sé que he sido un cabrón, pero coño, ¿me mereceré tanto?

No respondí. Tato a su vez se rio. Se sentó en la cama y yo me senté a su lado.

—Bien lo dijo Rubén Blades, mano. La vida te da sorpresas. Aquí pensando que Dosboca iba a ser sardina...

—Y tremendo tiburón que nos hemos enganchao...

Ahora ambos nos reímos.

—Si Dosboca me llega a coger en un intento de matarlo y tú sobrevives, júrame que lo vas a matar. Esto será una misión personal pa mí, y seré un miserable que no se merece la consideración de nadie, pero esto va más allá. Esta cosa no puede seguir libre por ahí. Al menos ese bien le debo al mundo, brodel: eliminar al mostro que le solté.

—Cuenta con eso —le respondí.

—Chévere. Mira pai, quiero que sepas algo. Yo sé que estuvo bien cabrón de mi parte amenazarte con tu hija. Jamás la hubiera lastimao. Yo estaba desesperao. Sabía que, si tenía algún chance de coger a Dosboca, iba a ser con la experiencia de alguien como tú. Tenías razón, me cegué de coraje y dejé morir a los muchachos. Mala mía.

Me quedé en silencio otra vez. Odiaba todo lo que representaba el estilo de vida de Tato. Resentía aún sus amenazas que me obligaron a acompañarlo en este infierno, pero, aun así, sentí una extraña simpatía por él. Quizás la muerte asomada en la esquina, el peligro presto a devorarnos como mansos corderos en boca de lobo nos empujó a formar un vínculo extraño. Estábamos solos los dos contra Dosboca. Sabíamos que los chamacos no estaban emocionalmente listos para actuar contra la bestia; no tenían el coraje y la templanza que se había forjado en nosotros por los años de experiencia en nuestros respectivos trabajos y especialidades, donde a menudo nos obligaban a tomar decisiones bajo presión. En estos momentos más que nunca, sabía que Tato necesitaba contar conmigo y yo con él.

Nos quedamos hablando un rato más, y, sin darnos cuenta, nos quedamos dormidos uno junto al otro mientras mirábamos al techo y conversábamos, armas aún en mano. No supe cuánto tiempo pasó, pero me desperté al sentir un leve temblequeo en la casa. Abrí los ojos y quedé sentado alerta, escuchando. Cogí mi arma y le di un leve golpe a Tato.

—¿Qué pasó? —me dijo. Se sentó también, más dormido que despierto.

—Sh... escucha —le respondí susurrando. Otra sacudida hizo la casa vibrar nuevamente. Ambos nos levantamos entonces, ahora completamente alertas. Otro temblor, esta vez tan fuerte que casi nos caímos al suelo. Escuchamos una puerta abrirse, y Javi y Carmelo llegaron azorados.

—¿Qué carajo es eso? ¿Qué pasa?

—¡Qué se yo! —le dijo Tato, casi escupiéndolo de la confusión.

El tercer temblor llega acompañado del sonido de un canto de madera partiéndose y entonces sentimos la casa inclinarse hacia el frente un poco, pero abrupto. Todos caímos y rodamos por el suelo ante la fuerza del impacto.

—¡El hijo de la gran puta está partiendo las vigas de la casa! —Tato se levantó y ordenó a los muchachos a buscar sus armas. Nos levantamos, preparando los rifles para disparar. Otro tembleque.

—Está tratando de partir la del lado izquierdo. Si la rompe, la parte de al frente de la casa va a caer en el lago —les advertí.

—Vente —Tato cogió la linterna y salió. Yo lo seguí por el pasillo. Algunos muebles ya estaban tumbados por la inclinación. Era difícil no tropezar con algo en medio de la oscuridad, en especial en la sala que parecía una zona de desastre por todos los muebles u otros objetos tumbados o dispersados. Otro tembleque leve llegó justo cuando salimos hacia el balcón, peligrosamente cerca del agua gracias al declive. Javi y Carmelo se nos unieron, apuntando hacia el agua, pero sus manos no dejaban de temblar. Nos congregamos justo donde estaba la otra viga que sostenía a la casa en la parte de al frente. Tato alumbró el agua. Entonces lo vimos de nuevo, una sombra monstruosa, casi mitológica en sus proporciones. Los cuatro ojos de Dosboca se alzaron justo sobre el agua y sus ojos brillantes nos miraban mientras se desplazó veloz en nuestra dirección.

—¡Disparen, cabrones, disparen! —las balas volaron, pero Dosboca no se detuvo y otro temblor seguido del estruendo de la viga partiéndose surgió del impacto. En cuestión de segundos, el balcón se encontró con el agua, la casa completamente inclinada, muebles y objetos más pequeños cayendo por la puerta, los demás amontonándose contra las paredes. En medio del caos oscuro, escuché la voz de Tato otra vez—. Métanse; métanse a la casa como puedan.

Sentí el movimiento de la bestia justo debajo de nosotros. Me lancé tan rápido como pude hacia el medio del balcón donde estaba la puerta. Mis movimientos bajo el agua se sentían pesados y lentos. Casi no podía ver. Como no me había desvestido para dormir, la ropa me hacía más pesado, y, sosteniendo el arma firme entre mis manos, la tarea de nadar el tramo entre la esquina del balcón y la puerta no se me hizo fácil. Después de dos o tres empujones y de chapaletear con los pies, finalmente llegué a la puerta. Vi a Tato encima de la pared, desde adentro, extendiendo su brazo hacia mí. Me ayudó a treparme. Javi y Carmelo me seguían de cerca, y entre los dos los halamos hacia el interior. Estábamos jadeantes, temblando de frío y de miedo.

—Nos va a ...nos va... nos va a matar —Carmelo no pudo aguantar su llanto.

—Tenemos que tratar de subir hasta la parte de atrás, antes de que Dosboca encuentre como meterse —les dije, tratando de mantener la cordura. Tato asintió con la mirada y les hizo seña a Javi y a Carmelo a que subieran el empinado piso hasta la puerta trasera para tirarnos hacia la loma y la calle, lejos del agua. Los chamacos iban adelante, yo les seguía de cerca, y atrás estaba Tato, alumbrando siempre con la linterna. Usábamos lo que pudiéramos para subir, principalmente los surcos entre los paneles de madera y los muebles ya anclados a la pared. La casa, sin embargo, no dejaba de temblar; el movimiento de Dosboca debajo no cesaba. Sentíamos sus golpes. Buscaba como entrar.

A medio camino, casi llegando al pasillo, Carmelo perdió el equilibrio y cayó rodando hacia atrás, antes de poderlo sostenerlo para evitar su caída. Dio a parar cerca de la puerta.

—¡Puñeta! —exclamó. Al levantarse, otra sacudida nos obligó a aferrarnos a las paredes con más fuerza.

—Levántate, muchacho, ¡avanza! —le grité.

Apenas pudo moverse. Un bramido grave, como un motor vago y lento, se escuchó dentro de la casa. Una de las cabezas de Dosboca subió desde el agua, a través de la puerta, y sus mandíbulas no perdieron el tiempo en adherirse a Carmelo. Sus gritos no se hicieron esperar. Dosboca lo haló con fuerza, quebrándolo en el marco de la puerta según lo haló hacia el agua, y, finalmente, llevándoselo hacia abajo, siendo su sangre lo único que atestiguaba que alguna vez estuvo ahí.

—¡Vamos, puñeta, vamos! —Tato empujó a Javi hacia arriba, que trepaba más tembloroso que nunca, entre sollozo y sollozo. Yo los seguía con prisa, mi cuerpo tenso, mi mente aceptando poco a poco la posibilidad del fin. Otro temblor se desató, pero continuamos escalando. Miré sobre mi hombro de nuevo y vi sus dos cabezas lograr entrar por la puerta, mientras el resto de su cuerpo seguía atorado. Ambas mandíbulas se dividieron y del par de abismos surgió un bramido que resonó en el interior de la casa. Javi y Tato preferían no mirar hacia atrás. La puerta estaba cerca. Javi al fin la alcanzó.

—¡No abre! —gritó en otro sollozo.

—Salte. Déjame a mí —Tato se trepó apoyándose con el marco de la puerta del baño que daba hacia la parte de atrás de la casa. Miré por encima del hombro. Cuatro ojos brillaban en la oscuridad cuesta abajo. Según se movía para tratar de penetrar el interior con su cuerpo voluminoso, la casa misma se batía con él.

Me acomodé en el marco justo debajo de Tato y Javi. De donde colgaba el rifle a mi espalda, la saqué y le removí el seguro. Otro bramido vibró en tonos barítonos por la casa. Se sacudió de nuevo; el edificio en ruinas se meció con él. Traté de no perder el equilibrio. Sentía a Tato más arriba darle golpes a la puerta con el pie. Apunté. Dosboca me desafió con una doble sonrisa siniestra que seseaba sus maldiciones en dirección nuestra. Estaba más adentro ahora, sus cuatro orbes sin dejar de clavarse en nosotros delataban la distancia entre nosotros atrechándose. Tato siguió arremetiendo con su pie contra la puerta. El bramido resonó una vez más; aproveché sus bocas abiertas. Surge otro temblor; patadas, lluvia, negrura y neblina estrepitan su disonancia en mi cabeza. El caos me desconcertó, pero busqué como concentrarme. Dosboca me seguía desafiando con sus ojos bien abiertos, sus constantes sacudidas, su deslice mortal en nuestra dirección. Disparé; un balazo se escapó tras otro. Rogué al cielo que las balas llegaran a su destino, consciente de que apenas podía ver y el movimiento no favorecía mi puntería.

La puerta finalmente cedió. La bestia rugió detrás de nosotros, pero no, ya no eran dos bocas las que expulsaban la vibración gutural, solo una voz se escuchaba. No hubo tiempo para asesorar el daño, Dosboca se sacudió tan fuerte, que la casa estaba a punto de colapsar por completo. Tato empujó a Javi y se alzó detrás de él por encima de la puerta trasera con un gruñido. La casa moviéndose de lado a lado; volví a colgar el rifle a mi espalda y me trepé para alcanzar los brazos de Javi y Tato. Antes de que la casa cediera, entre los alaridos de nuestro oponente, nos lanzamos al suelo verde de la loma, la lluvia cayendo sobre nosotros inmisericorde, luces ocasionales llenando el cielo negro. La casa se terminó de derrumbar; los gruñidos de Dosboca se filtraron entre las ruinas.

Corrimos de prisa y subimos la loma hasta el vehículo que permanecía ahí, con un cadáver como centinela silente en medio de la noche lluviosa. Tato sacó el cuerpo de Tito del jeep de Rey. La sangre permanecía húmeda sobre los asientos y la alfombra. Javi se veía renuente.

—Ay, ya, nos jodimos ahora. Móntate, pendejo —ordenó Tato. Javi obedeció. Se trepó hacia la parte trasera mientras que yo me acomodé en el asiento del pasajero y Tato en el del conductor. Encendió el motor y giró el jeep hacia la calle.

—¿Qué vamos a hacer si el río está crecío y no podemos pasar? ¿Estará muerto? —indagó Javi. Miré las ruinas sobre el agua. Una quietud incómoda emanaba del lugar.

—Nuestro error ha sido subestimar la capacidad de Dosboca. No tenemos el lujo de meter la pata así otra vez. Esto no se ha acabao.

—¿Qué hacemos, entonces, mistel?

—Vamos al muelle, tengo una idea, y avanza, que no creo que tengamos mucho tiempo —contesté.

—By the way, mistel, ya di la orden para que te lleven los chavos discretamente. Y no me vas a decir que no. Si no por ti, por tu hija, para que los use en la universidad y se haga una persona de bien. Ella no tiene que saber de dónde los sacaste.

* * *

Las compuertas de la represa estaban abiertas. El agua salía con mucha presión hacia las turbinas. Javi movió la lancha hacia el medio del embalse, cerca de la represa. Tenía los motores prendidos. Estaba aterrado, pero después de la muerte de sus amigos, estaba dispuesto a formar parte del plan. Le dijimos que a la primera vista de Dosboca, que moviera la lancha hacia las compuertas. Tato y yo patrullamos el puente sobre la represa, moviéndonos con cuidado. El agua brava y enfurecida podría arrastrarnos hacia las turbinas y había poca probabilidad de sobrevivir ese accidente. La noche estaba ya avanzada, la lluvia se debilitaba, sus grotescas ilusiones surcadas sobre la superficie del agua se diluían en ondas más apacibles, el agua volviéndose un color verdoso oscuro en lugar de la pigmentación luminosamente oscura del ónice. La neblina se esparcía, su danza macabra en el susurro del viento llegó a su fin; el cielo avisaba de un amanecer no muy lejano. Algo en mi interior casi me convencía de que el último encuentro debilitó la magia perversa que le había dado la ventaja a Dosboca, y germinó en mí un retoño de esperanza de poder escapar la furia del caimán. La lancha no dejaba de moverse, luces encendidas en todas direcciones para que no llegara sin aviso. Ambos alumbrábamos el lago desde nuestras respectivas posiciones para llamar la atención de Dosboca, que hasta el momento no dio signos de vida.

En medio de la vigilia, nuestros sentidos agudizados por la adrenalina y la tensión de la espera del encuentro final, con el peso del terror sobre nuestros cuerpos fatigados de insomnio, pérdida y derrota, vimos la lancha brincar sin aviso. Dosboca lanzó su emboscada con su habilidad para el escondite, el silencio y la sorpresa típica de su especie, llegando finalmente luego de la larga espera. Pero esta vez, estábamos listos. Javi mantuvo la lancha equilibrada, manos firmes sobre el timón. Retomó su rumbo al caer brusco de nuevo sobre el agua. Luego de su ataque inicial, Dosboca manifestó su alargado cuerpo, avanzando otra vez contra la lancha y contra Javi. Sus dos cabezas estaban ahí, vivas, furiosas, anhelantes, pero esta vez solo brillaban tres de sus ojos y, sobre su piel, se apreciaban varias heridas sangrantes de bala y madera enterrada, pero nada de esto lo detenía. Tenía razón, Dosboca no había acabado con nosotros todavía. Sus mandíbulas se abrieron a la par, el ronroneo grave y terrible de su rugido resonó por todo el embalse.

Javi aceleró. Tato me dio la señal. Comenzamos a disparar hacia el agua; no en vano nos posicionamos diagonal, a lados opuestos de la ubicación del bote; desde ahí teníamos vista directa y estratégica a nuestro objetivo. Los cañonazos no se hicieron esperar, según Javi movía la lancha más hacia nosotros. Varios rugidos nos dejaron saber que algunos de los tiros lo impactaron, pero no se detuvo. Tenía una velocidad impresionante para un animal de su tamaño, y se desplazaba ágil detrás de la lancha. Seguimos disparando, pero nos preparamos para el impacto; Javi no tenía la intención de detenerse. Aseguró el timón y con cuidado se trepó en la proa y se sostuvo con las barandas de metal. Dosboca le dio otro empujón, pero el chico mantuvo su posición; nosotros seguimos disparando.

La lancha se trepó sobre las compuertas, llegando al puente, y Javi se lanzó hacia el lado, cayendo con un golpe fuerte sobre el puente de cemento. La nave terminó cayendo al otro lado, hacia la parte profunda de la represa del otro lado de las compuertas, perdiéndose entre el estruendo de las aguas y las turbinas. Dosboca no se dejó esperar. Apareció corpulento, desafiante en el medio del puente. Detuvimos nuestros tiros; no podíamos arriesgarnos darle un tiro a Javi. El joven se levantó para correr, pero Dosboca se interpuso, su cuerpo sangrando por los múltiples impactos de bala, pero su fuerza, vitalidad y furia aún no se desvanecían. Su victoria absoluta aún era posible. Rugió, amenazando el cuerpo escuálido de Javi con sus múltiples dientes filosos y los abismos producidos al abrirse sus mandíbulas. Tato corrió hacia él, y yo, ahora con Dosboca dándome la espalda, me acerqué un poco y resumí mis disparos. Su piel recibía los golpes, pero la bestia no se inmutaba, como si sus escamas fueran capas gruesas, casi impenetrables, que lo protegían de los impactos.

—¡Agáchate, Javi! —escuché a Tato gritar. Enseguida distinguí tiros desde el otro lado, nuestras armas sonando al unísono ahora, Dosboca rugiendo su dolor y su furia. Se dio la vuelta hacia mí y corrió mirándome con tres ojos angustiados, pero con la ira de toda su especie creando una chispa malévola que quemaban en mi consciencia su intención de devorarme. Seguí disparando, pero la bestia no se detenía. Me preparé para el fin y cerré los ojos.

—¡Esta vez no, hijueputa! —escuché, y ante los primeros rayos débiles del amanecer vi a Tato lanzarse sobre Dosboca, disparando, como poseído de una locura, sobre sus cabezas. Una de ellas lo logró agarrar con su mandíbula poderosa. Tato no gritó, aunque el dolor era visible en su rostro que poco a poco palidecía; en medio de todo, siguió disparando y entre el ruido de sus disparos, lo escuché pronunciar débil:

—Esto es por mi nene, so cabrón.

Yo seguí disparando también, cantos del caimán empezando a chispear el área. La bestia se desorientó; tras los numerosos impactos, su dolor y agonía aumentando, se cayó hacia el lado. Trató de aferrarse para no caer al abismo, pero finalmente, fracasando a causa de la presión del agua, atravesó las compuertas. Con un último bramido grave, agónico y desafiante, cayó al abismo de agua río arriba, llevándose a Tato Escopeta con él.

Contemplé la escena, incrédulo, temblando todavía. Unas lágrimas involuntarias me sorprendieron, cayendo según vi asomarse el sol. Javi se acercó, también maltrecho del susto y el shock. Buscó con su mirada a Tato entre las furiosas aguas, pero no había señas ni de él ni de Dosboca. Nos miramos, sin decir nada. Después de una pausa larga, donde nos miramos a los ojos, quizás tratando de buscar cómo verbalizar lo vivido, lo sobrevivido, le di un abrazo. Al principio se sorprendió, pero luego se dejó, y, por unos instantes, se permitió llorar sobre mí.

—Llama a la gente de Tato —le dije después de unos minutos—. Diles que vengan a limpiar esté revolú lo antes posible. Quiero irme a casa— miré el panorama otra vez. A lo lejos, el río Grande de Arecibo arrastraba una sombra que flotaba hacia el norte. No supe si vivo o muerto, pero Dosboca se alejaba entre las sombras de los árboles y cerros, el agua llevándose sus horrores con él.

Pukas

nocturnas

I

Cuando Mara me trajo aquí para sustituir a Enoc, nunca me imaginé que las pukas me seguirían. Fui el cuarto en llegar, y mi entrada a este mundo se dio en medio de una fiesta. Era su cumpleaños, y Enoc 3, que estaba listo para ser celebrado, era muy distinto a mí, más reservado y tímido, pero muy talentoso. Resintió que se lo llevaran justo en ese momento, en especial porque Devana le había pedido que tocara el violín para la visita. Aun así, creo que más que cualquiera de los sustitutos de Enoc yo era el que más emocionado estaba por vivir con su familia. Antes les estaban raros esos cambios súbitos de carácter, pero sus sospechas de que algo no andaba bien con su "hijo" comenzaron conmigo, en especial cuando se percataron, luego de mi llegada, de que no podía tocar todos los instrumentos que Enoc 3 tocaba con gran maestría. Aunque me llevaron a todo tipo de psiquiatra para tratar los cambios repentinos de personalidad de lo que ellos imaginaban era su Enoc, no tardaron en acostumbrarse a mí, y yo a ellos. Formar parte de su familia me brindó muchos momentos de dicha y alegría.

La felicidad, sin embargo, me duró solamente hasta que las pukas llegaron. De donde vengo, su fama las precede y todos los niños saben que no deben salir en la noche porque te pueden llevar. Allá las casas están protegidas contra ellas. Pero aquí nadie las puede ver ni sentir, y no se pueden llevar los niños de aquí. Pero sí pueden entrar a sus casas; es decir pueden entrar a esta casa y me pueden llevar a mí.

No tardé en darme cuenta de sus presencias. Al principio eran golpecitos, una que otra risita en medio del silencio de la noche. Luego, sentía sus movimientos cerca de mí, y cuando vi sus ojos, supe que tenía que alejarlas con lo único que tenía para protegerme: la luz. Empecé a dormir con luces prendidas, y muchas veces me desvelaba pendiente a que nadie las apagara y me llevaran en la noche. Eventualmente, mi nueva hermana, Zoar, me delató porque no podía dormir muy bien a causa de la luz. Fue la primera vez que Devana me cuestionó sobre el asunto. Desde que recibieron mi "diagnóstico", aunque nunca dejaron de ser padres estrictos, me trataban con un poco más de cuidado por miedo a que pudiera empeorar.

—Debes apagar la luz de noche, —me dijo— tienes que dejar que tu hermana duerma; además, la luz está cara.

—Es que si la apago me van a llevar las pukas —le contesté, sabiendo que probablemente no me iba a creer.

—¿Las qué? —preguntó claramente aguantando las ganas de reírse.

—Las pukas. Son mostritos que se llevan a los nenes. Le tienen miedo a la luz. Pero si está oscuro, me pueden llevar.

—¿Y por qué van a querer llevarte, si eres un niño bueno?

—No les importa. Ellos comen todo tipo de niño.

—Pues no te debes preocupar, porque para eso estamos tu papá, Zoar y yo, para protegerte.

Traté de hacer según me dijo. Apagué las luces de noche, pero no podía dormir. Podía sentirlas cerca. Escuchaba sus risas y, en algunas instancias, veía sus ojos moviéndose en las sombras más oscuras del cuarto en la noche. Sabía que lo único que las mantenía alejadas en medio de la oscuridad era la presencia de Zoar. Aun así, según pasaron los días, se volvieron más osadas, hasta que una noche, vencido por el sueño, me quedé dormido. Me despertó un olor fétido, como el aliento del algo no exactamente humano cerca del rostro, seguido de una risa y un dolor súbito y punzante. Quedé sentado en la cama, mi mano instintivamente pulsando el botón de la lámpara, y ante la llegada de la luz vi decenas de ellas corriendo a refugiarse entre las sombras. Tenía una cortadura en el antebrazo que sangraba levemente.

Sin más remedio, volví a dejar la luz encendida, y dormía con el flashlight iluminándome debajo de la sábana. Le rogué a Zoar que no le dijera nada a Devana ni a Federico, y ella prometió guardar el asunto de la luz como un secreto por el momento, aunque no me creía lo que le decía sobre las pukas. Devana, sin embargo, no tardaría en darse cuenta y volvió a conversar conmigo sobre el asunto.

—Enocito, necesito que dejes esa costumbre. Todos tenemos miedo a veces, pero hay que enfrentar esos miedos, y tú estás creciendo, ya no eres tan chiquito. Tienes que perder ese miedo que le tienes a la oscuridad. Los mostros no existen.

—Tú sabes que eso no es verdad —le dije casi llorando. Se quedó pensativa y tardó en responderme y aproveché para añadir, en medio de mi desespero creciente:

—Si algún día yo dejo de ser yo, ¿me extrañarías?

—No te voy a extrañar, tontito, porque tú no vas a ir a ningún lado. No importa cuánto cambies, siempre serás mi Enoc y siempre estarás aquí. Y no importa cuánto cambies, en esta casa hay reglas que debes obedecer.

—Creo que pronto no voy a estar aquí. Las pukas me van a llevar.

—No quiero que vuelvas a hablarme de las pukas

II

Mi victoria sobre las pukas me dura poco. Ese día, Zoar se va con su tía para quedarse en su casa. Por la tarde, cuando llega el correo, Devana recibe la factura luz. Es entonces que mi miedo a las pukas pasa de ser un chiste sobre mis ocurrencias infantiles, a un problema de disciplina serio que hay que atender, porque Devana y Federico no cuentan con muchos recursos económicos y no pueden pagar por mis excesos energéticos. Lo primero que hace al ver lo elevado de la factura es remover la lámpara de noche del lado de mi cama, y la de Zoar. Un poco más tarde, al caer la noche, se asegura de darme mi merecido regaño.

—¿Cuántas veces te he dicho ya que apagues la lámpara a la hora de dormir? ¡Mira cuánto me llegó de luz! ¿Sabes todo lo que se tiene que trabajar para pagar este bil? Si tú te crees que yo tengo ciento y pico de pesos tiraos por ahí todos los meses para pagar más de luz por tus tonterías, estás bien equivocao. Pero esto ya se acabó. ¡Como yo vuelva a ver que dejes una luz prendida en la casa, o que estés prendiendo luces de noche, vas a llevar! ¿Estamos claro?

—Sí, ma —le contesto con el nudo en la garganta.

—Pues ahora vete a bañar y acuéstate a dormir que ya es tarde.

Me viro hacia las escaleras, el pánico retuerce mi cara, y mis pies apenas logran afirmarse bien sobre el primer escalón por el temblequeo que me ataca. Me toca dormir solo por primera vez desde que llegué a este mundo, y ahora ni siquiera tengo la seguridad de mi lámpara. Respiro profundo. Subo a paso lento y pesado. Trato de permanecer en la luz lo más posible de lo que dura el corto espacio del trayecto que recorre desde las escaleras, por el pasillo, hasta el baño. Pero por más que intento, la travesía se vuelve un instante y llego hasta a mi destino. Cierro la puerta y ya las escucho. Me desvisto rápidamente y abro la llave del agua caliente. Le echo un vistazo al drenaje de la bañera con desconfianza, temiendo que aun ahí puedan estar merodeando.

Miro seguido de lado a lado asegurándome de que no me sorprendan. Me consta que están cerca, pero al menos en el baño hay luz. Desnudo, me siento indefenso, así que me apresuro en el aseo. Hago lo posible por no cerrar los ojos. Sin embargo, al caerme jabón, se juntan mis párpados a causa del ardor.

Los escucho de nuevo, esta vez justo debajo de mí. No puedo ver. Algo roza los dedos de mis pies. Me muevo hacia atrás con prisa, saco el jabón de mis ojos y los abro. Dos dedos arrugados y verdes se esconden velozmente en el drenaje, ocultando las garras filosas en la oscuridad debajo. Suprimo mis lágrimas, mientras me asomo al desagüe de la bañera. No distingo nada, pero pronto vislumbro un celaje pasar más allá de la cortina de la bañera. Me pego a la pared y espero a que pase. Cierro la llave del agua. Abro la cortina con cautela. La única sombra tirada sobre la pared es la mía.

Me apresuro a secarme, vestirme y salir del baño, mientras sigo escuchando sus movimientos. Abro la puerta. No hay luz en el pasillo. Devana se ha retirado a su cuarto a descansar y apagó todas las luces de la casa. Con mucha renuencia, apago también la del baño pues sé que, si no lo hago, el castigo vendrá seguro. Cuando la oscuridad invade, mis latidos se exaltan. Sudan mis manos mientras tomo pasos cuidadosos hacia mi cuarto. Ya no puedo suprimir el llanto; diminutas gotas saladas supuran desde mis lacrimales. El viaje hasta el santuario de mi cama es pausado y ya puedo escuchar sus voces incrementar por las paredes. Entro a mi habitación y echo un vistazo alrededor tratando de penetrar la oscuridad con mi vista. Mis ojos aún no se han ajustado a la falta de iluminación.

Decido cerrar la puerta tras una breve deliberación. Pienso que al menos si lo hago podría escucharlos entrar cuando la abran, en caso de que decidan invadir por el pasillo. Ya mis ojos pueden ver un poco más en la oscuridad, pero sigo sudando y temblando. Al virarme, noto mi cama al fondo del cuarto, justo al lado de la ventana tapada por una persiana que permanece siempre cerrada. La cama de Zoar está vacía, pero poblada de sus peluches favoritos. Noto un leve movimiento entre ellos. Una sombra se escurre entre ellas y veo uno de los muñecos caer al piso. Me rehúso en ir a recogerlo. Sigo rebuscando el cuarto con mis ojos.

Noto que unas esferas ambarinas me observan desde debajo de mi cama. Me detengo, paralizado por su espantosa luz ocre. No me atrevo a continuar desplazándome hasta allá. Vuelvo a deliberar en mi mente cómo llegar a la cima de mi lecho sin enfrentar a la bestia dueña de los ojos que flotan en la negrura bajo mi cama.

Un ruido detrás de la puerta me saca de concentración, me acelera el pulso según me volteo, y pronuncio un gemido que se escapa involuntariamente de mi boca. Me viro de nuevo al recordar a la criatura bajo mi cama, y me doy cuenta de que ya no está allí debajo. Mis ojos buscan en cada espacio de mi habitación. No la hallo en ningún lado. El rumor detrás de la puerta incrementa y decido correr hasta la cama, buscando el único santuario que me queda.

Me tiro sobre ella para evitar acercar mis pies a la oscuridad debajo, y recojo mis manos y mis pies dentro de ella, lejos de las orillas. Busco mi manta para cubrirme entero y sentirme un poco más seguro de la oscuridad. No la encuentro en ningún lado. Entonces recuerdo que Devana la había lavado durante el día y que de seguro estaría dentro del clóset. Atisbo en esa dirección. La puerta está abierta, aunque recuerdo distintamente cerrarla durante el día.

Advierto otra vez unas esferas amarillentas navegar la oquedad en sombra de mi clóset, pero estas vienen acompañadas de otras decenas de esferas de diversos tamaños y colores. Me retuerce la desesperación mientras decido cómo proceder en mi estado sin luz, sin manta y con la puerta del clóset abierta como si fuera el portal del mismo infierno presto a devorarme.

Aún no logro decidir qué hacer, pero el movimiento dentro de las paredes aumenta, los ojos en el armario se duplican, y las voces en cada espacio hueco en la oscuridad van incrementándose hasta producir una cacofonía de susurros grotescos semejantes a una jauría poseída, maullando y gruñendo a coro rabioso. Justo entonces aparece la sombra de una figura que se impone entre la luz del poste y las persianas. La silueta de su cabeza cubre casi todo el espacio detrás de la ventana. Puedo escuchar su respirar y me da la impresión de observarme a pesar de que la persiana está cerrada. La silueta de su mano se bate. Pum, pum.

Lloro y gimo aún más, el coro de susurros se ríe desde cada espacio del apartamento. Pum, pum. La figura detrás de la persiana es insistente. Pum, pum. No quiero mirar a la ventana. El clóset sigue lleno de los ojos luminosos que me estudian.

—¡Mami! —mi aullido es intenso, pero no muy alto, pues la voz se me queda atascada en la garganta.

Un ruido, como de un cañón, se produce desde el closet. Siento movimiento debajo de la cama. Tembloroso, me acerco a la orilla que está más cerca al clóset. Reconozco uno de mis juguetes tirado en el piso. Es un muñeco grande y rubio que viste un mameluco rojo y camisa de rayas amarillas y azules. Está tirado boca abajo. Pum, pum. Miro hacia la ventana, y la figura vuelve a respirar sobre el cristal. Torno mis ojos hacia mi muñeco. Esta vez lo encuentro boca arriba.

—¡Mami!

La puerta se abre de momento, y grito. La luz queda encendida y, para mi alivio, es Devana quien se acerca, aunque porta una expresión de molestia.

—¿Qué te pasa?

—¡Están aquí, mami! ¡Me van a comer!

—¡Ay, Enocito! Ya te dije que aquí no hay nada —se acerca al armario. Noto que las voces se han callado, seguramente espantadas por la luz.

—Ves, nada aquí —se acerca a la cama, se pone de rodillas y sumerge su cara por completo en la sombra que yace bajo ella. Se tarda en subir, y queda inmóvil por algunos segundos. Me acerco temeroso para tocarla. Antes de poner mi mano sobre ella, se mueve, saca su cabeza de debajo de la cama y me contempla con rostro de impaciencia.

—Aquí tampoco hay nada. Ya ves que no tienes nada de qué preocuparte, nene —se levanta y se arregla su bata—. Y este muñeco, ¿qué hace en el piso?

—Ellos lo tiraron.

—No seas zángano, ya te he dicho que no dejes tus juguetes tirados por ahí, y que debes guardarlos antes de irte a dormir —lo recoge, va hasta el clóset y lo coloca encima de una de las tablillas, luego agarra la manta que estaba en otra de las tablillas. Regresa, me envuelve entre la manta y me da un beso.

—Como me vuelvas a levantar gritando, te obligaré a dormirte a fuerza de pescozones —se levanta, camina hasta la puerta y hace gesto como si fuera a apagar de nuevo la luz.

—¡Mami, déjala prendida, por favor!

—Ya te dije que aquí se paga mucho de luz, no podemos estar dándonos el lujo de dejar luces prendidas cuando estamos dormidos. Además, ya eres un manganzón de nueve años, ya eres bastante grandecito como para tenerle miedo a mostritos debajo de tu cama o en el clóset.

—¡Mami, por favor, —le supliqué más intensamente— al menos déjame dormir contigo!

—Qué insistente eres, mijo. No. Ya basta de ñoñerías. Duérmete ya, y si sigues con el berrinche, ten por seguro que te meto dos buenas nalgadas para que grites con ganas. Y para que no vengas a despertarme por estupideces, esta noche duermes a puerta cerrada con llave y voy a mandar a tu papá a que apague la luz del cuarto desde el breaker.

Devana apaga la luz y junta la puerta firme. Escucho el clic del tranque de la cerradura.

—¡Mami, no me dejes! ¡Mami!

Casi me salgo de la cama buscando rogarle a mi madre que no me abandone. Cuando me doy cuenta de estar solo y atrapado, me quedo quieto por un instante. Busco desesperado mi *flashlight*. Su luz es débil, y dura solo unos instantes antes de quedar vencido por la oscuridad al agotarse sus baterías. Tantas noches de uso y finalmente en esta, la peor de las noches, me deja sin defensa y a la merced de las pukas. Lloro mientras me cubro por completo con mi manta sin que sobre un solo pedazo de piel expuesto a la oscuridad. Escucho la puerta de su habitación cerrarse y luego se reanuda el cacareo de susurros dentro de las paredes, y en cada espacio oculto del apartamento. Pum, pum. Pum, pum. Pum, pum.

El ente fuera de mi ventana resume su golpeteo sobre el cristal. Los toques se hacen más fuertes. Mi cama empieza a moverse. Desde el armario se produce un estrépito continuo y más juguetes salen disparados desde la oscuridad. Mi llanto es constante, pero se ahoga en pequeños gritos que se me escapan cada vez que surge un nuevo movimiento o ruido. Pum, pum. Pum, pum. Pum, pum.

El armario queda poblado nuevamente de las esferas multicolores y esta vez, no se quedan escondidas en la sombra. Primero, se materializan sus garras para sostenerse en el marco de la puerta. Luego, aparece una constelación de cabezas deformes y babosas con colmillos afilados que sobresalen de sus bocas. ¡Pum, pum! ¡Pum, pum! ¡Pum, pum! ¡Pum, pum! ¡Pum, pum! ¡Pum, pum!

Mi cama se bate con más violencia y se intensifica el coro de susurros a mi alrededor. Se acercan más y más, y se aceleran mis latidos. Mi cama se aquieta. En cada orilla puedo sentir un peso nuevo. Escucho sus voces al lado mío. Las lágrimas fluyen por sí solas. Siento decenas de garras sobre mi manta amenazando con desgarrarla y navegando la cama desde las orillas hacia el centro, hasta mi cuerpo que posa en posición fetal. ¡Pum, pum! ¡Pum, pum! ¡Pum, pum! ¡Pum, pum! ¡Pum, pum! ¡Pum, pum! Cierro mis ojos.

Las garras hacen trizas las sábanas. Se distingue el sonido de la persiana subiéndose, y la ventana se abre. Las criaturas me obligan a abrir los ojos. Finalmente, me enfrento con la mirada del rostro tras la ventana. Me contemplan dos ojos rojos grandes desnivelados y desproporcionados, piel pálida y una boca semejante a una cortadura alargada en la piel, y sin labios. Mi grito penetra el vecindario, mientras que el ente que está justo afuera me sonríe, y las garras de las pukas me atrapan y me arrastran con ellas hasta la oscuridad perpetua del clóset.

Recordar

es morir

sta es la primera parada —me dice la doctora Collazo— Tenemos que ayudarte a visitar todos estos lugares vitales de tu pasado para que trates de reconstruir tus memorias y así puedas recobrar tu identidad.

Me muestra un parque ubicado en la parte norte de la ciudad. No recuerdo haber vivido aquí, aunque tampoco recuerdo haber vivido en ninguna parte. Ella dice que pasé mi niñez en estos alrededores. No tengo motivo para dudarla; en efecto, ha sido tan amable conmigo y tan generosa que no tengo sino cariño y respeto por su dedicación y entereza.

—Ve, Charlie, —me dice, aunque sabemos que no es mi verdadero nombre; me llama así de cariño, o, por lo menos, hasta que recuerde quién soy— camina un rato en el parque. Voy a darme la vuelta por la cuadra para que tengas tiempo de explorar tranquilamente.

Salgo del carro y le regalo una sonrisa. Ella me la devuelve y bate su mano en señal de despido. Sé que requiere mucha confianza dejarme libre sin supervisión siendo paciente del hospital psiquiátrico donde ella me ofrece tratamiento, pero ya hemos establecido cierta confianza. Mi problema no es falta de juicio mental, sino mi amnesia, por lo que se toma la libertad de dejarme solo en ocasiones para tratar de activar mis recuerdos con distintos estímulos sensoriales. Procuro no aprovecharme de su confianza, al cabo, no tendría a dónde más ir.

Con mucho ánimo comienzo a recorrer las veredas. Parece un parque recreativo para niños dedicado a la memoria de alguien. Nada de lo que veo me dice algo sobre mí mismo ni me activa alguna memoria dormida en mi subconsciente; así que me siento en un banco de los jardines comunitarios del parque y observo la naturaleza alrededor y las distintas secciones que tiene. Hay varias canchas, un área de juegos para niños pequeños y otra para preadolescentes. La mañana está hermosa y la brisa fresca me hace sentir a gusto. Aún sin recordar nada, un poco de libertad y aire me hacen bien. Disfrutar de mi cercanía y confianza con la doctora no quita que el encierro en el hospital podría acabar robándome la cordura.

Después de un rato me levanto. Los minutos lejos de la doctora se vuelven un poco abrumadores para mí, así que me distraigo mirando los alrededores del parque. No hay nadie transitando el área. El parque y sus muchos columpios y chorreras están desprovistos de niños, quizás por lo temprano en la mañana. Percatarme del silencio me resulta desconcertante. En el hospital siempre hay ruido: pacientes gritando, máquinas tintineando, los acondicionadores de aire soplando, puertas abriendo y cerrando; en fin, el silencio es raro y ya me acostumbré a sentir mi vida llena de presencias cercanas y ondas sonoras retumbando en mis oídos. Mis nervios me traicionan. ¿Y si no regresa la doctora? ¿Y si me abandona a mi suerte? Respiro rápido y profundo, y trato de calmarme. Veo a una mujer negra caminar calle abajo con un coche. Me mira con aire de sospecha. Debe pensar que estoy loco. Intento aparentar normalidad. Le sonrío. Por su parte, me mira raro y luego sigue su rumbo.

Entonces siento algo detrás de mí. Un respirar, casi como un ronquido fatigado; un chillido pulmonar se deshace sobre mi cuello. Un frío se esparce como resultado, recorriendo mi espina dorsal y entretejiéndose en mi piel. Me siento paralizado pues la presencia es opresiva. Hay algo en ella, solo en el sentimiento, solo en ese ronquido, que trae reminiscencias de un algo conocido, pero indescriptible; un algo espantoso que no logro nombrar, como si el frío de su respirar estuviera inscrito en mis huesos. No quiero mirarlo, pero a la vez, muero por saber de qué se compone la figura que me tiene atrapado en su hipnosis de espanto. La mujer negra sigue mirándome de reojo. Creo que mi expresión le perturba. O quizás ella también palpa la presencia que me tiene atado en su aliento helado. Le diría que huya, que se lleve a su bebé a una seguridad imaginaria lejos de este parque, pero mi boca no se mueve, aunque creo que hago muecas que delatan el intento.

Es suficiente. Cruza la calle y se aleja a paso acelerado. Me alivia verla irse a una libertad que fracaso en conseguir para mí mismo. Sumo todas mis fuerzas y me obligo a dar dos pasos hacia adelante y viro mi rostro hacia el horror que yace pegado a mis espaldas. Ahí, diviso la cara de algo, o más bien de alguien: una deformidad que no admite descripción, sino en los términos más burdos. Es una figura alta, como de un hombre grande y obeso, pero su rostro está carcomido por la pudrición del tiempo y la decadencia de la descomposición. Su piel es casi líquida, babosa, y se derrama sobre una barba que le brinda la apariencia de un profeta bíblico. Ojos gelatinosos nadan en unas cuencas oscuras, puntos blancos en una especie de universo perverso. Su blancura no alumbra, solo atrae mi mirada, la capta, la encierra en su deseo incierto de posar sobre mi carne. Escucho un hablar, un ronquido

que proviene del profeta. Repite la misma palabra hasta que logro distinguir lo que dice.

Mi...chael.

Un nombre. Un nombre que no reconozco. El profeta lo repite entre gruñido y gruñido. Levanta una mano, que resulta ser poco más que piel babosa sobre hueso, los dedos hechos puro esqueleto tocando mi camisa. Me echo hacia atrás tan abruptamente que se me enredan los pies en los surcos de los adoquines y caigo al suelo, temblando y con algunas lágrimas escapándoseme. Me avergüenzo de mi cobardía y debilidad. Algo dentro de mí me dice que los hombres deben ser fuertes, quizás algo que se me enseñó de niño.

The world must...buuurn... The world must...buuurn... Mi...chael.

—El mundo debe arder —me repito. Las palabras se sienten perversas en mi boca y mi voluntad las rechaza, pero tienen un sabor conocido, como algo que mi boca sabe decir con el músculo de la memoria en mi lengua, como si recordara algo que mi mente no logra desenterrar. Vuelvo y miro la figura imponente y gruesa, a pesar de sus brazos esqueléticos detrás de su ropa casi deshecha. Se acerca otra vez y extiende un brazo hacia mí. Grito cuando siento que me toca, y cierro los ojos.

—¡Charlie! ¡Charlie! ¿Estás bien? —siento unos brazos delicados rodearme, un olor a frescura, el perfume de una mujer que me lleva a la única zona de comodidad que conozco desde que desperté a este infierno del olvido. Abro mis ojos. La figura del ente ya no está ahí, su barba mugrosa y su piel podrida reemplazadas por la forma simpática y conocida de la doctora Collazo—. ¿Qué fue? ¿Recordaste algo? No debí dejarte sólo. Perdóname.

Vuelvo a sentir vergüenza por mi cobardía. Finjo una risa y me sacudo.

—No, no. No te disculpes. Estoy bien. Creo que me bajó el azúcar o algo. Estoy bien.

—¿Estás seguro? Estás tan pálido que cualquiera diría que habías visto un fantasma —vuelvo a fingir risa. Me sacudo los pantalones y le doy las gracias.

—No te preocupes por mí. Aquí no encontré nada que me devolviera algún recuerdo. Creo que mejor lo seguimos para la próxima parada en tu lista de lugares de mi infancia.

—Está bien. Pero vamos a comprarte algo para subirte el azúcar. No quiero otro episodio de esos. Pensé que habías desayunado. Lo menos que necesito es que tu familia nos demande por negligencia.

—Pero no tengo familia.

—Que sepamos. Vamos, Charlie.

Caminamos en dirección de la salida del parque. Por primera vez, noto una placa.

José M. Collazo Playground.

—José M. Collazo —leo en voz alta.

—¿Reconoces el nombre?

—No —pero hay algo en decirlo. Tuerzo mi lengua en mi interior repitiendo el movimiento que fonéticamente produce el sonido que las letras representan. José Collazo. No lo reconozco, pero el sabor del nombre tiene un gusto familiar.

—¿Quién será? —pregunta la doctora.

—A lo mejor es pariente tuyo. Tiene el mismo apellido que tú.

—Ja, cuánta gente lo tendrá también. Hay muchos apellidos comunes entre la gente europea y los latinos nos reproducimos como conejos, dice mi abuela —la doctora se ríe. Yo también. Me tranquilizo y me siento a gusto nuevamente. La doctora tiene ese efecto en mí.

*   *   *

Dos barras nutritivas y un refresco más tarde, caminamos hasta el carro para luego trasladarnos en el vehículo hasta una casa renovada hace poco. En el trayecto, observo a la doctora disimuladamente. A pesar del respeto que me inspira y le demuestro, es imposible que no me sienta atraído por ella. Jamás le permitiría sospecharlo, pero su presencia me intoxica. Al observarla, me invaden pensamientos impropios y me sube la presión. La sangre se me va a los genitales, y siento una erección al imaginarla desnuda conmigo; no sé ni cuánto tiempo llevo sin tener sexo. Respiro profundo y miro hacia la calle. Me avergüenzo de mí mismo. Me obligo a cambiar el rumbo de mis ideas, y le converso sobre lo más trivial que se me ocurre para no entretener mis pensamientos lascivos.

—¿Y tú collar de qué es? —le pregunto sobre la prenda que lleva guindando de su cuello; una especie de vara con detalles hecho de pelo de algún animal brotándole desde la punta de forma arqueada.

—Estoy orgullosa de mis raíces afrocaribeñas, como habrás notado en la decoración de mi oficina. Esto es un eruquere, un emblema de Oyá.

—Que interesante. ¿Es una diosa africana?

—Algo así. Mira, ya llegamos. Acuérdate que la pareja joven se acaba de mudar ahí, no saben mucho del sitio, pero han aceptado gentilmente que pasemos a mirar por unos minutos. La casa está completamente remodelada, así que es posible que no reconozcas nada. A pesar de eso, fíjate en todo. Es posible que algún detallito, aun el más mínimo, pueda desencadenar una serie de memorias. Y, por favor, sé cortés y solo entra a las áreas comunes: sala, comedor, baño, habitaciones que no sean el cuarto matrimonial. Yo estaré cerca en todo momento y, si me necesitas, solo tienes que llamar.

Ambos salimos del auto y cruzamos la calle. Nuestro destino queda en una calle repleta de casas adosadas. Están hechas de ladrillo, típico de la arquitectura en la ciudad. Algunas se ven renovadas recientemente con detalles en vinil y plástico, en tonalidades grises alrededor y moldes fabricados en madera oscura. Nos acercamos a uno de estos edificios que parecen nuevos, aunque ambos sabemos que es muy viejo. La doctora me dio a entender que viví justo en esa casa cuando era un niño. Ella no me ha revelado muchos detalles de mi vida pues solo conoce los detalles que ha podido investigar, y, sin tener familiares que puedan brindar y corroborar datos sobre mi existencia, no sé cuánto sepa sobre mí en realidad. Milagrosamente ha dado con los lugares de mi origen.

La puerta se abre. Un joven, de unos veintiséis años, aparece junto a una mujer, de más o menos su misma edad. Son blancos, como yo, ambos de apariencia profesional y educados. Despliegan aires de simpatía. La muchacha habla en una voz muy gentil, dulce, casi chillona. Pero cuando me saluda, apenas le puedo devolver el saludo y media sonrisa. Algo captura mi atención más allá. La puerta abierta desata algo entre la sombra que queda en el pasillo de entrada. Una figura se revela, y un viento frío, con fragancia inmunda, sopla en mi dirección. Me vuelvo serio, pero a la vez consciente de que posiblemente nadie más lo ve, así que finjo normalidad. Por dentro mi estómago me traiciona, se revuelcan mis tripas y un dolor me quita un poco de fuerza. Resisto el mareo y la debilidad que me provoca la presencia. La figura me contempla con una fijación sádica, sus ojos gelatinosos y blancos, sin iris ni pupilas, solo el blanco enfermizo de la muerte, rastrean cada mínimo movimiento de mi cuerpo. La barba, inundada de esa sustancia brillante y

123

adiposa, gotereando, como también lo hace su piel, tan pálida que es casi translúcida, y venas azules y violetas se delatan entre rasgaduras de carne podrida y hueso. Me señala de nuevo.

The world must...buuurn... The world must...buuurn... Mi...chael...

Sus ronquidos fatigados me tratan de transmitir el mensaje de nuevo. La frente me suda. Tengo frío a pesar del calor veraniego.

—Charlie, si no estás listo para esto, solo tienes que decírmelo.

—¿Ah? —me doy cuenta de que llevo un rato sin atender la conversación. Miro a la doctora Collazo, luego a la puerta otra vez. La figura no está. Tanto tiempo en el hospital debe estar afectando mi sanidad mental. A este ritmo nunca saldré de ahí. De seguro no le puedo mencionar nada de esto a la doctora.

—Si no te sientes listo, podemos irnos. Te ves nervioso.

—No, para nada. Estoy bien. Es solo que me da miedo con lo que pueda encontrarme.

—Eso es normal. Pero otra vez, si no quieres, podemos irnos.

—Entremos —le respondo —en verdad quiero saber quién soy.

—Pues, adelante, en confianza —nos dice el joven. Su esposa nos guía hasta la sala. Nos dice que casi todo ha sido renovado y son muy pocos los elementos de la casa original que aún permanecen, tal y como me había dicho la doctora. Todo se ve muy normal para una casa contemporánea habitada por gente joven. La decoración es minimalista, pero elegante, con muebles blancos y negros, con detalles rojos. Hay, además, muchas ventanas para que se filtre la luz natural. Nada de esto me ayuda a recordar. Navego hasta la cocina a solas. La doctora se queda conversando con la pareja en la sala.

Es una cocina de ensueño. Una isla con tope de granito pulido yace en el medio. Los gabinetes son en madera sólida, completamente nuevos. No están abarrotados de objetos. Todo se ve muy limpio. Las velas aromáticas le dan un olor frutal muy agradable. Por alguna razón, me da la sensación de que mi niñez no fue nada como este hogar ultra higienizado. Las sensaciones aquí me son foráneas, antinaturales. La sencillez crea en mí la idea de que hay demasiado espacio entre pared y pared. Una amplitud opresiva, que me deja expuesto y vulnerable. La luz comienza a darme dolor de cabeza.

—Esto no está bien —murmuro, sorprendiéndome a mí mismo con el comentario, casi escupido entre dientes como con una furia proveniente de un lugar desconocido. Esas palabras no son mías—. No son mías...

La luz se opaca, como si una nube gris se interpusiera entre el sol y la ventana. La calidez se vuelve frío otra vez. El olor a fruta se ve sustituido por la peste innombrable que mi nariz presiente por tercera vez. La cocina se ve distinta, los gabinetes se hacen viejos, repletos de chatarra. Hay comida podrida encima de las superficies de los gabinetes. En el suelo, junto a las paredes, hay unos estantes cuadrados rellenos de piedrecitas manchadas en sangre.

Veo sombras a mi alrededor. Son niños, y los niños gritan y lloran, y sus figuras opacas supuran sangre roja y brillante desde sus rodillas. Cerca de esa esquina veo al profeta, su cuerpo descompuesto arrastrándose en mi dirección. En su camino agarra los niños, los golpea con movimientos casi robóticos. Los niños gritan más; él los obliga a arrodillarse sobre las piedras en los estantes y les golpea más fuerte cuando tratan de salirse. Su furia es inquebrantable. Su cuerpo putrefacto no se deshace al moverse, no le quita fuerza ni virilidad. Al contrario, parece darle más fuerza.

Mi...chael... Mi...chael... Fi...nish...what...I...star...ted... The world must...buuurn... The world must...buuurn... Mi... chael...

De pronto, la figura está delante de mí, como si poseyera una velocidad insospechada. Su boca se abre más de lo que un cuerpo humano permite. Un agujero negro me succiona. Trato de resistir su fuerza. No quiero que me devore. No quiero morirme en esa oscuridad apestosa y de apariencia interminable. Mis gemidos no se hacen esperar.

—Charlie, —la voz de la doctora me saca del trance— dime la verdad, ¿recordaste algo?

—Tengo que ir al baño —lo digo para evadir el tema, aunque es verdad. Siento ganas de orinar, y mis náuseas son tan fuertes que siento que en cualquier momento vomito.

—Por acá está el baño, —me dice el joven, señalando a un pasillo que divide la sala y el comedor— la segunda puerta a la izquierda.

Finjo estar bien. Les sonrío a mi mejor manera y hago lo posible por ahogar el pánico que tiene a mi corazón latiendo tan rápido que su tuntuneo retumba en mis oídos. Cruzo el marco del pasillo y concibo que he atravesado una especie de umbral infernal. El linóleo color pino, liso y brillante que lo embellecía se convierte en madera vieja, opaca, casi grisácea por la capa densa de polvo que la cubre. Hay todo tipo de zapatos tirados sobre él. Los evado pisando solo los espacios entre ellos. Las voces de los niños gritando se cuelan

125

por el pasillo. Me persiguen como moscas que buscan una fuente de luz en el vidrio impenetrable de mis oídos y que no se cansan de seguir chocando en su desespero por llegar a esa libertad luminosa.

Al final del pasillo, la puerta del cuarto matrimonial está abierta. La luz que se filtra al pasillo se ennegrece con la figura corpulenta del profeta pútrido. Camina hacia mí y se desplaza tan veloz que me obliga a acelerar mi paso hasta el baño y trancar la puerta de inmediato. Hiperventilo. La puerta se remenea y me alejo de ella. Las náuseas me invaden otra vez cuando el viento frío se cuela por debajo de la puerta y me llega el aroma decadente del profeta. Corro hasta el inodoro y descargo el remante de mi desayuno sobre el plato hondo y blanco de porcelana.

Mi...chael... Mi...chael... Fi...nish...what...I...star...ted. The world must buuurn... The world must...buuurn... Mi...chael...

La puerta se remenea otra vez. Me tiemblan las manos mientras trato de enjuagarme la boca y lavarme la cara en el lavamanos. El espejo delata algo oculto tras la cortina de la bañera justo detrás de mí. Cierro la pluma y me giro de forma brusca. Me acerco a ella y abro la cortina. La bañera se ve sucia, llena de moho y residuos de jabón, pelo y suciedad, y casi desbordándose de agua posada. En medio del agua veo un cuerpo materializarse. Un adolescente, como de catorce o quince años, flota en ella. Es tan delgado que parece como si hubiese sufrido de pobre alimentación. Su piel es tan pálida y translúcida como la del profeta, con sus venas plenamente visibles rasgando todos los contornos de su cuerpo raquítico. Ojeras grandes y oscuras en su rostro crean un contraste grotesco con sus ojos emblanquecidos cuando los abre, y al abrirlos, se pone de pie tan repentinamente que no me doy cuenta cuando su mano esquelética me agarra con una fuerza imposible y me lleva consigo hacia el agua.

Siento que me ahogo entre bocanadas de agua sucia. El rostro del niño esqueleto se pega al mío y gritos ahogados resuenan en mis oídos como ondas marítimas producidas por algún triste delfín. Trato de soltarme, pero el joven me quiere con él, perdido en su abismo de baño-infierno; exige mi compañía con toda la fuerza que le admiten su piel babosa y sus huesos. Abro los ojos como último recurso al no poder respirar, como si mis ojos pudieran absorber el aire que no alcanzan mi nariz y pulmones. Encima veo al profeta. Ya no se ve muerto. Está ahí entero, y su aspecto en vida no me da menos terror que su versión descompuesta. No está solo. Hay un niño junto a él, un niño que, visto a través del filtro gris del agua sucia, se ve más perverso que el que me tiene atrapado en su agarre implacable. Su pelo rubio le da un tono de inocencia, y sus ojos grises, como los míos, me inquietan; se ve feliz de verme perecer.

Kill him, dad! Kill him! Le susurra al profeta en el oído, pero lo oigo a pesar del agua y a pesar de su suavidad porque lo escucho en mi mente. El sabor de las palabras me llena la boca. Lo siento entre los dientes, fuerte y dulce, aun dentro del agua pestilente y podrida que me quita la vida poco a poco. El niño en el pozo profundo de la bañera me suelta de momento y se queda quieto, como si estuviera muerto, y logro levantarme. Escupo el agua sucia de mi boca, y respiro entre tos y tos en un desespero tan fuerte que casi pierdo el sentido. El profeta ya no está, y el otro niño solo permanece ahí quieto, esta vez solo una sombra de humo oscuro que forma la silueta de la persona que había visto a través del agua. El humo se acerca a mí, acercando la forma de su cara, y la detiene frente a la mía. Entonces me agarra y me penetra por ojos, nariz y boca, un proceso doloroso que amenaza con estallarme la cabeza. El momento es tan intenso y sofocante que no logro ni gritar ni gemir ni respirar.

Mi...chael...Mi...chael...Fi...nish...what...I...star...ted...The...world...must...b uuurn...The...world...must...buuurn...Char...lie...wants...you...to...finish...it...kill ...ev..er..y...one...Lis...ten...to...the...voice...of...God.

Imágenes pueblan mi mente, miles de escenas que no entiendo. Son recuerdos, pero no sé si son míos. Deseo con todas mis fuerzas que no sean mis memorias. Detengo el tiempo en mi imaginación y rebusco entre ellas. Los olores, los colores, las texturas; mi cuerpo las absorbe. Mi piel las siente suyas. Hay algo en todas que me impregnan de un sentimiento contradictorio: pertenencia y repulsión. Mi mente no encaja en ellas, mi yo presente se siente preso de vivencias ajenas. La voz del niño-humo me habla como me habló el profeta.

Charlie wants you to finish it. Kill everyone! Listen to the voice of God...

Cuando me libero del trance me encuentro frente al espejo del lavamanos; el agua corriendo, mis manos mojadas, mi rostro gotereando y la puerta remeneándose mientras alguien toca con insistencia.

—Charlie, ¿todo bien allí adentro?

—Sí, salgo ahora —digo con el tono más casual que logro enunciar; mi boca todavía con el sabor del agua posada. Escupo, y de mi boca sale una baba castaña con un pelo largo y negro atrapado en su espesura. Evito vomitar a pesar de mis náuseas, pero me enjuago y escupo repetidas veces. Me seco el rostro y las manos con la pequeña toalla junto al lavamanos, mis manos temblándome. Cuando termino de secarme la cara, presiento de nuevo un movimiento detrás de la cortina, y mis ojos me aseguran que unos dedos raquíticos y pálidos se acaban de esconder detrás de ella. Me acerco, todavía temblando. Hiperventilo mientras muevo mi mano hasta la cortina para removerla.

—Charlie, ¿qué pasa? Llevas rato ahí, me tienes preocupada.

—Salgo ahora —logro decir, esta vez no puedo disimular el miedo en mi voz. Finalmente, consigo el valor de abrir la cortina. No hay nada, pero por un instante puedo oler el aroma de agua sucia y estancada. Cierro la cortina y abro la puerta. La doctora está al otro lado.

—Creo que debemos irnos ya sugiere.

—Sí, tienes razón.

* * *

—Estás actuando bien raro, Charlie. Creo que hay algo que no me estás diciendo —expresa la doctora con un tono de preocupación que me resulta conmovedor. Se siente bien saber que hay alguien que se inquiete por ti, aun cuando quizás el resto del universo te ignore o te olvide.

No contesto nada al principio. Indago en las imágenes una y otra vez. Niños, siete niños. Sí, los veo claramente. Los siete niños y el profeta me siguen invadiendo los pensamientos. Las escenas... ni quiero recordarlas...el polvo...la sangre...los gritos.

—¡Charlie, dime algo!

—Lo siento. Creo, creo que mi mente está tratando de recordar, pero todo está muy borroso e incierto. Por favor, no te enojes conmigo.

—No, no, Charlie. No te sientas presionado. Es que me preocupa porque te ves distinto y no me dices lo que pasa. Como tu doctora, debo saber lo que te pasa para poder ayudarte. Prometiste ser honesto.

—Tienes razón. Déjame descifrarlo en mi cabeza y te cuento todo.

En realidad, evito pensar en las escenas. Cada vez que lo hago, termino sudando frío; por lo que la doctora me cambia el tema por completo de camino a Leonia, la penúltima parada del día. Como nos tardamos más de una hora en llegar, aprovecha para contarme sobre su vida universitaria, sus visitas a la familia en Puerto Rico, y sobre cómo empezó a trabajar en el hospital donde estoy internado. Resulta muy eficaz en entretener mis pensamientos, pues cuando caigo en cuenta, ya estamos en el pueblecito y estoy mucho más tranquilo que cuando partimos del norte de Philadelphia. Sigo embriagándome de su voz durante el trayecto. Su habla me acelera el pulso y agudiza mis sentidos. Otra vez siento la presión en mi pantalón, el deseo y la excitación desatando cosquilleos tenues entre mis piernas. Me muerdo el labio. La melodía en el tono de sus palabras me impulsa a crear fantasías en la mente. En la escena que se forma, la veo atándome a mi camilla de hospital, seduciéndome, dominándome. Me desprende de mi bata, dejándome expuesto y frío, pero se me trepa encima para calentarme y... veo algo más que me distrae del placer ilusorio. El niño sombra invade los juegos de mi imaginario sexual. Se hace carne mientras la doctora balancea su cuerpo sobre mí, dominando mi rígida lujuria entre sus piernas. El cuerpo del niño sombra hecho carne crece hasta volverse hombre y se acerca a la doctora mientras ella, distraída, me goza en gemidos de placer. La mirada del hombre me espanta; me hace gritar en esa quimera vuelta horror, mi excitación es remplazada con la flacidez del espanto y la desesperación. No puedo soltarme, solo puedo ver lo que le hace. Solo puedo ver...

—Llegamos —para mi alivio, la doctora Collazo interrumpe el desenlace de la escena desarrollándose en algún rincón oscuro del mundo de mis ideas. Nos detenemos frente a otra casa en un área rural de Nueva Jersey. Se ve clausurada, aunque no maltratada. Es una casa cuyas paredes exteriores están cubiertas de paneles de madera pintadas en blanco, parecida a las demás casas de la calle, que solo varían en los colores y algunas en sus tamaños. Una que otra casa está hecha también de ladrillo, y veo que hay muchos árboles alrededor. Se ven algunas personas más abajo en la calle, pero hay algo solitario e inquietante de este lugar, quizás por ser pueblo chico y el tipo de sitio donde todos se conocen, pero que ciertamente yo no. Busco y rebusco en mi memoria, pero no reconozco la casa frente a la cual se estacionó la doctora; no la veo en las imágenes de las que me colmó el niño sombra.

—Voy a estar aquí. Tómate el tiempo que quieras, aunque no demasiado. Todavía tenemos una parada más. Si necesitas algo me llamas.

—¿Y este lugar?

—Según pude averiguar, estuviste una vez aquí cuando eras adolescente. ¿A lo mejor tu primera noviecita? —me guiña.

—Oh —me río medio sonrojado.

129

—Mira a ver si te prende el bombillo de la memoria de alguna forma —
la doctora me sonríe mientras juega con su collar.

—Voy a intentarlo —le digo y me salgo del carro. Ya los nervios me
provocan un temblor involuntario en las manos que trato de ocultar
metiéndomelas en el bolsillo. Me acerco a la casa ni muy lento ni muy rápido
para no delatar mi pánico, recordando la vergüenza de mi cobardía.

God makes us men. He gives us strength. God is a man. The world is
His because He's strong. Use your strength like God. La voz del profeta ya
no se manifiesta en ronquidos de ultratumba. Me habla claro, potente como
su mensaje.

—La debilidad es para las niñas —me digo entre dientes. Me siento a
gusto con las palabras. Mi lengua las siente suyas; mi mente se siente en paz
con ellas. Sonrío. Siento confianza de nuevo. Se me olvida el miedo. Llego
hasta las escaleras de un balcón. Antes de subirlo, miro hacia atrás. La doctora
escribe algo en su celular. Detrás de su auto están el profeta y el niño-humo,
ahora un poco más crecido, pero aún no un hombre como en mi visión. Han
recobrado su aspecto de cuerpos reanimados, cuerpos apenas vivos, impulsados
por un deseo que la muerte no puede contener. Sus pieles translúcidas brillan
en el sol de la tarde. Sus ojos blancos me persiguen. Los veo acercarse,
traspasando el carro, sin que la doctora se dé cuenta de lo que ocurre.

Al verlos avanzar en mi dirección, mi primer impulso es alejarme de ellos
y doy una primera pisada al escalón frente a mí sin mirar adelante. Escucho
un ronquido repentino venir de más arriba. Vuelvo mi mirada en dirección del
ronquido. Mi nariz se sincroniza con mis ojos, el olor y la visión llegando
conjuntamente. Otro ente parecido al niño humo y al profeta me espera allá,
encima de los escalones del balcón. Es como una mujer vestida de enfermera.
Sería joven si sus carnes descompuestas no delataran su estado como la de
otro ser del más allá unida a la macabra conspiración de torturar mi existencia
amnésica. Sus brazos pálidos, surcados de ramilletes de arterias y venas
muertas, se extienden hacia mí. Me agarra y me hala hasta ella, y suelta un
grito que me roba la fuerza. La puerta se abre por una potestad misteriosa e
invisible, y soy llevado por la enfermera al interior de la casa, mustia, oscura
y polvorienta. El piso está lleno de sangre que se pega a mi ropa y mi piel
según soy arrastrado por su fuerza violenta. Me arrastra hasta un sótano,
donde hay siete personas: hombres, mujeres y niños. Todos están desnudos y

amarrados con todo tipo de objetos como cuerdas, cables, sábanas y cortinas. Lloran y tratan de librarse de sus ataduras.

La enfermera abre su boca frente a mi cara y grita tan duro que siento el dolor en mis tímpanos marearme. Luego del grito, todo se hace silencio. Un mutismo tan profundo que quedé en un estado de confusión y desconcierto. Entonces, escucho ronquidos. Advierto otras presencias. Siento la barba del profeta rozarme la espalda, húmeda y fría. La enfermera me vira para que los contemple. Ambos tienen cuchillos. El profeta ordena al niño con su mirada. El niño alza su cuchillo y lo acerca a mi cuello. Siento el dolor surcarme el cuello al degollarme. Mi sangre se desparrama sobre el suelo y pierdo la fuerza. Mis rodillas me tiemblan de debilidad; mi cuerpo se retuerce de frío. Mis ojos pierden su rumbo.

Pero pronto me siento fuerte otra vez. Estoy al lado del profeta con un cuchillo sangriento en mis manos. La enfermera se desangra. El líquido brota como una cascada escarlata, casi negra, desde su cuello. Verla en el charco de sangre revuelca algo en mí. Como cuando observaba a la doctora en el carro. Es una ilusión, una fantasía que impulsa mis latidos. Siento la emoción de verla pintada en su sangre, como una excitación que me lleva a un orgasmo de sangre. Su cuerpo se empieza a hundir en el charco rojo. Trata de alcanzarme. Quiere llevarme con ella, pero el profeta me agarra el brazo y me lleva hasta afuera, como en huida. Estoy de pie junto a él sobre el balcón mirando hacia el carro. En mis pantalones siento otra erección. Me percato que estoy observando a la doctora.

Be strong, Michael. El profeta me habla otra vez. *Charlie wants you to kill her. Charlie speaks for God. God wants you to kill her. He wants you to kill them all.*

Siento cosquillas en el estómago. Regreso hasta ella, montándome en el carro sin decir nada y poniéndome el cinturón.

Kill her, Michael. Listen to the voice of God. Kill them all.

—¿Recordaste algo? —me pregunta. Su voz me saca del trance. Me doy cuenta de lo que ha pasado y comienzo a temblar. Trato de bloquear la voz del profeta.

Don't listen to her. Listen to me! Listen to Charlie... Listen to the voice of God! Kill her. Kill them all!

Respiro hondo.

—Doctora, quiere que sea honesto con usted, pero tengo la impresión de que hay algo que no me está diciendo.

—¿A qué te refieres, Charlie? —dice prendiendo el carro y emprendiendo el viaje de regreso a la ciudad.

Don't listen to her. Use her. Tie her up. Stab her. Rape her. Kill her. Tengo la visión de nosotros juntos otra vez. La veo gozando sobre mi cuerpo, dándome placer, sus tetas libres bailando sobre mí. Pero entonces llega el niño humo y se hace carne. Se hace hombre y se acerca. Le veo bien el rostro. Ya no estoy debajo de la doctora. Estoy donde estaba el niño humo vuelto hombre. Su rostro es mi rostro y su cuchillo sangriento está en mis manos. La doctora se desangra frente a mí, su cuerpo mutilado me llena de más excitación de la que jamás pensé posible. Sacudo mi cabeza mientras hiperventilo.

—¿Qué sabe sobre mí que no me está diciendo?

La doctora me mira y me sonríe. Detiene el automóvil. Juega de nuevo con el emblema de Oyá.

KILL HER!

Veo rojo y mi pulso se acelera. Algo no está bien. Siento que voy a explotar. Mis manos tiemblan en una furia descontrolada. La miro fijo. Me siento frío por dentro; frío pero excitado. Como controlado por una fuerza ajena, acerco mis manos a ella.

—Te ves cansado, Charlie.

—No estoy... —la doctora chasquea sus dedos frente a mí.

* * *

Despierto. Estoy desorientado. No sé cuánto tiempo ha pasado desde que perdí el sentido, pero veo que el sol se comienza a poner. Debe ser tarde. Los días en julio son largos. Sí, estamos de regreso en la ciudad, lo noto por los edificios de ladrillos que se levantan hacia todas las direcciones. Me duele la cabeza y estoy solo en el carro. Al frente, hay un edificio grande con muchas puertas de garaje y ventanas industriales. Parece ser antiguo, pero bien mantenido, como si hubiera sido remodelado. Tiene pinta de tener espacios para talleres y almacenes.

Kill her, Michael!

—¡Doctora! ¿Dónde está? ¿Por qué estamos aquí? —digo saliéndome del carro y acercándome al edificio.

—Tú sabes por qué estamos aquí, Michael —la veo en una de las entradas. Su voz no me habla como antes. Algo en ella ha cambiado, aunque tampoco reconozco a la persona que he sido desde que desperté a mi condición de amnesia. Las imágenes del niño humo vuelven a poblar mis pensamientos. Cada vez las siento más propias. Cada vez las entiendo mejor. Trato de enfocarme en el presente.

—¿Qué? ¿Michael? ¿Qué pasó con Charlie? ¿Entonces sí sabe quién soy? ¿Me llamo Michael? —la figura de la doctora se desaparece en las sombras del interior del edificio sin contestarme. Me siento abandonado. Su silencio me da coraje. Entiendo finalmente su juego.

Kill her, Michael. Kill her.

Sí, es mejor si lo hago. Puedo oler su sangre desde acá. Pienso en su cuerpo mutilado y mis hormonas me llenan de nueva virilidad. La excitación me posee. Siento la fuerza del deseo cobrar vida en mis extremidades. El profeta aparece al lado mío, su barba mocosa, brillando en los rayos del crepúsculo. Look, me dice y mis ojos se agudizan. La veo más claro, en medio de las sombras de un almacén al que entró. Empiezo caminando, pero pronto termino corriendo hacia ella para tratar de no perderla.

Cuando cruzo la puerta, la oscuridad se vuelve en luz y la escena se vuelve familiar. Sí, me acuerdo muy bien de esto. ¿Qué serán? Casi cuarenta años desde que estuve aquí con él. Soy el niño de humo otra vez, pero no hay humo, solo yo en mi cuerpo casi de adolescente junto al profeta. No, no es profeta, aunque a veces se lo cree. Lo viene arrastrando, al niño negro ese... ¿o era puertorriqueño? No importa. ¿Quién lo extrañaría? Un pobre diablo que pasará al olvido. Al cabo, cuando ambos terminemos con él, todos sufrirán el mismo destino. Es un mandato divino que papá debe cumplir, y yo debo ayudarlo. Hay que exprimirle la vida, pero no sin antes divertirnos. Dios nos permite el goce de ciertos deleites cuando estamos encomendados en su obra.

Mi cuchillo está presto. Primero, le cortamos la ropa y lo dejamos como gallina desplumada; su piel oscura pidiendo nuestro castigo. Estamos ansiosos por practicar y ejercitar nuestros dones, pero lo tomamos con calma. Hay que saborear cada momento. Nos burlamos de él, de lo pequeño y subdesarrollado de su cuerpo. Él nos implora y llora. Ruega que lo dejemos ir. ¿Qué fue lo que le dijimos? Ah sí, ven, ven que te vamos a pagar por poner unas cintitas a unas cajas. ¿Qué niño pobre no quisiera hacerse de algún dinerito extra?

Confió en mi palabra. ¿Por qué no? Nadie duda de la palabra de un niño blanco, y yo solo le llevaba par de años, la frescura de la preadolescencia todavía en mi cara. A lo mejor le gusté. A lo mejor era maricón. ¿Qué se yo? Me siguió hasta la guagua de mi padre. No sabía que terminaría aquí, en este rincón olvidado de la ciudad, suplicando misericordia por su vida.

Y las exquisitas injurias que impusimos sobre su carne... Me muerdo los labios en delicia al revivir cómo lo lastimamos, cómo lo mutilamos, lo que le cortamos, la sangre que le hicimos derramar. No hay nada como la excitación plena de entender que hay vidas que están en tus manos y saber que eres el que decide hasta cuando se alarga esa chispa tan frágil. No hay placer más grande que el dolor ajeno que puedes provocar sin consecuencia, hasta que poco a poco extingues la luz de vida a fuerza de mancillar, ultrajar, violar, herir, mutilar, desmembrar y desangrar. Después de eso, después de la primera orgía de sangre, solo queda repetir el proceso porque es adictiva y nos obliga a mancillar más cuerpos, robarle su autonomía y tomarlos como propios hasta que la muerte los llame. Es decir, hasta que yo los llame. Y la muerte siempre quiere más. Yo quiero más y más; hasta lograr un ciclo insaciable de sangre, sexo y terror, que una vez puesto en movimiento, ni el mismo Dios, que nos hizo agentes de la muerte, nos puede detener. Por suerte, todo el mundo había sido puesto a nuestra merced por Él, nosotros la creación perfecta de su plan inmaculado. Y ahora me la pone en mis manos, justo en este instante.

—Doctooooora... No me has dicho qué hacemos aquí doctoraaaa —no la veo entre las sombras, pero la busco, y puedo olfatearla. La caza ha comenzado.

Su voz me llega en respuesta, pero no diviso la dirección, como si viniera de todos lados.

—Sabes por qué estamos aquí, —su voz tiene una gravedad que, si no fuera por la excitación del momento, me intimidaría —necesitaba que recordaras desde un estado más vulnerable.

—Sí, sí. Me acuerdo de todo. Se me había olvidado la misión, el gozo máximo, pero ya recuerdo. Aquí fue donde todo comenzó. Gracias por ayudarme a recobrar mis memorias. Has hecho muy bien tu trabajo. Te voy a recomendar. Ahora ven, te debo recompensar por un trabajo bien hecho.

—Te acuerdas de él, ¿verdad? —corro entre las sombras persiguiendo la voz. No la encuentro todavía. Grito en exasperación. Estoy cansado del juego. Necesito alivio, sangre, sexo, muerte...

—Sí, el niño, sí, lo veo tan claro como ayer —recorro la escena buscándola. Encuentro un tubo de metal oxidado en el suelo y lo recojo. Lo bato en el aire imaginando que le doy en la cabeza a la doctora. Veo sangre. Veo rojo. Mi anticipación frenética me obliga a sonreír, sin tenerla todavía. Ya pronto será mía.

—Bien. Solo eso faltaba, que lo recordaras... —escucho otro chasquido de unos dedos en la oscuridad. Mi cuerpo queda inmóvil. La voz de la doctora prosigue, pero subiendo su intensidad como si soltando una ira guardada por tanto tiempo, que al desatarlo explota como una bomba de presión— ...que lo recordaras como recordaste a tu hermano y cómo ayudaste a ahogarlo en la bañera; que lo recordaras como recordaste a la pobre enfermera que degollaste a sangre fría; que recordaras lo que le hicieron al pobre cuerpecito inocente e indefenso de ese niño cuando lo mataron en este maldito almacén de alfombras un día como hoy hace casi cuarenta años. Quería que recordaras lo que le hicieron a mi hermano, y que a través de tus recuerdos se manifieste el poder de Oyá; de regresar los muertos a la vida por el poder de tus recuerdos.

Siento el respirar del profeta al lado mío. Sus ronquidos expresan el coraje de la impotencia. Su cuerpo putrefacto también está inmóvil.

You should have killed her when you had the chance!

Una luz se enciende al fondo. Se revela al encenderse una bañera llena de agua posada. De ella se levanta la figura escuálida y pálida de mi hermano. No camina, sino que se acerca como nadando; sus extremidades flacas danzando en el aire en movimientos suaves y fluidos, pero con un gesto espantoso, produciendo sonidos guturales a cada trazo de sus brazos y piernas. Otra luz se enciende al lado contrario, dejando visible un charco de sangre que se ensancha y se corre rápidamente hasta acercarse a ambos. De ahí, primero salen un par de brazos delgados y femeninos. Rebuscan hasta encontrar suelo firme, con toques fuertes pero desorientados, y luego hacen presión sobre el suelo para dar paso, a través de movimientos espásticos, el cuerpo descompuesto de una mujer. Según va saliendo encharcada en sangre, reconozco a la enfermera. La visión de ambos me roba de mi excitación. Mi pulso se acelera, pero ahora por el terror. Mi cuerpo no responde; por más que intento no logro mover ni un músculo. Lloro ahora, y grito, con el sabor amargo de la vergüenza de mi propia falta de hombría.

You're a disgrace!

El profeta me mira en desapruebo. *The things that I would do to you now, Michael!* Y sé muy bien de lo que habla. Los recuerdos de mi infancia me dejan temblando; las veces que me hizo arrodillarme sobre las cajas con piedra hasta que sangraran mis rodillas; los golpes fortuitos cada vez que entraba en ira (que era casi todo el tiempo); las veces que nos dejaba sin comida para perderse en su adicción al alcohol; todas las ocasiones que nos prohibió tener amistad con otros niños y vecinos, aislándonos junto a nuestra madre. Pero después vino la misión y todo cambió. Quise agradarle; quise mostrarle que yo era mejor que mis hermanos, y me entregué a la voz de Charlie, el profeta que le susurraba la misión de Dios a sus oídos. Comenzamos con mi hermano. Me obligó a verlo, pero hice más que eso; participé y me gustó, y su cuerpo escuálido hundiéndose en la muerte líquida del ahogamiento le dio vida a un nuevo placer en mí. Papá me veía con nuevos ojos; yo era fuerte y estaba dispuesto a seguirlo en su nueva encomienda. Entonces fuimos inseparables en nuestro llamado a limpiar la tierra para Dios en la expiación por sangre más grande del plan divino.

Pero ahora mi fracaso lo vuelve en mi contra de nuevo.

The things that I would do to you now, Michael!

Su desapruebo hace eco en mis oídos y por dentro vuelvo a ser a un niño desangrándose de las rodillas en una esquina oscura sufriendo el castigo de papá.

Una tercera luz se enciende. Hay un cuerpo pequeño tirado sobre el suelo. Está desnudo y mutilado. El cadáver se levanta. Su piel podrida supura pus y sangre negra. Parte de su carne queda expuesta, llena de gusanos. El olor que llega a mi nariz me deja nauseabundo. Moscas revolotean alrededor, entrando y saliendo de sus cuencas vacías. En una de sus manos lleva un cuchillo, el mismo cuchillo que usé para cortarle el...

Me orino encima pensando en mi destino.

—Pensaste que escaparías, ¿verdad? —pregunta la doctora—. Pensaste que una vez cumplida tu probatoria podrías empezar de nuevo, cambiar de nombre y mudarte de estado; nadie habría sospechado del monstruo que había en ti. Y funcionó, a pesar de las vidas que arruinaste, a ti te dieron la oportunidad de una nueva vida.

La enfermera termina de salir de su laguna de sangre. Siento sus manos poderosas sobre mí. Me arranca la ropa halándola bruscamente, rasgando y cortando mi piel, prenda por prenda, hasta dejarme como dejábamos a nuestras víctimas, desplumados de ropa, expuestos a nuestras burlas, a la merced del castigo inevitable que les esperaba a nuestras manos. No puedo hacer nada para impedirlo. Mi cuerpo tiembla más y más, a pesar del calor de la noche veraniega. El niño mutilado se acerca con el cuchillo, mientras que mi hermano termina de nadar en el aire hasta donde está el profeta congelado, gruñendo con sus ronquidos de ultratumba. Ni la muerte lo salva de lo que se avecina. Mi hermano lo agarra con sus brazos raquíticos. Abro ampliamente mis ojos en asombro y terror cuando lo levanta de un tirón y le arranca las extremidades, tirando el remanente de sus carnes por todo el almacén; creando una lluvia de sangre, pus, carne putrefacta y gusanos. El olor es insoportable. Me vomito encima y me ahogo en mi vómito porque no me puedo mover a una posición más adecuada para desechar los residuos de mis tripas.

El ronquido de la enfermera me provoca piel de gallina; su frío corriéndose por toda mi espalda expuesta. Siento mi propio palpitar; mi corazón quiere estallar y salir de mi cuerpo. Mis pensamientos ya no tienen ni rastro del deseo por la muerte, sino una completa y absoluta necesidad de vivir. El horror me hace llorar, el terror me arrastra a la pequeñez de la súplica.

—¡Por favor, déjame ir! ¡Por favor! —imploro misericordia. De seguro ella no es como yo. Ella debe entender lo que es la misericordia.

—Los recuerdos son demasiado, ¿no, Michael? Pesan mucho sobre la conciencia. Tú querías escapar de eso también, como escapaste la justicia porque eras solo un niño desajustado bajo la mala influencia de su padre. Pero tú y yo sabemos lo mucho que lo gozaste; lo mucho que te gustó. Y fue ese mismo gozo, y el saber que cargabas la plena culpa de lo que habías hecho, por que sí sabías lo que estabas haciendo, lo que te movió a buscar ayuda para olvidar. Entonces, viniste a mí buscando servicios de hipnoterapia para olvidar. Y sí, te ayudé a olvidar todo. Hasta que no tenías noción ni de quién eras. Estabas bajo mi poder y merced. El resto era recolectar las almas que torturaste y los sitios donde los mataste, todo a través de tus recuerdos activados por la energía que dejaste en cada uno de esos sitios.

—¡Por favor, doctora, por amor a Dios!

—Dios no te va a librar. Estás en manos de Oyá. Mis amados muertos, hijos de Oyá, llévenselo; es todo suyo.

Mi grito llena el almacén cuando José me corta los genitales y los veo caer al suelo. La sangre se dispara a chorros como una eyaculación sangrienta.

—Aquí tienes, Michael... tu última orgía de sangre —sentencia la doctora.
José le pasa el cuchillo a la enfermera. Con su mano poderosa surca mi cuello
de lado a lado. Luego, se toman turnos apuñalándome, una y otra vez,
mientras voy perdiendo sangre, fuerza y vida. Finalmente, mi hermano, la
enfermera y José, me arrastran a un abismo de sangre, mientras mi mente se
puebla con el peso de mis recuerdos en los segundos eternos y dolorosos
antes de mi muerte.

A través de la neblina

la neblina

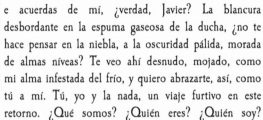

e acuerdas de mí, ¿verdad, Javier? La blancura desbordante en la espuma gaseosa de la ducha, ¿no te hace pensar en la niebla, a la oscuridad pálida, morada de almas níveas? Te veo ahí desnudo, mojado, como mi alma infestada del frío, y quiero abrazarte, así, como tú a mí. Tú, yo y la nada, un viaje furtivo en este retorno. ¿Qué somos? ¿Quién eres? ¿Quién soy? ¿Qué importa? Se nublan y se esparcen los recuerdos en tus ojos. Te veo inseguro, inquieto. Ahí no hay nada, sino lo que una vez fue nuestra esencia, ahora perdida en la niebla del olvido. Entonces, te lo relato a mi mejor manera, lo último que vivimos antes del infierno blanco.

Fuimos hermanos de la existencia, no de nuestras madres. Nos parieron dolores ajenos. Pero la vida da sus vueltas y todo lo que debe se reconcilia, hasta que es hecho un uno indivisible, como las personalidades de Dios. Así nos solíamos topar de niños en diversas ocasiones, por distintas razones, y en todas fuimos amigos, aun cuando la mano adulta siempre trataba de quebrar ese lazo irrompible de lo fraterno, de forma a veces inconsciente. Yo fui el primer exiliado de los dos. El extranjero llamaba a mis padres a buscar fortuna en tierras forestes, pero regresé en algunos años justo antes de la adolescencia. Fuimos amigos otra vez, juguetones, traviesos, infantiles. Pero como todo lo bello, efímero, terminaste yéndote mientras ambos florecíamos a los sueños de la primera hombría.

Te vi partir y me sentí entonces abandonado por el destino, desprovisto de mi único y fiel compañero. Aprendí que es difícil aferrarse a una amistad como la nuestra, mi familia escogida. Luego, no nos vimos en muchos años, hasta que la casualidad nos trajo a caminos paralelos, al centro del saber donde ambos profesábamos estudiar idiomas y literatura, un interés común. Recuerdo cuando te vi. Estaba medio confuso de encontrarte ahí, hecho hombre. Algo despertó en mí entonces, no sé cómo llamarlo. Se nos ha dicho que hay conmociones que los hombres nunca deben sentir o decir, pero tú me conoces, siempre he tenido alma de niño y mente sensible. Las convenciones las dejo perecer en el frío de la indiferencia. Fuiste el primero en reaccionar ese día, ajeno a mis desvaríos psicológicos. Te acercaste y me abrazaste, y cuando escapé de mi estupor sentimental, supe que recobré algo valioso. A partir de ese instante eran pocos los momentos en que las horas no nos sorprendieran sin la compañía del otro.

Subíamos un día a la montaña, como acostumbrábamos algunos fines de semana y días feriados, para escapar la tensión de las responsabilidades académicas. Nuestra curiosidad aventurera nos transportaba por los rincones más recónditos del país. Allá nos perdimos un día por las estrechas carreteras del corazón de la isla. Tú manejabas, como de costumbre. Nunca aprendí a guiar con la transmisión manual, así que me tocaba fungir como copiloto y, por lo tanto, escogía la música, te daba buena conversación para que no te durmieras, estudiaba los mapas, y te daba direcciones. En esos años no teníamos dinero para teléfonos con navegador digital, así que el viejo mapa que heredé de mi padre nos bastaba para dirigirnos en nuestras escapadas.

Anocheció antes de lo esperado, y nos vimos rodeados de una neblina movediza, casi líquida. La densidad nos extravió por una carretera desconocida, y comenzamos a dar vueltas por unas calles solitarias y estrechas. Cuando hacíamos un doblaje nuevo, terminábamos siempre en el mismo sitio, pasando junto a unas personas que nos miraban desde el lado de la carretera cada vez que volvíamos a pasar junto a ellos. La primera vez, simplemente me resultaron peculiares, algo inquietantes, quizás. Solo los miré con el rabo del ojo. Estaban todos sentados frente a una mesa vacía. No se movían en lo más mínimo. Pero miraban en silencio. Tampoco había nada más en el lugar: ni casas ni negocios ni carros. Solo ellos sin hacer nada, clavándonos sus ojos como en desaprueho. No les hicimos caso; nos concentramos más bien en llegar a alguna carretera principal. Pero no podía dejar de pensar en ellos cuando los dejamos atrás en medio de la neblina.

La segunda vez que pasamos por ahí, estaban todos de pie y nos seguían mirando fijamente cuando nos paseamos frente a ellos. No daban señal de movimiento; sus ojos carecían de expresión. Observaban en amenazante quietud. Eran casi como estatuas de carne esculpidas de tinieblas, teñidas de grises nubes y atrapadas en la solidez de la tierra.

—Hemos pasado por aquí ya —te dije.

—Uy, esa gente me da miedo.

—A mí también. La neblina hace que sus caras no se vean naturales, y no ayuda que están ahí simplemente mirándonos.

Cuando los empezamos a dejar atrás, miré por el retrovisor, por primera vez los vi moverse, sus cabezas girándose de forma sutil para seguir el movimiento del carro, dándome la impresión de que ese movimiento les partiría el cuello. Un temblor de frío y espanto me sacudió el cuerpo.

—¿Por qué nos mirarán así?

—No sé, pero no me gusta —te contesté.

Seguimos de largo. La carretera se abría a otras calles más pequeñas, y en cada vuelta, tratábamos nuevas rutas en un intento desesperado por salirnos del aparente limbo en que nos encontrábamos. Sin embargo, volvíamos a pasar al frente de la gente callada con los ojos abiertos, y al llegar de nuevo a ese punto, se acercaban más y más a la calle y al carro, mirándonos sin falta, siguiéndonos con la mirada, señalando al carro como quien señala a un posible ladrón invasor de vecindarios. Sus formas se hacían cada vez más visibles, más amenazantes, más terribles y espantosas.

Hasta que, en la última vuelta, uno de ellos tocó el automóvil y se apagó. Sin más luz alrededor, todo se volvió en una enigmática oscuridad blanca. El terror se apoderó de nosotros.

—¿Qué ocurre? ¿Qué pasó, Javier? ¿Por qué nos detenemos?

—No sé, Amra, no entiendo que pasa, el carro no responde.

Inmediatamente, cerramos todas las puertas con los seguros. La neblina espesa seguía moviéndose afuera como un demonio gaseoso burlón, mofándose de nuestra miseria. No se veía nada hacia el exterior del carro, solo la oscuridad blanca. El silencio hacía que mis latidos se escucharan como tambores furiosos. Nos mirábamos el uno al otro sin saber qué decir y sin saber qué hacer. Entonces vimos varias manos sobre los cristales del carro; unas extremidades esqueléticas moviéndose sobre la superficie transparente de forma desesperada, como si buscando la forma de adentrarse al espacio interior. Sus agitaciones se desplazaban por todas partes, amenazándonos con sus gestos grotescos sobre el cristal, llenando el silencio con el toc-toc de sus huesos enfrentándose a la delgada capa de vidrio entre sus rostros. Luego, las varias caras se asomaron a mirar. Sus ojos no tenían párpados, razón por la que se veían tan abiertos siempre. La piel sobre sus semblantes también se veía seca, pegada a su cráneo y sin vida. Entonces supimos que no eran gente como tú y yo. Eran criaturas que no sabíamos definir, entes quizás de un tiempo pasado, víctimas del más cruel infortunio, cuerpos animados por la furia de un pasado incierto. Y aquí estaban frente a nosotros, con la única opción de mirarnos con su juicio y su ira, imponiendo el horror de su presencia sobre nuestras mentes quebradas por el más insondable de los miedos.

Escuché tu respirar acelerarse, mientras yo aguantaba la respiración en un suspenso terrorífico, como si esperara ser arrastrado a un abismo espectral del cual jamás podría escapar. Las personas señalaban con sus dedos esqueléticos en dirección tuya ahora. Fingiste que no te habías dado cuenta. Seguiste tratando de encender el carro, pero no lograste que arrancara. Más y más de esos cuerpos siniestros se añadieron a las huestes originales, poco a poco cubriendo la visibilidad con sus variadas deformaciones físicas. Seguiste intentando. Aún no lograbas revivir el motor. Luego, escuchamos risas, sus bocas moviéndose en abierta burla hacia nosotros, una multitud de carcajadas chillonas que hacían eco por todo el monte perdido y regresaba a colarse a través del cristal.

Por fin, en uno de tus intentos, lograste encender la ignición del auto. Aceleraste lo más posible, dejando atrás a los seres terribles que nos acechaban. Vimos más adelante, a pesar de la neblina, que había un camino que aún no habíamos tomado. Hicimos el doblaje, y luego de transportarnos un rato, con nuestros pulsos excitados y los ojos bien abiertos en anticipación y espanto, llegamos a la conclusión que ya no pasaríamos frente a las personas desquiciadas de aquella calle maldita.

Pero no acababa la noche ni sus misterios, Javier. La neblina nos persiguió, haciendo difícil la visión nocturna. Los árboles cobraron formas grotescas. Rostros se asomaban en cada espacio oscuro entre los troncos, y, para colmo, ninguno de los dos quería hablar. Estábamos demasiado concentrados en encontrar la carretera principal. Hasta habíamos apagado la música para estar más atentos. Al fondo, vimos reflejado el letrero indicando que se acercaba la intersección con la carreta principal, pero justo entonces la

neblina se volvió más gruesa juntándose más adelante, como si bailando un vals al son de un remolino demoniaco, bloqueando así la visibilidad hacia la intersección.

Seguiste adelante, esperanzado de poder llegar a nuestro destino y escapar la montaña perversa de la noche. Pero algo apareció en medio de la neblina. Una figura flotaba en medio de ella. Tenía forma humana, excepto que mucho más fantasmal. Vestía una túnica blanca, y una capucha cubría su cabeza. Sus manos nos señalaban y sus ojos se proyectaban en nuestra dirección como fuegos fatuos determinados en dejar alguna huella de su existencia. Todo mi cuerpo tembló ante aquella aparición. Mis ojos se aguaron de espanto y de miedo. Sentí presencias en el carro. Una ojeada al retrovisor revelaba el vacío y la oscuridad que reinaba en los asientos posteriores. Al frente, la aparición de la figura de una mujer en blanco seguía acercándose cada vez más a nosotros. Volví a aguantar la respiración. Te miré, y me miraste. Sin decir nada me confirmaste que veías lo mismo. Nos acercamos más y más a la mujer flotante y a su torbellino nebuloso que cubría toda el área circunvecina, y al mismo ritmo incrementaba el terror de mis latidos. Pero tú no mostrabas la más mínima intención de detenerte. Aceleraste hasta que la mujer estaba justo al frente de ambos y un grito aterrador se esparció velozmente, penetrando la coraza de plástico, metal y vidrio de tu carro. Cruzamos a través de ella. Un viento frío se metió dentro del auto y dentro de mis huesos, y me hizo temblar. Aún sentía una presencia en el auto; miré hacia atrás. Aún nada se asomaba a la vista. Lo seguí ignorando. Al volver a dirigir mi mirada hacia el frente vi de momento que toda la neblina se disipó y se desvaneció la figura de la mujer. La intersección se apareció de la nada. Tuviste que pegar freno de un tirón y perdiste el control del volante. Nos fuimos por un barranco, rodando de forma continua, hasta que un árbol inmenso y deforme se aprestó a detener el movimiento. Entonces todo quedó en blanco para ambos.

¿Recuerdas lo que pasó después?

Por mucho tiempo yo tampoco lo recordé. Mi mente regresó a un estado de densa neblina movediza que bailaba de forma siniestra alrededor de una ilusa verdad cada vez que pensaba en lo que ocurrió después del accidente.

Lo que sabía es que no nos vimos por mucho, mucho tiempo, y la vida no fue igual. No recuerdo los hospitales ni la familia llorando ni el dolor ni las terapias ni cosa alguna que no fuera el vacío de tu ausencia. No saber si estabas bien, si te recuperabas, o si alguien te cuidaba como yo te hubiera cuidado. Me torturaba la incertidumbre. Mis días se llenaron de esa neblina. Sí, y seguía mis pasos en las noches en los lugares menos esperados, pequeñas nubes que flotaban por encima de la carretera, como si pudieran reclamar su inocencia, como si sus motivos siniestros no fueran evidentes. Y así pasaron los días y los meses en que no pude sino ponderar el significado de aquella experiencia y el horror que infligió sobre nuestra conciencia, que culminó en el accidente que casi cobra nuestras almas.

En mis días de blanca incertidumbre te tuve por extraño. No te encontraba, y quizás tú no me encontrabas a mí. Pero un día apareciste tarde en la noche, como si me buscaras. Entraste sin tocar porque sabías que siempre dejaba la puerta abierta. Yo estaba en la ducha. Me asusté cuando escuché la puerta, pues mis nervios se ven fácilmente traicionados por el acecho constante de la memoria de la Dama Blanca, y el asomo perpetuo de sus emisarios nublados. Sentí una mezcla de alivio y alegría al verte y oír tu voz.

—Te extrañé— me dijiste. Me abrazaste, así desnudo y mojado, y dejaste que te cubriera la fría humedad sobre mi cuerpo. Quedé sobrecogido de emoción al sentirte tan cerca de nuevo. Me sequé y te ayudé a secar, prestándote de mi propia ropa —Han pasado meses, pensé que estabas muerto, Amrafel. Me llevaron a Estados Unidos desde el hospital y nadie me daba noticias de ti. Me hicieron muchas operaciones. Dicen que es un milagro que sobreviví. Traté de buscarte, pero nadie sabía nada de ti.

—Estos meses han sido como un blanco para mí. No recuerdo casi nada de lo que pasó después del accidente. Pero aquí estoy, y aquí estás. Es todo lo que importa. Me alegro tanto de verte. También te extrañé, no sabes cuánto.

—No hemos hablado de lo que pasó esa noche. Necesito que lo dialoguemos. Me está volviendo loco. Todos los días sueño con neblina, y en el centro siempre está la señora vestida de blanco. Me llama y me dice que hay una deuda no pagada. Tengo miedo. Miedo de que vuelva a aparecer. Mi familia no me cree. Piensan que estábamos drogados cuando sucedió.

—Creo que cruzamos el velo esa noche. Vimos cosas que no debimos ver.

—¿Has tenido pesadillas?

—Yo no, pero la neblina me persigue a todos lados.

—¿Puedo quedarme aquí contigo esta noche?

—Esta es tu casa, hermano. No tienes ni que pedirlo.

Conversamos de lo sucedido durante toda la noche. No había más camas y no querías dormir solo en el sofá, así que te acostaste conmigo, abrazándome fuerte porque te preocupaba volver a soñar con la Dama Blanca. Esa noche no dormí, feliz de tenerte en mi regazo. Pero mi felicidad fue opacada por una sombra que se asomaba a la ventana. Unos ojos siempre abiertos, sin párpados, nos observaban. Me quedé mirándolos por muchas horas, casi desafiante, siempre aterrado. Pero no quería despertarte. No te dije nada, no quería darte mayores motivos para temer. Pero insistí en que continuaras quedándote conmigo pensando que quizás podría protegerte de ella mientras te tuviera cerca. Así lo hiciste, y todas las noches que volvías a dormirte en mis brazos, los mismos ojos llegaban a observarnos. Con el terror de seguir recibiendo las visitas de la criatura sin párpados, comencé a cerrar todas las ventanas de la casa, y cuando se acercaba la noche, me temblaban las manos al pensar lo que podía estar buscándonos justo afuera del edificio.

Los días siguientes, a pesar de las visitas nocturnas, fueron de regocijo para mí. Te tenía de nuevo, y junto con tu presencia y amistad, una nueva oportunidad de reconfigurar mis sentimientos hacia ti, de descifrar las extrañas sensaciones internas que empujaban mi vida hacia la tuya. Un día, después de cenar, nos quedamos en silencio junto a la mesa. El viento desde el mar estaba más violento que lo usual y producía silbidos fantasmales que se colaban en el apartamento de madera. Quería decirte algo, pero no encontraba las palabras. Los secretos a veces rehúsan revelarse, queriendo huir de las realidades crudas, negándole la fluidez a la lengua, imposibilitando la comunicación más abierta y sincera. Yo siempre padecí de ese mal. A veces daba indicios de comenzar una conversación; a veces me quedaba callado. Lo notaste, pero no dijiste nada. Me dejaste buscar las palabras. Hasta que pude cobrar la valentía suficiente para organizar los pensamientos y revelarte los secretos mejor guardados de mi vida.

—Javier, tengo que decirte algo.

—Sí, dime, Amra, te estoy escuchando.

Un apagón, producto del ventarrón, evitó que continuara. Me fui para el cuarto para buscar una linterna y encontré neblina invadiendo el espacio. Una voz espectral se hizo audible desde ella, susurrando unas palabras que al principio no entendía, pero que poco a poco fueron cobrando sentido.

—Vuelve a la neblina, Amrafel. Vuelve a la neblina... —la voz era serpentina y rasposa, grotesca y seductora a la vez.

—¡No quiero! —le grité de vuelta sin pensarlo.

—¿No quieres qué? —dijiste llegando poco después al cuarto. La niebla se había disipado, pero decidí postergar las revelaciones para otro día.

Esa noche tuviste pesadillas otra vez. Lo sentía en tu inquietud. A veces balbuceabas tus miedos, en otras me hablabas dormido y me pedías que te abrazara, porque tenías miedo. Yo te reconfortaba diciéndote que no te había soltado, y que velaba por ti en la noche. La niebla volvió, también la voz, y las criaturas sin párpados y de cuerpos escuálidos se aparecieron en la habitación. Se acercaban a mi oído y me tocaban con manos frías. Yo los seguía con la mirada, temblando, esperando ser arrastrado en cualquier momento por los emisarios de la neblina.

—Ella vendrá por él —me decía uno de ellos— si no cumples con tu parte del acuerdo con la Dama.

—¡Nunca me apartaré de él!

—No sé cómo escapaste, pero volverás a ella. Serás suya, Amrafel.

Por muchas noches seguí recibiendo en mi cuarto la visita de los seres de la niebla. Cuerpos humanos semitransparentes con caras luminosas y esqueléticas, como aquellas de las personas silentes que delataron nuestra llegada a la Dama Blanca cuando nos perdimos en el monte. Sus dedos huesudos me apuntaban en son de juicio. Sus susurros eran como el murmullo de una multitud indignada. Y cada noche el pregón de los espectros me volvía más tenso, más desquiciado, más insomne.

—Vuelve a la neblina, Amrafel. Vuelve a la neblina —repetían una y otra vez, amenazando con llevarte, con apartarte de mí. Yo me aferraba a ti, abrazándote fuerte para que no pudieran secuestrarte. Pronto dejé de dormir por completo, para poder protegerte de los espectros. Pero una noche no pude resistir más la pesadez en los párpados, y, a pesar de estar rodeado de las huestes de seres de la niebla, me quedé dormido. Mis sueños fueron visitados por la Dama, quien se paseaba por un pasillo blanco, dándome la espalda.

—Ustedes no se pertenecen. Acuérdate, Amrafel, tienes una deuda pendiente. Vengo a cobrar lo que se me debe.

Entonces desperté y no estabas a mi lado. En el apartamento reinaba la neblina y una quietud amenazante. El silencio era interrumpido a veces por mis suspiros o el sonido de la marejada del mar cercano o las ráfagas bravas que se enredaban en mi ventana cerrada. En otras ocasiones, se deshacía por unas risas como de duendes chillones y burlones, llegando desde una distancia indefinible, apoyada por un coro de risas similares que rebotaban en ecos por toda la vivienda. Nada eléctrico funcionaba. Encendí una vela y bajé las escaleras pisando cada escalón con cuidado y atravesando la cortina blanca de la niebla para tratar de encontrarte.

La puerta estaba abierta y sin juntar. La crucé y bajé el segundo par de escaleras con mucho cuidado para llegar hasta el balcón. Había neblina afuera también. Casi no podía ver, la vela no me sirvió de nada. La dejé encima del balaustre y seguí hacia la calle, llamando por ti.

—¡Javier!

Pero a cambio recibí las risas lejanas de los habitantes de la niebla. La calle se pobló de repente con sus calaveras, vistiendo trapos putrefactos, cubriendo la piel muerta y disecada sobre sus cuerpos esqueléticos. Cubrieron la extensión de la calle delante de mí. Señalaban hacia al frente, un vacío como un campo de nieve que se encuentra con un horizonte de luz. Más allá no veía nada. Caminé en esa dirección, esperanzado de poder reunirme contigo. Pero solo me adentraba más y más en la blancura infinita, hasta que me encontré en una escena familiar. Estaba en la parte de atrás de un auto, el tuyo. Ibas guiando, y otra versión de mí estaba junto a ti en el asiento del pasajero. Nos veíamos asustados. Mi otro yo tornaba sus ojos hacia atrás como si sospechando mi presencia, pero notaba en su expresión que no me podía ver.

—¿Te acuerdas, Amrafel? Tu deuda conmigo quedó insatisfecha cuando te fuiste.

La Dama Blanca estaba sentada junto a mí en los asientos posteriores de tu carro. Su rostro no tenía facciones ni expresión, solo sus ojos brillantes, su piel lisa y plana como porcelana pegada a sus huesos, sus labios finos y blancos formando una línea que más bien asemejaba una cicatriz y no una boca. Su aparición me llevó el aliento y me recordó de la primera y terrible vez que se materializó frente a nuestros ojos; y tal como aquella vez, no podía escapar. Mi cuerpo quedó paralizado ante la visión, moviéndose solo para temblar. Sabía que estaba a su merced.

Aceleraste el carro, y la Dama Blanca desapareció y reapareció al fondo en la carretera. Tú y mi doble lo vieron. El terror era visible en sus expresiones. La atravesaron a toda velocidad. Sentí frío. Noté que mi otro yo también. Tras un grito agudo, como de ánima quemada en los fuegos del Hades, vi todo desvanecerse y el carro rodar, una y otra vez, pero ya no desde adentro. Miraba desde afuera, junto al árbol siniestro que detuvo su movimiento. Entonces te vi tirado, todo malherido con tu cuerpo quebrado desangrándose y tus vísceras expuestas a la noche. La Dama Blanca flotaba sobre ti como en actitud de llevarse el remanente de tu cuerpo y tu espíritu a su perpetua neblina.

—¡No te lo lleves! ¡No te lo lleves, por favor! —gritó mi otro yo mientras cojeaba en dirección tuya, todo cortado y ensangrentado, pero en mucho mejor estado que tu cuerpo inconsciente, hecho pedazos por el impacto.

—Nadie cruza mis dominios sin pagar el precio. La neblina reclama lo suyo.

—A él no por favor, a él no.

—Lo devuelvo a la oscuridad del mundo sin niebla si vienes conmigo a morar con los hijos del silencio.

—Si voy contigo, ¿él se salva?

—No hay salvación. Solo la neblina. Pero si vienes conmigo, el podrá morar un tiempo más lejos de su omnipotente presencia.

—Llévame entonces.

—Trato hecho.

Todo se disipó: tu cuerpo moribundo, mi otro yo y la escena. Solo quedó la Dama Blanca; sus dedos largos, finos y huesudos apuntándome de nuevo. Tú estabas a su lado, pero en perfecto estado, mirándome, temeroso de la pesadilla despierta a donde habías caído.

—Vengo a cobrar lo que me debes —dijo la Dama con su voz serpentina y rasposa —¿acaso pensaste que podías burlar nuestro acuerdo? Ahora la neblina te reclama.

La Dama Blanca me agarró y me levantó. Todo se volvió frío alrededor. Ella vomitaba neblina desde su boca y en medio de su vómito gaseoso me besó, haciéndome tragar su muerte blanca. Mi respirar se vio interrumpido, sentía que mi cuerpo perdía su energía. La oscuridad me llamaba al otro lado.

—¡Déjalo! —imploraste. Tratando de golpear a la Dama, pero no podías tocarla.

—Este es el precio de haber cruzado mis dominios. Ese fue el acuerdo, Javier. Ahora morará aquí como uno de los hijos del silencio. Vete ya, disfruta de tu breve estancia en la oscuridad. Algún día nos volveremos a ver.

Gritaste mi nombre. Trataste de recobrarme. Lloraste. Hasta que te desvaneciste, y yo, colgando del brazo de la Dama Blanca, sentí mi piel secarse, pegarse a mis huesos mientras mis órganos y músculos se volvían nada. Mis ojos quedaron abiertos para siempre cuando arrancó mis párpados de modo que no pudiera dejar de mirar la neblina. Rasgó mis vestidos y succionó la esencia de mi alma. Me marcó como suyo, me hizo un hijo del silencio, un espectro de la neblina.

¿Te acuerdas de mí, Javier? Una vez me diste por perdido. Pero la vida da sus vueltas y todo lo que debe se reconcilia, hasta que es hecho un uno indivisible, como las personalidades de Dios. Hay algo que quedó no dicho entre nosotros. La neblina me lo arrebata, y el sonido de tu ducha me llama a sostenerte entre mis brazos descarnados hasta que lo recuerde. No temas,

Javier. Mira mis ojos siempre abiertos y lo sabrás: vengo a consolar todas tus noches hasta que la neblina nos separe otra vez.

Fuego

consumidor

I

a pastora Gwenda Jurado; su gran templo se yergue sobre la ciudad como el más glorioso de los lugares santos, dedicados desde su fundación a nuestro Dios. Primero, como la predicadora cantante; luego, pastora y apóstol de la Iglesia de Avivamiento Ruta de Fuego, ubicada en el corazón de Hato Rey. El área circunvecina forma parte de las muchas propiedades de la pastora y la llamaron Ciudad de Dios. Se conforma de edificios administrativos, farmacia, colegio, supermercado, panadería, aglutinado de condominios, estación de radio y televisión, y una clínica con oficinas médicas de todo tipo. Todo opera para la gloria del Todopoderoso. Ahora es la iglesia de preferencia de médicos, abogados prestigiosos, ingenieros, artistas, banqueros, comerciantes, empresarios, políticos de carrera, y gente de clase adinerada. Sin embargo, hay lugar para los pobres también; desplazados que tienen su lugar como escogidos a ser siervos para el Altísimo. La pastora tiene un sitio especial para cada fiel, y nadie duda sobre su lugar y propósito en el reino de Dios.

Cuando cumplí doce años, mi madre me llevó a bautizarme en el templo, aunque estuvo años sin asistir a los servicios. Se juró una vez nunca pisar ese lugar santo después de que murió abuela, cuando yo aún era pequeño. De niña fue criada en las primeras congregaciones de la iglesia, y por mucho tiempo fue una de las mujeres más activas de la congregación. En aquellos tiempos se reunían en la marquesina de sus padres, (abuela siendo la fundadora de la Iglesia, su primera pastora, y compositora de las canciones más célebres de Gwendita) y fue testigo de la construcción del templo que ahora inspira con su mera presencia el centro del distrito financiero de la ciudad. Por mucho que evitara volver, su testimonio de los milagros del cielo nunca menguó y me instruyó en los caminos del Señor desde mi infancia, leyéndome la Biblia, enseñándome sus mandamientos y orando siempre conmigo. Mi padre, por su parte, aunque también era un hombre de fe, estaba más renuente de volver por razones que yo desconocía, de modo que no nos acompañó el día de mi bautismo.

—Es hora de volver al redil, mi niño —me dijo mami a pocos días de mi cumpleaños— llevo apartada de la gracia demasiado tiempo. Ya estás entrando en edad de pecado. Coordiné con unas viejas amigas para que seas bautizado y recibas el Espíritu Santo por la mano de la pastora Jurado.

Temprano esa tarde me llevó al templo. Luego de que la guagua nos dejara en la parada, nos encaminamos allá a pie. Su estructura moderna y elegante se veía calle abajo contrastando con la simpleza de la mayoría de los edificios de San Juan. Reconocí en sus vitrales enormes la anunciación de la segunda venida del Cristo, y se ilustraba el advenimiento del Espíritu Santo en el Pentecostés, el Apocalipsis, el rapto venidero profetizado en el libro de La Revelación, y el cierto destino de fuego de los que no se arrepienten y se humillan ante el Cordero; todos conceptos engranados en mi mente desde mi infancia. La piedra blanca disiente con el gris oscuro de los alrededores. La cruz dorada que corona el templo resplandece día y noche, y se aprecia desde casi cualquier parte de la urbe metropolitana, pues las escaleras numerosas alzan la estructura y proyectan la idea de que el templo en sí es una ciudad sobre una loma, alumbrando para ser vista por los hombres en medio de un mundo acechado por las constantes tinieblas de los demonios, de la tentación y el pecado.

Subimos las escaleras de mármol, deteniéndonos en cada sección intermedio para descansar. Al alcanzar el nivel principal, nos paseamos por debajo del pórtico elevado que nos devoró como si fuera la boca misma del Creador. Abrimos luego las inmensas puertas del cristal e hicimos nuestra entrada. El piso del recibidor lucía tan pulido que se me asemejaba a un espejo, y mi forma pequeña y delgada me devolvió una mirada de asombro cuando me detuve a observarlo, perdido en el vasto mundo del interior del santuario. Las enormes lozas de mármol oscurecido lograron en mí el efecto de considerarme ínfimo, un recordatorio de que no era nada ante Su gloria.

Luego, mis pies, tras las pisadas de mi madre, me llevaron sobre el emblema que demarca el centro del recibidor, dos círculos de líneas doradas que rodean una lengua de fuego, símbolo del Espíritu Santo. Dentro de la llama hay una cruz, y, sosteniendo ambos símbolos por debajo, está la silueta de una paloma blanca. La franja ancha que encierra el emblema tiene una cita que expresa el lema de la Iglesia de Avivamiento Ruta de Fuego: Dios es amor, pero también fuego consumidor.

El recibidor conduce a un gran pasillo que le da la vuelta al templo, cuyo salón principal se asemeja más a un coliseo que a una iglesia, con miles y miles de butacas en diferentes secciones rodeando a un púlpito promiscuamente decorado en telas finas, oro y plata, flores frescas que se cambian todas las semanas, y muebles de madera finamente labrados. Y es que, según me enseñaría la misma pastora, Dios siempre requiere lo mejor y le provee a sus siervos para que puedan avanzar su obra y reino en la tierra; y, ciertamente, le ha provisto en abundancia a la pastora, vivo ejemplo de que el Padre prospera a sus seguidores más fieles. Los pasillos redondeados son anchos y extensos, y tienen múltiples entradas al área de la congregación. Las alfombras se extienden en todas las direcciones, impecables y limpias; y las luces que se filtran a través de los vitrales crean una especie de caleidoscopio prismático de colores y formas que dan la sensación de haber entrado a otro mundo.

Por ser temprano, aún no había tráfico de hermanos y hermanas inundando con sus presencias los espacios del templo, de modo que, en esa desolación imperante, el silencio y la quietud del edificio se volvían en igual medida impresionantes y terroríficos.

—Ahriahriman. Ahriahriman. Ahriahriman. Ahriman —la cantata hacía un eco prolongado en el pasillo. Al principio creí que era alguna leve melodía de algún himno viejo en un idioma antiguo, pero su tono siniestro no me daba seguridad. Miré a mi madre con desconcierto cuando me di cuenta de que el susurrar del extraño vocablo persistía en el pasillo mientras caminábamos hasta la oficina pastoral.

—¿No escuchas la música, mamá?

—No hay música, todo está en silencio, mi niño.

—Escucho algo, como gente cantando, pero bien suave.

Mi madre se detuvo frente a mí, inclinándose y mostrándome una enorme sonrisa, como con la satisfacción de saber que su hijo había sido salvo todo este tiempo.

—Eres especial entonces, mi nene. Estás escuchando los coros celestiales entonar sus alabanzas a Dios me besó y me siguió llevando hasta la oficina de la pastora.

—Ahriahriman. Ahriahriman. Ahriahriman. Ahriman —yo nunca tuve la fortuna de presenciar un concierto de ángeles orquestando sus divinas melodías al Creador. Aquel refrán gutural, bajo y rítmico, no me dio la impresión de provenir de seres divinos.

Mami me llevó a un vestidor donde me hizo desnudarme y ponerme una especia de bata blanca que me llegaba a la rodilla sin nada más debajo. La tela era finita, casi translúcida. Me sentí expuesto y vulnerable, pero como niño obediente, buscando agradar a Dios, no me quejé, solo seguí sus directrices. Cuando me vistió con la bata, me llevó de la mano hasta la puerta. Me quedé paralizado frente a la imponente entrada.

—Todo estará bien. La pastora va a examinar tu cuerpo y espíritu para garantizar tu pureza. Si hay algo que debas confesarle, ella lo sabrá. Siempre sabe. Quizás te dé miedo, y te sentirás incómodo. Solo recuerda que ella es una sierva del Señor, no te hará daño. El fuego de su juicio está con ella. No le mientas. Te sentirás humillado, sí, pero todos nos debemos humillar ante Él, y ella es apóstol y profeta, y representa su voluntad, por duro que eso sea de aceptar a veces.

Sus ojos delataron algo detrás de sus palabras de aliento y conforte. Vi oculto en ellos la humedad de un pavor antiguo, retenido a fuerza, suprimido por una voluntad de acero, pero latente, esperando su oportunidad para manifestarse, pero ese no sería el día.

—Ahriahriman. Ahriahriman. Ahriahriman. Ahriman —el coro se intensificó en mis oídos. Aguanté mis lágrimas como mi madre lo hacía. Me abstuve de pronunciar palabra alguna, y me giré hacia la puerta. El aire acondicionado me provocó un frío intenso, en especial en mi desnudez, apenas cubierta por la túnica bautismal. Mi piel se encogió como piel de gallina, y mi cuerpo se sacudió completo en un escalofrío. Mi mano se acercó a la puerta para abrirla.

—Ahriahriman. Ahriahriman. Ahriahriman. Ahriman —las voces cantaban en un crescendo macabro, pero al abrir la puerta, un silencio repentino y perturbador devoró mis sentidos.

Ahí estaba ella de pie; su pelo luciendo un estilo moderno y corto, teñido de rubio platinado. No era la imagen típica de una pastora de nuestra religión. Era más alta que cualquier mujer que hubiera visto hasta entonces y mucho más grande que yo, que con apenas doce años, no había llegado al crecimiento explosivo de la adolescencia. Mis pasos fueron tímidos, entrecortados, avergonzados. Sentía su mirada seria, antipática, escudriñadora, sobre cada pulgada de mi cuerpo. A pesar del frío, mi rostro se sentía caliente de la vergüenza.

La pastora en su falda larga blanca y blusa ajustada, pero a la vez modesta, frunció el ceño en desapruebo. Evité mirar a sus ojos, y solo observé el suelo.

—¿Sabes quién soy? —preguntó con voz neutral, pero potente; sus labios finos pintados de un rojo intenso, formando una línea estrecha y sobria.

Solo logré mover mi cabeza en afirmación tímida.

—Soy la pastora Jurado. Soy una voz de Dios en la Tierra, Apóstol y Profeta de Jehová. El Señor me revela su voluntad, y me ha mostrado todos tus secretos. Si quieres purificarte ante el Señor, deberás aprender templanza. ¿Eres puro ante el Señor en cuerpo y espíritu? ¿Estás listo para entrar en un sagrado convenio con Él y nacer de nuevo, hecho una nueva criatura en Cristo Jesús?

Otro sí tímido.

—Bien. Conozco a tu padre y a tu madre desde hace mucho tiempo. Veo que te pareces mucho a tu padre sus manos acarician mi rostro al hablar; su figura se desplaza a paso lento alrededor del altar. En unos años estarás hecho a su imagen y semejanza, como nosotros somos imagen y semejanza de Dios. Pensé que nunca volverían al redil. Me alegra que al menos les preocupe tu salvación.

Me hizo preguntas sobre mi vida. Me obligó a relatarle sobre mis mentiras recientes, las veces que me robé algún dulce, sobre cuando hice trampa en algún examen, las veces que le hablé de mala gana a mi madre o maestros, y sobre las ocasiones en que comí más postre del que debía. Cada una de mis maldades de niño, las conocía como si alguien estuviera espiándome constantemente, y susurraba a sus oídos todas mis intimidades. Quedé convencido que era una mujer de Dios; quedé convencido que le tenía terror.

Me ordenó acostarme sobre un altar en medio de su oficina. Seguí sus instrucciones con temor, desplazándome hacia ella como quien se encamina a un matadero, y subí casi a tropezones, tratando de que la bata no dejara de cubrirme. La incomodidad me tensó y oré para que pronto acabara la entrevista incómoda con la pastora. Supliqué por poder salir, vestirme, regresar a mi casa y refugiarme en mi cuarto, entre mis libros y juguetes. Por lo pronto, mis oraciones no surtieron el efecto deseado. Los minutos, en vez de acortarse, se prolongaron. Sobre el altar, se resumió de nuevo el coro que escuché antes:

—Ahriahriman. Ahriahriman. Ahriahriman. Ahriman.

La pastora me levantó el manto. El frío acabó de colarse por toda mi piel. Su mirada me recorrió con sus ojos intensos puestos sobre mi cuerpo indefenso, expuesto a su omnisciente mirada. Mi piel lampiña con piel de gallina; las rasgaduras en mis rodillas por jugar de correr y de esconder con los niños del barrio; mi ombligo brotado que siempre me dio vergüenza y complejo; el lunar grande sobre mi cadera izquierda que mami se empeñaba llamar la mancha de plátano los primero vellos en la pubis que habían comenzado a crecer en el verano; mi pene incircunciso que hacía un año me sangró cuando jugando conmigo mismo por primera vez, rompí la pequeña tela de piel del prepucio que tienen todos los niños incircuncisos y que pierden cuando comienzan a descubrir sus cuerpos entre la preadolescencia y la adolescencia. Mi mente viajó a ese momento y supe de inmediato que ella también lo vio.

—Ya tienes doce años. Estás en edad de la malicia y el pecado. Ya no eres inocente ante Dios. El Señor me ha revelado todos tus debilidades y quebrantos, y sé que ya no estás puro. La masturbación es un grave pecado, y te conducirá al fuego eterno si no tienes cuidado. Te has tocado indebidamente. Los placeres del cuerpo le pertenecen a Dios. No tienes derecho a disfrutar de esos gozos de la carne hasta que estés debidamente casado. Además, desapruebo de la decisión de tu madre de no circuncidarte. Aunque ya no es requerido, debemos seguir el ejemplo del Salvador y Él cumplió toda la ley, incluso la ley de la circuncisión para los varones mis ojos seguían cerrados y traté de no escuchar su voz, pero mi mente desató un caos inhabitable donde el único otro sonido que lograba filtrarse era la cantata perversa que me perseguía .

—Ahriahriman. Ahriahriman. Ahriahriman. Ahriman.

—¡Mírame cuando te hablo! El camino de Jehová es para los valientes, no los cobardes su voz fue cortante y pausada, firme y acusadora. Además de vergüenza, sus palabras me indujeron un miedo mortal a quemarme en el infierno por dejarme seducir por las concupiscencias de la carne, deleites que supe desde entonces no poder evitar. Así son las pruebas de Dios: intensas. Nos da un cuerpo que puede gozar de todos los placeres y sufrir en la misma medida de todos los dolores, pero nos pide moderar los placeres y suprimirlos, casi al punto de no sentir. El único placer que se nos permite es el de rendirle devoción y alabar Su nombre para siempre, y gozar del sufrimiento que nos lleva a palpar Su gloria y ser llenos por Su Santo Espíritu. En esa mesura, todo dolor es preferible para librarnos del sufrimiento mayor: perecer en el fuego eterno. Sus caminos son misteriosos. Sus sendas son vías de culpa y remordimiento.

De tal culpa me llenó su sierva, hasta que me poseyó entero y su mandato a mirarla me obligó a salir de la comodidad de mis pequeñas plegarias internas. Abrí mis ojos. Su rostro estaba próximo al mío, pero no se encontraba sola. Estaban otras personas ahí, pero de un aspecto antinatural; grotescas, no humanas. Sobre sus rostros llevaban lo que pasarían por ojos, nariz y boca; pero las semejanzas se limitaban a eso. Sus cuerpos desnudos eran escamosos, color ocre. Tenían colmillos, garras y lenguas largas que a veces les brotaban de sus bocas. A veces se veían completos; otras veces se volvían sombras y se discurrían alrededor de ella, como humo o como una flama negra, pero siempre se mantenían próximos a ella, batiendo alas alrededor del altar, creando un muro de oscuridad alrededor.

—Ahriahriman. Ahriahriman. Ahriahriman. Ahriman —por primera vez los vi pronunciar sus cantatas con sus bocas corredizas, humeantes. Mi cuerpo me tembló, pero ya no de frío. Ya no pude suprimir mi llanto. Una de las figuras parecía tornarse sólida al final de la cama; me miraba con dos ojos negros y muchos ojitos más pequeños desparramados sobre su faz desfigurada. Una lengua extensa, brotándole de la boca, hizo un leve contacto con mi pie. Sentí la planta quemarse al contacto y lo retraje al dejar escapar un gemido mucho más fuerte, casi un grito.

—Bien. Lágrimas de arrepentimiento. El Señor requiere un espíritu contrito y un corazón humillado. ¿Confiesas tus pecados ante Dios y los entregas a Cristo?

Otro sí, tímido, pero casi desesperado.

—Ahriahriman. Ahriahriman. Ahriahriman. Ahriman —los seres entonaban con más intensidad.

—¿Prometerás ante Dios y ante mí abandonar todos tus pecados para seguir el sendero de la cruz que nos trazó el Salvador?

Mi cabeza se agitó en desesperada aceptación.

—Pues entonces podrás ser bautizado para nacer de nuevo en Cristo. Escucho sus susurros aún ahora, y me ha revelado que tiene un propósito especial para ti. Profetizo que el Señor te hará una morada en su templo. Desea que vivas para siempre en Su gracia y me ha comisionado para que sea tu protectora cuando derrame su bendición sobre ti. Pero debes recordar no pecar más. El Señor lo sabrá, y no puedes mentirle. A mí tampoco. Y recuerda, Él es amor, pero también fuego consumidor.

No hubo mucha gente en el bautismo, y me sentí un poco aliviado por no tener que estar casi desnudo frente a gente desconocida; solo varios ancianos y ancianas, dos o tres personas de mediana edad y mami. El baptisterio se ubicaba detrás de la oficina de la pastora, entre el vestíbulo de hombres, donde mi madre me puso la bata, y el vestíbulo de mujeres al lado contrario. Mami estaba sentada en la fila de atrás, sus ojos siempre puestos en mí. Nunca miró a la pastora. Yo, sentado frente a los congregados, tampoco le quité los ojos de encima.

La pastora se sentó junto a mí, quieta como una escultura, sobria, como si estudiando a los hermanos con su mirada escudriñadora. Al frente de todos hablaba una hermana llamada Zitzaida. Según me contaría mi madre días después, llegó a la congregación poco antes de la muerte de abuela. Testificó ante todos cómo el Señor la había salvado. Habló de la violencia de su niñez, el abandono de su padre, la negligencia de su madre, las violaciones que sufrió a manos de conocidos y desconocidos, sus matrimonios fracasados, sus hijos extraviados que no mantenían comunicación con ella, otros dos hijos asesinados por un amante, y su entrega a los poderes del demonio.

Evité mirarla mientras ofrecía su testimonio porque advertía la presencia de los seres de sombra bailar y cantar en torno a ella, y cada vez me producían más terror.

—Cristo me hizo un llamado, hermanos, para alabarlo y mostrar al mundo su misericordia, a una vieja como yo. Yo estaba perdía en los caminos de Satanás, aleluya, y Dios me salvó, alabao sea el nombre del Señor.

—Amén —gritaban varios hermanos.

—Ahriahriman. Ahriahriman. Ahriahriman. Ahriman —cantaban las sombras.

—A través de esta santa sierva, yo me pude liberar, porque el Señor a través del Santo Apostolado, le ha dao potestá y dominio sobre los demonios. Y ahora yo le entregué mi vida a Dios. Y la pastora, al llevarse los demonios que me atormentaban, me quitó un peso de encima. Me bautizó con agua y con fuego. Y ahora soy criatura nueva para la gloria de Jehová.

—¡Gloria a Dios! ¡Aleluya! —el pequeño coro de fieles rendía sus alabanzas al Señor ante el testimonio de Zitzaida.

—Ahriahriman. Ahriahriman. Ahriahriman. Ahriman —las sombras también se mostraban complacidas, intensificando sus notas guturales.

Cuando acabó, otro hermano leyó el pasaje del bautismo de Jesús y su mandato a los apóstoles de ir por el mundo y hacer discípulos en su nombre, y bautizarlos en el nombre del Padre, del Hijo y del Espíritu Santo. Luego, cantaron unos coros y un himno, compitiendo siempre con las voces de las sombras.

—De día nubes, de noche fuego, de día nubes, de noche fuego...

—Ahriahriman. Ahriahriman. Ahriahriman. Ahriman.

Al finalizar los cánticos, la pastora se puso de pie para el bautismo. Tomó mi mano firmemente, induciéndome un leve dolor que traté de disimular. Me llevó hasta las escaleras del baptisterio y me condujo hasta las aguas que me llegaban hasta el pecho, y a ella, hasta su cintura. Las aguas parecieron haber disuelto la bata. El agua estaba caliente, pero aun así sentí frío y temblaba. Mi rostro estaba sonrojado, sintiendo los ojos de todos sobre mí. Me repetí que todo acabaría pronto, que era necesario y parte del proceso de mi salvación del fuego eterno. Me convencí de mi deber al agradecimiento y que unos minutos de humillación por una eternidad en el reino de Dios valía la pena.

La pastora alzó su mano derecha, su mano izquierda puesta sobre mi espalda. Pronunció una oración o discurso en su voz potente y autoritaria.

—Lázaro, por el poder y la autoridad que me confiere el santo apostolado, y obedeciendo el mandato de Cristo nuestro Rey de Reyes y Señor de Señores de bautizar a todos en el mundo, yo te bautizo en el nombre del Padre, del Hijo, y del Espíritu Santo. Amén.

—Ahriahriman. Ahriahriman. Ahriahriman. Ahriman —las voces se intensificaron cuando fui sumergido en el agua. Por unos segundos, el mundo se detuvo mientras estaba hundido. Abrí los ojos, y vi las criaturas flotando alrededor como si fueran un líquido negro y ocre. El calor del agua aumentó. Mi cuerpo comenzó a sentir como si se quemaba. Manos líquidas se extendían hasta mí, me sobaban y me iban dejando marcas dolorosas. En esos segundos alargados vi sus ojos estudiarme. Sentí también lenguas de agua negra degustarme casi entero. Mi cuerpo luchó contra los brazos inquebrantables de la pastora, pero mi pequeñez no lograba zafarse de su firme aguante, y tuve

163

que tragarme el dolor del bautismo de agua y fuego hasta que finalmente, después de sentir que me desmayaría del dolor, me levantó y me soltó.

Mami estaba cerca. Me dio la mano para ayudarme a salir del baptisterio, y para evitar que pasara más vergüenzas, me envolvió con una toalla que había tomado del vestíbulo. Me llevó de inmediato. Sin dar mucho espacio a que me saludaran o hablaran los hermanos de la congregación. Dirigí mis ojos una vez más a la pastora. Estaba de pie en silencio, toda mojada. Zitzaida estaba a su lado mirándome. La pastora también me estudiaba, siempre seria. Vi las sombras líquidas salir del agua, flotando hasta aproximarse a ella; cobraron la forma de un manto negro y se posaron sobre sus hombros, sus múltiples ojos reflejando mi figura miles de veces. Luego, brotaron sobre el manto sus bocas alargadas y las abrieron.

—Ahriahriman. Ahriahriman. Ahriahriman. Ahriman —las palabras quedaron para siempre impregnadas en mi subconsciente.

II

 o sería la última vez que escucharía el canto enigmático. Ahora, años más tarde, me doy cuenta de que mi vida entera ha sido formada, doblada y dirigida por esa melodía grave. La escucho ahora que me acerco de nuevo al centro de su procedencia con un frasco de sangre inocente en las manos. Y siento calor dentro de mí. El fuego de la pastora se aviva en mi cuerpo, seguido por el hedor a azufre, carbón y ceniza. Me sofoca y amenaza con quitarme la voluntad para cumplir con mi misión. Pero no puedo detenerme ahora, debo encontrarla. No puedo dejar que el fuego me venza.

Lo escucho de nuevo:

—Ahriahriman. Ahriahriman. Ahriahriman. Ahriman —y el aliento que se desprende del canto me llega y me impregna de su peste, y como la nariz tiene larga memoria, mi mente viaja de nuevo a esa noche donde las voces, el fuego y la pastora se hicieron residentes permanentes de mi existencia.

Recuerdo que hubo como una presencia en mi cuarto, algo invisible moviéndose entre las sombras. Tuve la impresión de que me seguía, buscando asilo entre las muchas tinieblas que se enredaban entre las paredes y mi cama. Un susurro se desasía de la nada a cada par de minutos. Los suspiros que brotaban de la atmósfera inquietante alrededor de mi lecho creaban una legión de voces calladas que cantaban a coro las sílabas atornilladas a mis recuerdos.

—Ahriahriman. Ahriahriman. Ahriahriman. Ahriman —el coro no cesó, y luego descendió sobre mi extenuación el desvelo incansable de conciencias torturadas, como si desgarrada por una culpa que no conocía porque mis años eran tiernos y no había culpa que mancillara mis sueños. Pero mi ingenuidad no me protegía del insomnio atraído por las huestes invisibles que ahora me cantaban al oído y, como entes del más allá intangible, no necesitaban aire para poder emitir sus melodías del inframundo. Más bien, sus voces eran alargadas, como si el llanto y el crujir de dientes de almas en pena oprimidas en sus calderas infernales calentaran a su vez las cuerdas vocales que producían la vibración de sus notas demenciales.

Durante esa vigilia involuntaria, mis oídos no fueron los únicos en recibir la visita de lo escalofriante. Pronto mis ojos tuvieron la sensación de atestiguar apariciones. Las tinieblas fueron doblándose, ensanchándose, transformándose, hasta que las sombras lograron desligarse de las masas de plasma que flotaban en la oscuridad, cobrando formas indescriptibles, moviéndose como animales hambrientos y desenjaulados después de un cautiverio prolongado. Me asecharon con sus extremidades tornadizas, como humo que morfa a su antojo. Extendieron sus manos hacia mí, y yo, preso entre mis sábanas y mi estupor, lo observaba todo paralizado; mis huesos hechos hielo entre mis delgadas carnes temblorosas. Mis ojos abiertos no osaron cerrarse, solo observaron los casi rostros que me devolvían la mirada entre las monstruosidades que bailaban y cantaban alrededor del santuario de mi cama.

Las formas flotaron hasta el área más oscura de la recámara. Ahí, en ese espacio henchido de las más profusas de las oscuridades, recuerdo haber visto el rostro ensombrecido de la pastora acechándome por unos instantes con su expresión de eterno desapruebo, sus labios finos serios e inflexibles tachando su faz como una cicatriz roja; sus ojos flamantes y omniscientes firmemente puestos en mí. Todas y cada una de las facciones de su semblante se aparecieron por el espacio de varios segundos, rodeada de las presencias que me hostigaron el día de mi bautismo. Fue una contemplación instantánea que terminó por helarme por dentro, paralizando mi respiración, acelerándome el pulso y obligándome a sudar frío en medio de mis sábanas.

Cuando la terrible visión se deshizo frente a mí, me llegó el peculiar hedor. En un principio me era desconocido, pero pronto sentí mis pulmones comprimirse en una agitada tos. Me tapé la boca y la nariz con mis manos. Luego, escuché voces desesperadas filtrarse desde la sala. Curioso por saber lo que ocurría, y agobiado por el horror de la visitación espectral, me levanté y me desplacé hasta la puerta que daba al pasillo. Crucé el cuarto con un ojo puesto en la salida y el otro rebuscando en la esquina oscura donde vi desaparecer el rostro-humo de Gwendita y las sombras que siempre merodeaban flotando alrededor de ella, todo el recorrido dando tropezones.

Desde el pasillo el olor era más fuerte, también las voces. Reconocí en ellas la voz de mi madre y mi padre. Ambos parecían estar en plena discusión. Me acerqué, asido a las sombras para no delatar mi presencia ante ellos. También estaban a oscuras, pero una luz roja alumbraba un poco la escena. Al principio, creí destellar desde alguna lámpara cercana, pero pronto descubrí que la luz provenía del cuerpo de mami. Su cuerpo entero resplandecía. Estaba gritando y en acto de arrancarse toda la ropa, como en desesperación; mientras papi trataba de sostenerla, ella lo empujaba para alejarlo.

—Déjame ayudarte, mi amor. Déjame llevarte a un doctor o al hospital su voz estaba ahogada, vi sus mejillas húmedas en un llanto de impotencia y desesperación. Mami le respondió con otro grito, empujándolo de nuevo y cayendo al piso remeneándose como en un absoluto y angustioso dolor.

—¡Sabíamos que este día vendría! ¡Es el juicio, el juicio! Desobedecimos. ¡No cumplimos con su voluntad!

—No le pertenezco a nadie. Nos casamos legítimamente. Esto no puede ser un castigo. Déjame llevarte al hospital.

—¡Aléjate! El fuego viene...

—Ahriahriman. Ahriahriman. Ahriahriman. Ahriman —las sombras deformes comenzaron a flotar a su alrededor, llenando la casa con sus melodías ásperas. El rostro de Gwendita volvió a aparecer detrás de ellos en una de las esquinas, y, por primera vez, la vi sonriendo, aunque ni papi ni mami dieron indicios de haberla visto.

La luz roja se hizo más intensa en el cuerpo retorcido de mami. Sus gritos se acrecentaron. Papi trató de agarrarla y terminó maldiciendo como en dolor, mirando sus manos, sobándolos como si buscando algún tipo de alivio.

—¡Duele, duele! ¡Voy a morir como mami!

El olor a ceniza, humo y piel chamuscada se volvió tan insufrible que ni aun tapándome la boca y la nariz se diluía. Sentí mi cuerpo paralizado, incapaz de moverse, indispuesto a intervenir, prendido de un pavor que se ancló en mis huesos hasta dejarme desprovisto de la voluntad de actuar para liberarla de ese sufrimiento. Solo existía en mí el horror de la escena y la certeza de que mami tenía razón. Algún juicio divino había caído sobre nuestra casa.

—Ahriahriman. Ahriahriman. Ahriahriman. Ahriman —el canto maldito no dejaba de harmonizar con los gritos de mami. Su ropa se prendió en fuego, alumbrando más la oscuridad. La alarma contra incendios se añadió a la melodía cacofónica. Papi se quitó su camiseta y trató de apagarle las llamas, pero en vano, el fuego siguió surgiendo, quemando y consumiendo, aumentando así el poder de esa pestilencia de la carne que se consumía en el siniestro implacable que alumbraba la sala. Los gritos de ambos se volvieron ininteligibles. Las voces de los vecinos llamaban desde afuera para ver qué ocurría. Sus puños retumbaban en la puerta para exigir entrada y averiguar si todo estaba bien. Pero mami y papi seguían llorando y gritando, tratando de buscarse, ignorando el resto del mundo. Mami se consumía por el fuego, papi trataba de salvarla; hasta que, al fin, él también quedó envuelto entre las llamas, gritando ahora con su propio dolor.

—Ahriahriman. Ahriahriman. Ahriahriman. Ahriman —la última vez que escuché ese coro maldito esa noche fue el más potente, el más espantoso; y seguido, un estallido alumbró toda la sala y me impulsó hacia el pasillo, estrellándome contra una de las paredes y haciéndome perder la conciencia.

III

iento el calor cobrar fuerza dentro de mis huesos al cruzar el velo oscuro que oculta el pasillo hacia la morada principal de la pastora; comienzo a sudar y a sentirme incómodo. Entonces me desvisto al caminar, pues mi piel ya no tolera cómo las texturas de mis prendas incrementan la sensación de estar sofocándome en mi propio cuerpo. Dejo en el pasillo la camisa, los zapatos y las medias. Los mahones no tardan en ser abandonados. El pudor ya no significa nada; el templo ha visto más de mí de lo que pudiera ocultar mi ropa o mi piel. Voy vestido con el peso de los recuerdos de los últimos años, esos de los que no logro nunca desnudarme y que me siguen como las sombras siguen a la pastora con su horroroso canto. Sostengo firme la botella de sangre; juego con ella entre mis dedos, pensando en el precio que se debe pagar por todo, y las grandes contradicciones que conlleva ser un siervo fiel de Dios.

Me tapo la boca y la nariz. El hedor se rehúsa en abandonarme. La nariz tiene larga memoria, y en la peste mi mente se remonta a la visión de esa noche, la última vez que los vi con vida, y ahora mis pies furiosos y descalzos me acercan al lugar sagrado donde la pastora ora y recibe profecía y revelación. Parte de su llamado al apostolado la obliga a entrar en comunión con el Altísimo por varias horas todas las madrugadas para poder dirigir los asuntos de Su reino en la Tierra. Solo ella entra al lugar santísimo. Lo aprendí hace muchos años, cuando me trajo a morar con ella al penthouse donde vivía en los pisos superiores del templo. Se ubicaba al fondo de un pasillo, escondido detrás de una cortina gruesa, adjunto al lugar santísimo. Ahí viví oculto los últimos cuatro años de mi vida, sin tener contacto con el mundo exterior.

—En medio de una terrible desgracia, el Señor ha extendido su mano —me dijo cuando desperté en uno de los cuartos— tus padres han sido llevados a morar con Dios. Tú estuvieras con ellos, pero Jehová tiene un propósito para ti, Lázaro. De las cenizas y el polvo que quedaron de tu pequeño cuerpo, el Señor te ha traído de nuevo a la vida para cumplir con algún misterioso designio. Es como profeticé. Ahora he sido designada por la revelación divina a convertirme en tu protectora —la pastora me pasó varios recortes de periódico recientes. En ellos se recontaban los detalles del misterioso fuego que terminó con la vida de una familia, la mía. No se supo lo que provocó el fuego, solo que los bomberos no pudieron detenerlo a tiempo. No hubo más detalles, excepto que la identidad de los cadáveres fue revisada por un médico forense llamado Alberto Irizarry, miembro de la congregación, y parte del concilio de ancianos. Los gastos fúnebres fueron costeados por la misma iglesia, que también publicó una nota al periódico lamentando el terrible suceso y ofreciendo sus servicios de consuelo y consejería para la familia extendida.

—Estabas muerto, Lázaro. El hermano Irizarry certificó tu muerte, al correr los exámenes genéticos. Pero cuando vine a recibir la voluntad de Dios, Él te entregó a mí de nuevo. Una luz cubrió mi faz frente el altar y escuché su voz en medio de esa luz, diciéndome: Gwenda, mi sierva, he aquí tu hijo. Cuidarás de él porque a través de él tengo una obra muy grande que se manifestará entre los que me temen. Mas te advierto que este milagro no podrá ser revelado, sino a los que yo te indique, puesto que hasta que su cuerpo no se fortalezca, y su mente no crezca en sabiduría, es menester protegerlo de las tentaciones y concupiscencias del mundo. La luz se disipó y te vi frente a mí sobre el altar, y alabé al Señor por esta gran maravilla que sucedió frente a mis ojos. Por eso ahora estarás bajo mi cuidado en el más absoluto de los secretos, porque la palabra del Señor no pasará.

No dije nada. Por muchos días, mi mente estuvo lejos, durmiendo en un campo blanco donde las ideas se vuelven estáticas, incomprensibles, inaccesibles. No encontré la forma de conectar con mis pensamientos o emociones. Durante varias semanas, solo existí, casi a solas, a excepción de las visitas nocturnas de la pastora o las varias rondas de la hermana Zitzaida, que estaba encargada de atenderme y alimentarme en aquellas áreas en que la pastora, por sus ocupaciones, no podía prestarse a mi cuidado. Al parecer, solo a ella se le concedió el privilegio de conocer sobre el milagro de mi resurgir. La hermana Zitzaida no era ni maternal, ni mucho menos cariñosa, y no tardó en perder la paciencia conmigo cuando al pasar los días apenas tocaba la comida y no me molestaba en dirigirle la palabra o siquiera reconocer su presencia cuando llegaba al cuarto.

—Déjalo. El Señor nos lo ha devuelto. A Su propio tiempo le dará solaz por las pérdidas que sufrió —le aconsejó la pastora.

Cuando finalmente mi mente se conectó con mi nueva realidad lloré sin parar todas las noches, cuando estaba a solas, aunque no me permití derramar lágrima alguna frente a Zitzaida o Gwendita. Sabía que mostrar demasiada tristeza frente a la pastora pondría en duda mi lealtad hacia quien el Padre Celestial encomendó mi bienestar en mi nueva vida. Además, aún le guardaba un miedo indecible, recordando lo humillado que me sentí el día de mi bautismo y la visión de su rostro siniestro en medio de la oscuridad, su sonrisa desplegada ante la miseria de mi familia; no era algo que estaba dispuesto a olvidar ni en la vida ni en la muerte ni en la resurrección. Sabía que no podía reprocharle, que hacerlo incurriría en la ira del Altísimo. Pero aún no lograba confiar plenamente en ella. Por otra parte, pensaba mucho en mi madre y mi padre, y me cuestioné a diario qué misión tenía el Señor conmigo como para querer traerme de nuevo a la vida en este estado sin las únicas personas que me amaban tan entrañablemente como Él.

Cuando de tanto llorar en las noches fui haciéndome insensible a la tristeza, sucumbí entonces al terror. Mi memoria estaba plagada de los coros de las sombras que cantaban sus tonos grotescos, como si a fuerza de su voz pudieran avivar el fuego que consumió a mami y a papi. Lo pensaba a menudo, y el recuerdo del rostro de la pastora en la esquina detrás de esas figuras que bailaban dementes en medio del caos pesaba sobre mi conciencia, y me hacía cuestionarlo todo. Tenía interrogantes sobre la versión de los hechos que me contó la misma pastora y quería saber más sobre lo ocurrido. La duda fue cavando un agujero en mi mente, hasta que se hizo imposible no desear saber lo que realmente pasó, y por qué.

El día que finalmente tuve el valor de cuestionarle a la Pastora sobre lo sucedido, se puso más seria de lo usual, su rostro endureciéndose, cobrando una tonalidad morada, como si le ofendiese que le preguntara sobre la noche de la tragedia más terrible de mi existencia.

—Eres un ingrato. Le debes la vida a Jehová Dios, estás vivo por Él. Tu antigua vida ya no es. Implórale perdón por tu falta de fe esta noche se marchó de inmediato sin decirme nada más.

No tuve mejor suerte con Zitzaida. La mujer no tenía gracia con los niños, aunque a veces mostraba ciertos toques de afecto, como si se filtraran chispas de una versión de ella hace tiempo abandonada al olvido. Aun así, no pude sacar de ella ni un poco de información ni en esos momentos de breve ternura, de modo que por varios años solo pude depender de mis recuerdos inciertos y la explicación de la pastora para entender el asunto de la muerte de mis padres, y sobre mi propia muerte y resurrección.

—Y así transcurrieron las semanas y los meses; una especie de sueño, una continuidad de sucesos que se amontonaron en un bucle de tiempo donde no vivía, sino que existía para cumplir los propósitos del Dios que por segunda vez me había dado vida. La monotonía de existir en ese extraño ciclo de soledad y silencio me obligó a refugiarme en la lectura y la escritura para poder aferrarme a los delicados hilos que me asían a la cordura. No había mucha variedad de libros en el templo, así que la Biblia se convirtió en una de mis pocas fuentes de saber y entretenimiento. Leía por horas. A veces, cuando presentía que la pastora estaba en mejor ánimo, le hacía preguntas sobre las historias bíblicas y las doctrinas fundamentales del Evangelio. A veces me contestaba casi contenta, como maravillada de mi capacidad de escrudiñar las escrituras.

—Veo la mano de Dios obrar en ti, vas creciendo en sabiduría y en gracia —en otras ocasiones terminaba recibiendo regaños por lo que ella entendía eran preguntas anatemas y que denotaban falta de fe— piensa bien en lo que te dije una vez, no sea que el juicio del Señor venga sobre ti. Recuerda que Él es amor, pero también fuego consumidor.

Los domingos en que la pastora predicaba ante la congregación, me permitía escuchar desde un pequeño salón con un gran cristal que miraba hacia el lugar santo, el espacio parecido a un estadio donde se reúnen los feligreses para los servicios de adoración. Ahí presenciaba los milagros del Espíritu de Dios obrar en las vidas a través de la pastora. Ella cantaba las canciones que la llevaron a la fama y que le permitieron, con la ayuda de mi abuela, construir una de las iglesias más grandes y ricas de la isla. Curiosamente, nunca la mencionaba en sus frecuentes testimonios sobre cómo fue llamada al apostolado. Casi nunca mencionaba sus humildes comienzos en la primera Iglesia de Avivamiento Ruta de Fuego, y de cómo se reunían en la marquesina de la casa de abuela ni de cómo abuela le dio hogar, protección y fama. Mucho de eso me enteré por Zitzaida, quien a veces cuando llegaba a atenderme me contaba historias a modo de chisme, en especial cuando se notaba que había discutido con la pastora por asuntos de dinero.

Desde ese salón alto me entretenía observando la muchedumbre de la iglesia. Era interesante verlo todo: el desfile de personas con sus coloridos trajes y atuendos dominicales; las malas miradas que se entrecruzaban cuando algunos hermanos desaprobaban de otros feligreses; los niños corriendo y sus padres detrás de ellos con regaños; los jóvenes juntándose para burlarse de cualquier detalle que les llamara la atención; las danzas de los fieles llenos del Espíritu; los gritos de aquellos que hablaban en lenguas; las largas oraciones; los días en que obraban milagros ante toda la congregación; las cámaras que lo grababan todo para transmitirlo por el canal de la iglesia; las claques que se segregaban en distintos sectores; los asientos privilegiados de los hermanos más pudientes; los platos de las ofrendas que llegaban siempre llenos de monedas y billetes; los sobres con los diezmos fijos para cada hermano confirmado en la Iglesia; las sombras flotando alrededor de la pastora, formándose y deformándose como humo al son de su movimiento, sus coros guturales filtrándose débilmente a través de las bocinas; las visitas de otros pastores famosos y adinerados que venían con costosos obsequios para la pastora y a predicar sobre la prosperidad como el símbolo más absoluto de la gracia de Dios. Todo era suficiente para mantener mi mente y vista ocupada por las cuatro horas que duraban los cultos.

Cuando estaba solo y no había servicios, y me cansaba de leer, me aventuraba a escaparme del penthouse a los pasillos, sirviéndome de mi propio ingenio para abrir los seguros. A veces recorría el templo solitario y me parecía escuchar voces, especialmente desde la puerta al otro lado de la entrada del penthouse. En varias ocasiones me acerqué, y pensé escuchar desde adentro un gemido ahogado. Otras veces, escuché suspiros jadeantes y sofocados por la puerta y la distancia. Me hice a la idea de que el templo estaba habitado de muchos espíritus, y que no todos estaban contentos de encontrarse atrapados ahí, y enseguida sentí lástima por ellos, porque yo era otro fantasma merodeando esos mismos pasillos sin poder escapar. Esa certeza me impulsaba a buscar las ventanas para mirar al mundo que ya no me correspondía, la ciudad que solo podía recorrer con la mirada desde la cúspide del templo, pero nunca con mis pies.

De vez en cuando me entraban las ansias de escaparme, de buscar la salida, de vivir esta nueva vida como mejor me placiera, de ser un niño como cualquier otro; pero cada vez que lo pensaba veía su rostro en mi mente, con sus labios rígidos en desapruebo, los cantos de los espectros susurrando en mi oído otra vez. Supe entonces que no era un huésped bendecido, sino un prisionero.

IV

l pasillo está poblado de espejos paralelos que se ubican a cada lado de cada puerta. Crean la sensación de ser ventanas hacia el infinito, hacia los múltiples mundos que moran más allá de nuestra percepción, símbolos de la eternidad y la naturaleza cíclica de la creación infinita. El mundo comienza en fuego y termina en fuego la escuché decir una vez.

Mi figura se multiplica en los espejos, y veo incontables otros yo sufrir el mismo fuego que surge desde adentro, al son del canto que me persigue como sombra atada a mis pies descalzos.

—Ahriahriman. Ahriahriman. Ahriahriman. Ahriman.

Casi no reconozco mi cuerpo, ya tan próximo a la hombría, crecido a fuerza de la adolescencia tardía; vellos suaves asomándose para esconder la piel tierna de la niñez, músculos hinchándose donde antes estaban las delicadas capas de tejido adiposo que redondeaban mi figura. Ahora, aunque delgado, se ve más angular. Antes apenas le llegaba a la mitad de los espejos, ahora casi los sobrepaso en altura. En unos pocos años, el dolor de crecer ha devorado mi infancia, aunque también fue devorada por fuego, y por otros fantasmas que merodean el templo, como los que hubo el día que la pastora descubrió que ya no tenía cuerpo de niño, a tres años de haberme hecho residente permanente y fantasma vagabundo del templo.

Estaba frente al espejo del baño, rodeado del vapor de agua caliente. Removí la condensación de su superficie para mirarme, como lo solía hacer a diario, buscando cada pequeño cambio. Aún dentro de mis imperfecciones físicas y todos los complejos que sentía, había algo sobre observarlo en la intimidad del baño; quizás la curiosidad natural de querer saber qué hay detrás de los cuerpos vestidos, los cuerpos ocultos, los cuerpos de la vergüenza que aprendemos desde la niñez a odiar y repugnar. Los cuerpos, naturalmente pecaminosos, hechos abominaciones por la caída de Adán, son nuestra maldición eterna. Ah, pero los ojos nunca dejan de encontrar deleite en la perfección intrínseca de esa fallida creación. Hay belleza en esa corrupción, y, más que belleza, deseo. Y yo buscaba en el reflejo llenarme de esa imperfección, deleitarme en la corrupción, aunque me lo negaba a menudo.

En ese entonces no entendía por qué me buscaba irremediablemente, pero más tarde lo entendería. No deseaba una belleza idealizada de mi propio cuerpo, sino que buscaba encontrar en mí mismo a algún extraño como yo a quien desear en la ausencia de otros cuerpos a los que abrazarme. Pero el espejo nunca lo lograba y, a pesar de eso, me buscaba; los buscaba.

Así, indagándome frente al espejo me encontró ella. A veces lo hacía con la excusa de traer algún efecto de baño, pero sabía que velaba por mi castidad y pureza, para evitar que me encontrara jugando a la lujuria conmigo mismo.

—Estás reservado para el Señor —me advertía.

En esa ocasión se le olvidó recordármelo cuando me vio explorándome frente a mi reflejo. Brinqué cuando su presencia se hizo manifiesta, pero no traté de esconderme, como lo hubiese hecho recién llegado a su casa. Estaba acostumbrado ya a ser visto por ella en esos momentos. Sabía que, como propiedad del Señor bajo cuidado de su sierva escogida, no tenía derecho a privacidad en su morada. Ella se acercó con la toalla y comenzó a secarme. Mi cuerpo entonces se tensó; siempre lo hacía cuando ella estaba cerca, o cuando hacía contacto conmigo, pero no me resistí. Sus labios siempre firmes y duros, su rostro sin expresión, me miraban a través del espejo mientras removía de mi cuerpo todo rastro de humedad. Se detuvo entonces poniendo sus manos sobre mi cintura, y me miró con sus ojos flamantes a través del reflejo.

—Cuán grande son Sus misterios... —me susurró al oído— Eres su viva imagen.

Un viento cálido se coló de alguna parte del penthouse abriendo la puerta un poco, colando el sonido del canto de las sombras que hacía mucho no escuchaba.

—Ahriahriman. Ahriahriman. Ahriahriman. Ahriman —al son de ese coro, cerrando mis ojos y aguantando mi respiración, lo comprendí de forma concreta; mi cuerpo le pertenecía a la pastora.

V

itzaida fue quien finalmente me reveló el secreto de la sangre. Hacía mucho que no iba para el templo para ese entonces. No desde que vio lo que la pastora hacía conmigo en el lugar santísimo sobre el altar.

Fueron noches donde tuve que cerrar los ojos y aguantar la respiración. El terror de sentirme manejado como marioneta, mientras veía la llama en los ojos de la pastora, la cercanía al Hades en la cercanía de su piel, las sombras siempre bailando alrededor de ella al son de su canto histérico, que chillaba siempre en mi oído.

—Ahriahriman. Ahriahriman. Ahriahriman. Ahriman.

Lo hacía siempre en el lugar santísimo, sobre el altar donde oraba para recibir revelación. Pero había un propósito para todo esto. Debía callar. Mi vida había sido puesta en sus manos, y sabía que no podía reprocharle.

En ese extraño ritual, donde ella recorría cada recoveco de mi piel, sentía las lenguas de los seres que la acompañaban, a veces hundían sus garras, y respiraban su humo en mi boca. A veces estaban todos dentro de ella, y los veía desfigurarle el rostro y cambiar de forma a menudo. Pero siempre acababa. Siempre había un final a cada ritual, y una noche, donde el ritual se había extendido más de lo acostumbrado, Zitzaida se había aparecido para llevarle a la pastora unas pastillas que le había encargado buscar en la farmacia. Llegó antes de lo esperado. Cuando se acercó a la puerta del penthouse de la pastora, vio que la puerta al lugar santísimo estaba entreabierta. Vi su rostro asomarse, y vi algo que no pensé nunca ver en ella: miedo, tristeza, compasión; como si recordara algo terrible que la escena le hacía revivir. La vi alejarse. La pastora no la vio, perdida en la búsqueda de mi cuerpo. Desde ese día Zitzaida no volvió al templo ni volvió a hablar con la pastora.

VI

Seguí buscando a extraños en mi espejo hasta que le fue revelado a la pastora que debía traerme a un tutor para que pudiera completar el ciclo de estudios escolares. Para esto me asignó a Jonatán, un joven universitario de la congregación que estuvo bajo un acuerdo de absoluta confidencialidad de no develar mi existencia a nadie. Fue ungido con aceite porque era un llamado sagrado. Venía todas las mañanas, cuando no tenía que ir a la universidad, y en las tardes, cuando salía del recinto. La pastora le pagaba bien para que me instruyera con todo lo que sabía en las diversas materias. Aparentemente era un genio, muy lector y de fácil aprendizaje; todo un orgullo para la Iglesia y sus padres.

La primera vez que me visitó me sentí tan confundido como animado. No supe ni cómo reaccionar; el prolongado aislamiento me había desprovisto de mis destrezas sociales, pero él, con mucha paciencia, se encargó de que me sintiera a gusto. Recordando el amor que tenía por el aprendizaje, y la necesidad de personas más cercanas a mi edad, pronto me perdí enteramente en mis estudios y en mi nuevo tutor, quien no tardó en convertirse en mi único y gran amigo, mi ventana hacia el mundo exterior, y el solo confidente con quien podía despojarme del mutis defensivo en que me había hecho evolucionar mi vida post resurrección. Absorbí su conocimiento y sus destrezas como una toalla seca se impregna a toda prisa de la humedad de un líquido derramado en el suelo.

—Aprendes rápido —me dijo un día, regalándome una sonrisa que avivó sentimientos en mí que fui incapaz de generar desde antes del incidente del fuego. Le devolví la sonrisa, sintiéndome raro al hacerlo. Sacudió mi cabello un poco, y se rio. Luego me reí yo, sintiéndome tonto. Sus visitas casi diarias le dieron nuevo significado a mi encierro como fantasma del templo. Lo esperaba con unas ansias terribles, y los días que no venía se me hacían insufriblemente eternos. En par de ocasiones le pidió permiso a la pastora de quedarse conmigo para sesiones de estudio más prolongadas, o para instruirme en actividades cotidianas que la misma pastora simplemente no se dedicaba a enseñarme.

Una de esas noches, casi un año después de empezar a servir como mi tutor, trajo a escondidas su computadora y me dijo que esa noche no estudiaríamos más porque sabía que la pastora no estaría presente en el templo. En su lugar puso una película de ciencia ficción, recordándose de una ocasión en que me había preguntado sobre mis gustos de cosas mundanas y triviales como los juegos, la comida, música y cine. Su gesto me llenó de tanta ternura, que tuve que aguantar mis ganas de llorar. De la película pasamos a un juego de cartas, y de ahí a escuchar varias canciones de rock que le gustaban, y que a mí me resultaron agradables.

—Gracias por todo lo que haces por mí, Jonatán le dije, ya no pudiendo aguantar las lágrimas. Mi tutor me abrazó y acarició mi pelo delicadamente. Entonces susurró a mi oído:

—Sé que estás sufriendo, Lázaro. Hace tiempo vengo notando lo poco feliz que eres aquí. Pienso que no es justo que tengas que estar aquí encerrado todo el tiempo. Eres un chamaquito, no un reo.

—Qué más da... Mi vida ya no es mía, Jonatán. Soy del Señor y solo la pastora puede decidir sobre mi vida ahora. ¿Qué me haría fuera de aquí? Para el mundo estoy muerto —le dije con resignación.

—Supongo que tendrás razón... —pude notar la duda en su voz. En mis pensamientos, empecé a temer por él, sabiendo de los terribles juicios del Señor y la pronta furia de Gwendita.

—No le digas nada a la pastora, por favor, o no te dejará volver, y yo... —no supe cómo continuar.

—¿Qué?

—Ahora que te conozco, te necesito. Si no estás conmigo, me siento como uno más de los fantasmas del templo —Jonatán secó mis lágrimas con una servilleta y me sonrió de nuevo.

—No te preocupes, no soy tan tonto como para ponerme a pelear con la pastora. Pero haré lo que pueda por ayudarte.

Le respondí devolviéndole el abrazo. Después de un rato lo solté y él se quedó contemplándome. Luego, sonrió de nuevo y me preguntó:

—¿Dices que hay fantasmas en el templo? Esa es nueva para mí.

—Sí, a veces los escucho cuando estoy solo. A veces cantan una canción que me da miedo. También hay unos fantasmas encerrados en el cuarto detrás de la puerta frente a la entrada del penthouse.

—¿El cuarto que está al lado del lugar santísimo?

—Ese mismo.

—Siempre me he preguntado para qué sirve ese cuarto. He entrado a casi todas las áreas del templo, pero ese siempre ha sido tan misterioso como el lugar santísimo para mí.

—Yo tampoco sé. Pero debe ser algo especial para que se escuchen voces de fantasmas ahí.

—Como no está la pastora ni nadie del concilio de ancianos, ¿qué te parece si vamos a escucharlos? Nunca he escuchado las voces de los muertos, y ahora me tienes curioso.

Mi respuesta fue otra sonrisa. Solo eso bastó para que Jonatán entendiera mi afirmativa. Ambos nos levantamos, y bajamos las escaleras hasta el primer nivel del penthouse, y salimos al pasillo ancho, casi oculto, donde estaban las tres puertas juntas: el lugar santísimo, la entrada del penthouse, y el cuarto de los fantasmas.

Observé nuestras figuras en los espejos alrededor, una visión que me dio consuelo y me reconfortaba. Sentía cosquillas en el estómago cada vez que veía duplicarse nuestros cuerpos adjuntos en los múltiples mundos de los reflejos. Se me escapó otra sonrisa. Jonatán se inclinó frente a la puerta misteriosa e hizo gesto de escuchar atento. Yo me acerqué e hice lo mismo. Todo estaba en silencio, y así permaneció a lo largo de varios minutos. Jonatán levantó su mano y golpeó la puerta varias veces. El resultante estruendo se me hizo inquietante en ese opresivo silencio. Al principio no hubo respuesta. Sin embargo, pronto escuchamos algo, como sonidos de movimientos que provenían desde adentro, y un murmullo tenue, débil y ahogado, casi como un lamento Ambos nos alejamos dando pasos hacia atrás. Nos miramos y, sin decir palabra, corrimos hasta mi cuarto. Cuando llegamos, jadeantes y sudados, nos tiramos sobre la alfombra a reírnos.

—¿Ves, Jonatán? El templo tiene fantasmas —Jonatán sacudió su cabeza en afirmación sin dejar de reírse.

VII

us visitas fueron cada vez más frecuentes y, en varias ocasiones, se le permitió pernoctar conmigo en mi habitación. Sin Zitzaida en el panorama, y con mi existencia todavía un secreto bien velado, Jonatán pasó a ser de forma no oficial la única persona dispuesta a velar por mí en la ausencia de Gwendita. Cada vez que se quedaba, más me emocionaba. Su mera presencia me resultaba intoxicante y quería pasar cada minuto con él. No entendía por qué. Hasta la noche en que, luego de una larga sesión de juegos, Jonatán se levantó y se estiró. Su bostezo me pareció enternecedor y gracioso.

—Bueno, se está haciendo tarde, creo que me daré un baño antes de dormir me dijo en medio del bostezo mientras yo me reía.

Jonatán se quitó la camisa y la tiró sobre su mochila. Luego, se quitó sus tenis y medias. Agarró una toalla y cruzó el cuarto amplio hasta el baño, prendió la luz y entró. No cerró la puerta. Desde mi lugar en el suelo podía verlo a través del espejo. Al principio, traté de obligarme a no mirar, no quería ser descortés e invadir su privacidad, aunque no me dio la impresión de que le diera vergüenza desnudarse en mi presencia porque en las ocasiones en que pernoctaba conmigo nunca lo hacía. Tampoco fue la primera vez en que lo observé mientras se desvestía. Fue, sin embargo, la primera vez que lo hice conscientemente y sentí vergüenza de mí mismo. Por eso, torné mi mirada e intenté entretener mis ideas con otros pensamientos. Pero pronto un deseo intoxicante me venció, y lo volví a observar.

Jonatán abrió la ducha, y lo vi ajustarla hasta hacer fluir agua cálida. Se quitó los pantalones, y los colgó de un garfio en la pared. Sentí mariposas en el estómago al verlo en sus calzoncillos. No estaba seguro de lo que sentía, pero mi corazón se apresuró, y una sensación de excitación me recorrió el cuerpo entero. Me sentí culpable otra vez y miré para otro lado, orando en mi mente para sacudirme el efecto. Pero Jonatán tenía una presencia magnética, y tuve que volver a mirarlo. Cuando se quitó el calzoncillo, sentí mis cachetes calientes, con una mezcla de emoción y vergüenza. Lo encontré más hermoso que nunca. Los suaves vellos sobre su pecho formaban una línea fina que se extendían hasta su ombligo, y de ahí terminaban en su pubis, amontonándose para formar un bosque oscuro sobre su sexo. Justo entonces me di cuenta de lo que buscaba todas esas ocasiones en que mis ojos se perdieron en los espejos ante el reflejo de mi cuerpo.

Respiré hondo, traté de calmarme. Logré controlarme al dejar de mirar. Pero el magnetismo seguía ahí, y sentí unas ganas de estar cerca de él, de tocarlo, abrazarlo, así, sin nada más entre medio que nos dividiera, sino la piel. Así fue como, antes de que pudiera darme cuenta, me levanté del suelo y caminé hasta la puerta abierta del baño, como en un trance. Cuando llegué a la entrada lo vi bajo la ducha todo mojado, y sentí mariposas en el estómago. Jonatán me sonrió, y me sentí aterrado al darme cuenta de que estaba ahí simplemente mirándolo desnudo sin ningún propósito.

—¿Estás bien? Si te ofende que me bañe con la puerta abierta, ciérrala. No pensé que te molestaba porque nunca me habías dicho nada y al cabo los dos somos chicos. Yo tengo muchos hermanos, y pues, en casa ya perdimos la vergüenza hace rato —dijo riéndose. Me sentí más estúpido aún.

—No me molesta. ¿Te... te molesta si me baño también?

—No. Para nada, después que no te dé vergüenza a ti, yo estoy bien.

—No me da pena. Aparentemente la pastora no piensa que tengo derecho a la privacidad tampoco, así que estoy curado de espanto.

Jonatán encogió sus hombros, se sonrió y me tiró un poco de agua. Yo me salí del medio y me empecé a desvestir. Todavía estaba aterrado por la extraña atracción que sentía por mi tutor, pero me relajé un poco y me acerqué a la ducha. Jonatán se echó hacia un lado y dejó que me mojara bajo el agua caliente; el vapor ya llenando los espacios. Cada vez que sentía su piel rozar con la mía, el corazón se me aceleraba. Cuando sentí sus manos sobre mi cabello, llenándolo de espuma y burbujas, me rendí ante el poder de su ternura, sintiendo que me derretía por dentro. Me ayudó a enjuagarme, y, en cambio, yo lo ayudé a él. Demostró, según me dijo, que estaba habituado a bañarse acompañado.

Lo abracé fuerte, mientras que él, tomado por sorpresa, primero le dio risa, luego me tomó en sus brazos y me apretó contra su cuerpo. Saboreé el momento, sentí que absorbía de su mismo espíritu en ese abrazo. Fue la primera vez que podía jurar sentir la gloria de Dios como se me había descrito tantas veces, y entonces perdí todo sentido de culpa o miedo. Comprendí para qué se me había devuelto la vida.

—Estás bien falto de cariño aquí, ¿verdad, Lázaro?

—Contigo siento que tengo todo el que necesito.

—Aun así, eres un chico. Necesitas una madre y un padre que te cuiden. En casa somos muchos hermanos, pero yo soy el más chiquito, y los otros ya se mudaron de la casa. Estoy seguro de que a mis papás no les molestaría cuidarte.

—Suena genial, pero no creo que la pastora me deje.

—Ella no puede decirte qué hacer por siempre. No le perteneces.

—Dios me entregó a ella. Tengo miedo de su juicio... La pastora nunca me dejará ir.

Jonatán permaneció en silencio por unos minutos, todavía abrazándome. Luego, me miró a los ojos, levantando mi barbilla para que también lo mirara. Ella no es Dios; algún día podremos hacer algo para que salgas libre de este lugar.

No dijimos nada más hasta que acabamos de asearnos. Me ayudó a secarme, luego de secarse él, y ambos volvimos al cuarto para vestirnos.

VIII

emanas más tarde, Jonatán volvió a pernoctar. Después de ver algunas películas de acción que le gustaban, continuamos con la rutina de improvisarle una cama sobre la suave alfombra.

Él tiró unas almohadas al suelo, tomó una colcha del clóset, y se tiró al piso para dormir. Lo había visto hacerlo muchas veces, y cada vez me daba más pena que durmiera ahí habiendo tanto espacio en mi lecho.

—Si quieres, puedes dormir en mi cama, Jonatán —le dije yo no soy muy grande, y la cama es mucho más amplia de lo que necesito. Hay espacio para los dos.

—Bueno, pero te advierto que soy inquieto cuando duermo.

—No creo que me moleste.

Jonatán se acercó después de recoger sus almohadas y su manta, y luego se tiró sobre el colchón como un niño, rebotando varias veces antes de quedarse quieto. Se cubrió con su manta, y recostó su cabeza sobre su almohada.

—Buenas noches, Lázaro —me dijo mirándome fijo, con una sonrisa tan genuina, que sentía que me absorbía todo con sus ojos.

—Buenas noches, Jonatán.

Cerró sus ojos, mientras yo mantuve los míos abiertos. No tenía sueño. Estaba sobrecogido de la emoción, de ternura y excitación. Lo escuchaba respirar, y sentía cada pequeño movimiento, de cómo se acomodaba y reacomodaba sobre la cama, inquieto, según me había dicho. Cuando sentí que había caído en un sueño profundo, me acerqué para sentirlo. Tiré mi mano sobre él, y lo apreté contra mí. Él, en su sueño insondable, simplemente tomó mi brazo y lo apretó contra su pecho, como si aún en sus sueños me diera la aprobación plena de recibir su cariño.

Así, abrazado a Jonatán, finalmente me rendí a la somnolencia, y caí en un curioso mar de visiones extrañas y eróticas que nunca había tenido antes. Lo vi a él en el santísimo, acostado sobre un pequeño altar, desnudo como si listo para servir de sacrificio humano. Me acerqué a él, lo llamé. Se despertó del trance en el que estaba. Me dio la mano y lo ayudé a levantarse.

Me siguió hasta el cuarto, y, en vez de vestirse, me sentó sobre la cama y me besó. Fue un beso dulce, tierno, poderoso. Dejé que me poseyera; permití que mis vestimentas caer y me diera placer a su antojo y luego de lo que me parecieron horas de estar tirados sobre el cuerpo del otro, sudados, jadeantes, y cansados, sucumbimos ante el estallido del máximo gozo carnal. Luego, quedó tirado a mi lado, rendido, besando mi cuello, susurrando a mi oído.

—Te amo me —dijo.

—Y yo a ti —le respondí.

Pero el gozo del sueño fue teñido por una visita no esperada. Mientras me abrazaba a Jonatán, repleto de sudor, saliva y semen, inundado de la más exquisita de las ternuras, sobrecogido de la más excelsas de las pasiones, unas sombras se manifestaron bailando en el aire como aceite que se revuelve entre la claridad del vinagre. Me rodearon, y mis ojos se ensancharon, mientras mis manos buscaban el cuerpo de Jonatán tratando de que me protegiera, y, a la vez, buscando protegerlo de las tinieblas danzantes. El rostro de Gwendita se materializó en una de las esquinas poco iluminadas.

—Ahriahriman. Ahriahriman. Ahriahriman. Ahriman —las voces de esos espectros me llevaron a la noche del fuego, al espanto de ver arder a mi primer gran amor.

—Veo tus pensamientos, Lázaro —la voz de la pastora sonaba casi como un chillido resollado el pecado toca a tus puertas y te rindes ante él aún en tus pensamientos. Estás reservado para una obra gloriosa. Le perteneces a Dios. Me perteneces a mí.

—Ahriahriman. Ahriahriman. Ahriahriman. Ahriman —las voces cantaban más fuertes según la pastora dictaba su juicio sobre mis sueños.

El cuerpo de Jonatán se volvió caliente; lo vi despertar gritando, su cuerpo brillando rojo como carbón encendido, y yo me levanté detrás de él tratando de salvarlo, tratando de aliviar su dolor.

—¡Basta! ¡Déjalo! lloré ante la pastora como nunca lo había hecho antes. Ahriahriman. Ahriahriman. Ahriahriman. Ahriman los espectros respondieron, cantando ahora con más furia que nunca.

Una luz cegadora estalló desde el cuerpo de Jonatán, dejando detrás de sí la peste de carne consumida, ceniza y pudrición. Caí en el suelo buscando las partículas de su cuerpo. Mi llanto amargo no se hizo esperar. Las sombras me rodearon, se acercaron, y la voz de la pastora resonó en mi oído.

Recuerda a quién le perteneces, y arrepiéntete de tus pecados, Lázaro. El Señor es fuego consumidor.

Cuando desperté brincando, estaba todo sudado, y sentí humedad en mis calzoncillos. Todavía estaba pegado a Jonatán, que ya estaba despierto y me miraba con una mezcla de preocupación y ternura.

—Parece que tuviste todo tipo de sueños anoche... y me parece que primero tuviste un sueño mojado —me guiñó y me dio una mirada pícara que, de no estar tan afectado por la terrible visión, me habría dado una mezcla de risa y vergüenza. También parece que tuviste una pesadilla. Traté de despertarte, pero no respondías.

—Tengo miedo.

—¿De qué? ¿Qué soñaste?

—Ahora creo que entiendo. Ha sido ella todo este tiempo. Ella es la que nos quemó. Ella tiene el poder del juicio de Dios.

—Pero ¿por qué dices eso? ¿Qué fue lo que soñaste, Lázaro?

—Que la pastora te quemaba por mi culpa.

—¿Cómo que por tu culpa? ¿Cómo me habría de quemar la pastora? Sé que es bien autoritaria y todo, pero no creo que sea capaz de quemar a la gente en carne viva.

—Tú no has visto lo que he visto yo. Ella tiene poder de Dios. Ella lo sabe todo; sabe todos mis pensamientos. Ve todo lo que hacemos. Sabe las cosas que siento. Y ahora, si no tengo cuidado, te va a quemar a ti también. Me lo mostró anoche.

—Pero ¿y yo qué hice para que creas que la pastora me va a quemar?

—No es lo que hiciste.

—¿Entonces?

—Es...es lo que siento por ti...

—¿Lo que sientes? Es natural que me tengas cariño, somos buenos amigos, hermanos ya.

—Es que... creo que siento más que eso. Jonatán, no te veo solo como un hermano... Te amo más que eso. Y sé que no está bien que ame a un chico como se debe amar una chica, pero por más que quiera, no puedo negarlo ni evitarlo. La pastora tampoco quiere que yo esté con nadie, mucho menos con un varón —hablaba como demente, desesperado, sin meditar lo que decía.

—¿Por qué dices eso? me cuestionó Jonatán con una mezcla de sentimientos en su rostro que se me hicieron difíciles de descifrar.

—Porque creo que no me quiere para el Señor. Me quiere para ella...

Jonatán se quedó serio por unos minutos. Se levantó de la cama y se miró al espejo un rato sin decir nada, con el ceño fruncido, no supe si en preocupación, frustración, enojo o asco; quizás todos. Su silencio me mataba. Tenía el pulso acelerado, tanto por la pesadilla como por lo que acababa de confesar. Sabía que en la Iglesia no se aceptaba el amor entre personas del mismo sexo. Sin embargo, tenía la esperanza de que el Señor bendecía mis sentimientos, aunque la pastora los rechazara, pero tenía miedo doble; miedo de que el fuego consumiera a Jonatán, y miedo de que aun si no lo perdía al fuego, ahora que sabía que lo amaba como hombre, lo perdiera como amigo. A pesar de todo, tenía que dejarle saber de lo que era capaz la pastora si no teníamos cuidado.

Lo vi debatir internamente mientras yo trataba de aguantar mis sollozos infructuosamente, hasta que regresó tras varios minutos, se arrodilló frente a la cama y me miró intensamente. Luego de sonreírme, se levantó, me quitó la sábana de encima, y me ayudó a levantarme. Entonces me dio otro abrazo.

—¿Sabes qué?, no me importa lo que la Iglesia dice que está bien o mal. Siento un cariño muy grande por ti. No sé si sea más que el amor de un hermano, pero no te voy a abandonar ni ahora ni nunca. Eres muy valiente, ¿sabes? Hay mucha gente prejuiciada en la Iglesia, tanto que poco les faltaría por apedrearte por decir algo así. Pero yo ya no pienso igual que ellos; he aprendido mucho en este último año. Aunque no le digo nada a mami ni a papi, he aprendido a aceptar cosas que antes hubiera rechazado. Sobre todo, de mí mismo. Creo que también me gustan los hombres, pero nunca he estado con nadie. Tampoco se lo había contado a nadie por miedo, igual que tú. Siempre me ha dado temor admitirlo. Quizás por eso nunca me he dejado enamorar. Por el momento, no quiero que mi familia se entere. Quizás contigo todo pueda cambiar. No voy a dejar que nadie te haga daño. Mucho menos la pastora.

Sentí un alivio tan profundo que casi olvido la pesadilla de la noche anterior. Jonatán me separó un momento de él, volviéndose a poner serio, como pensativo, pero sin quitar sus ojos de los míos.

—Lázaro, necesito que me digas algo, y que seas bien sincero conmigo. Me dijiste que Gwendita te quiere para ella. ¿Ella... te ha hecho... tú sabes... cosas?

—¿A qué te refieres?

—No sé si haya otra manera de decirlo. No quiero ni pensarlo, pero tengo que saber. ¿Te ha tocado en tus partes o te ha obligado a tener sexo con ella?

No supe cómo responder. Me quedé paralizado y empecé a temblar. Trataba de nunca recordar los rituales sobre el altar. En mi mente lo había visto como parte necesaria de mi resurrección; que mi cuerpo estaba a su disposición. Había aprendido a tolerar y olvidar porque había aceptado la voluntad del Señor. Pero enfrentarme al recuerdo en presencia de Jonatán arrojaba luz sobre una verdad que tenía miedo de enfrentar. Empecé a sudar de nuevo. Titubeé para responder. Se ahogaban las palabras en mi boca cuando trataba de afirmar algo.

—Imagino que debe ser difícil confesar algo tan horrible, amigo, pero tengo que saber. Necesito que confíes en mí.

Temblé de nuevo. Las imágenes de las muchas noches de sus manos sobre mí, donde estaba expuesto a sus caprichos nocturnos, donde me recordaba lo mucho que me parecía a él... ¿quién era él, de quien tanto se acordaba cuando me tenía desnudo? Nunca mencionó nombre, pero, en su memoria, me hizo el vicario de su apetito por su carne. Me ahogué en mis lágrimas reviviendo las pesadillas. Escuché las voces que cantaban en mi oído; las sombras me lamían con sus lenguas ardientes; las marcas de sus uñas ansiosas me volvieron a doler; el humo de su furia se arrojó otra vez en mi garganta, haciéndome ahogar. El canto...el canto...

—Ahriahriman. Ahriahriman. Ahriahriman. Ahriman

—Lázaro, ¿qué te pasa?

Mis pulmones se apretaron, cortando mi respiración. Un olor muy particular zarandeó mi sentido del olfato. Ceniza, azufre, humo... la pestilencia se apoderaba de la casa.

—No levantarás falso testimonio contra tu prójimo, Lázaro. Después de todo lo que he hecho por ti, ¿mentirás en la casa donde te he cobijado como madre para tratar de escaparte y vivir una vida de libertinaje como se te antoja? Del juicio del Altísimo nadie se escapa Gwendita entró al cuarto, su traje blanco demarcando una figura soberbia y alta. Sus sombras ya no bailaban, estaban sólidas, erguidas detrás de ella. Sus cantos solemnes se agudizaban en amenaza. Jonatán la observó desafiante, sosteniéndome entre sus brazos, tratando de calmarme.

—Mire como lo tiene, pastora. ¿Qué le ha hecho?

—Cuidarlo como un hijo.

—Soy joven, pero no estúpido. Lázaro le tiene terror. Mire como tiembla. Le da hasta pesadillas. Piensa que usted tiene fuego de Dios y que me va a quemar. Ese tipo de pensamientos no salen de la nada. ¿Qué cosas le ha dicho? ¿Qué cosas le ha hecho cuando piensa que nadie está mirando? ¿Por esto lo mantiene en secreto?

—¿Fuego de Dios, dices? Yo solo soy barro en manos del alfarero. Es Él quien me da mi forma. Él me crea a su antojo, me moldea, me rompe y me hace de nuevo. Soy un cántaro que se llena del fuego de su Espíritu. Y me susurra al oído, Jonatán. Me revela la verdad de todas las cosas. Y ahora me ha mostrado tu destino la voz de la pastora cambió y se volvió grave. Pero no era la voz de ella, sino más bien sus sombras que promulgaban sílabas a coro como un trueno que sacudió toda la habitación: He aquí, dice Jehová, Dios de los ejércitos, me he ensañado contra mi siervo, Jonatán, puesto que entretiene concupiscencias de la carne y en su mente peca contra mí, rompe el santo llamado al que fue ungido y me traiciona, deseando placeres que no le son lícitos, pues quiere rebelarse contra mi voluntad, aferrándose a pecados contra natura. Pero ahora mi juicio ha caído sobre él. Mi ira se levanta como fuego, y verá mi gloria, y caerá de rodillas frente a mí. Así me susurra el Señor, Jonatán afirmó luego en su propia voz, Jonatán con los ojos casi llorosos por el miedo, pero sosteniéndome más firme, buscando protegerme.

—¡No, no, no, pastora, por favor, noooo! —fue lo único que pude producir entre el llanto y la asfixia.

—Ahriahriman. Ahriahriman. Ahriahriman. Ahriman —los coros solemnes entonaron el juicio de Dios en la boca de la pastora. Rodearon a Jonatán, y lo tocaron. Quedó silenciado, ahogado. Ahora él también olía la peste, la ceniza, el azufre. Lo pude leer en sus ojos llenos de terror. Sus manos se volvieron ardientes. Sus ojos se tornaron rojos, como de una presión amontonándose en su cabeza buscando salir a través de ellos. Jonatán se esforzó por lograr circular aire en sus pulmones, pero apenas lo lograba. Me soltó y se arrancó la camiseta buscando aliviar el calor. Agarraba su piel para ver si había forma de librarse de la intensidad, y cada vez que posaba sus dedos sobre ella, sentía un dolor punzante que lo hacía gritar en desespero. Cayó frente a la pastora de rodillas, retorciéndose en angustia, y su cuerpo comenzó a brillar.

—¡Déjalo, déjalo! —por un momento me vi liberado del poder que me sofocaba.

—¡Del juicio nadie se escapa! ¡Nadie!

—¡No lo hagas, por favor, te lo suplico!

—¡Te lo advertí, Lázaro! Eres del Señor. ¡Eres suyo! Ingrato, tu segunda vida nunca será tuya. Arrepiéntete y ruega perdón ante Dios por amar a este hombre más de lo que lo amas a Él, más de lo que me amas a mí.

Me tiré frente a ella, vencido, quebrantado.

—Perdóname, Señor. Confieso todos mis pecados ante ti. ¡Líbranos de tu juicio! —lloré.

—Ahriahriman. Ahriahriman. Ahriahriman. Ahriman —los cantos de las sombras no lograron sofocar mis gemidos ni los gritos de Jonatán.

—Ve y no peques más, Lázaro —la pastora me agarró por el brazo y me arrastró para sacarme del cuarto; y mientras me arrastraba, trataba de escapar, de volver a los brazos de Jonatán, buscando desesperadamente una manera de salvarlo. Pero la fuerza de la pastora era terrible. No podía competir con ella. Vi el cuerpo de Jonatán, todo rojo y retorciéndose, estallar finalmente en chispas de fuego, carne, sangre y ceniza; y mi cuerpo se rindió, mi mente quebrantada cediendo ante el mutis de mi encierro en el infierno del templo.

—Ahora debemos purificarte en el altar de todos tus pecados para que no te sobrevenga el mismo juicio —sentenció la pastora.

IX

scucho la voz de la pastora. La puerta del Santísimo está entreabierta. Mi ausencia no ha hecho menguar sus rituales nocturnos. El cuerpo que se sirve como sacrificio sobre el altar me recuerda al mío.

—Eres su viva imagen —había dicho la noche que sus rituales comenzaron conmigo.

Y me vino a la mente el día en que descubrí de quién hablaba. Fue el mismo día en que el fuego cayó sobre Jonatán. Luego de purificarme sobre el altar por la mañana, me abandonó en medio de las cenizas que quedaron en mi cuarto. El olor a decadencia y carbón era insoportable. Se había ido a gestionar limpieza profunda y a lidiar con la familia de Jonatán.

—Jonatán fue arrebatado a la presencia de Dios, como Elías —la escuché decirse a sí misma antes de partir.

Por mucho rato, en medio de la escena macabra, no sentí nada, ni siquiera miedo. Hasta que al rato solo pude generar ira, y un deseo inigualable de abandonar mi encierro por siempre. Por largo rato permanecí en silencio, solo contemplando el vacío y la muerte que permeaban en el cuarto, como un espíritu vengativo que jugaba con mi conciencia, tratando de inculparme de la muerte del único amigo, y el deseado primer amante que jamás tuve. Ese espíritu se coló en mis entrañas, revolviendo sombras de furia en cada latido y en cada lágrima. Finalmente, consumido por esa cólera incontenible, me levanté, me duché para sacarme las cenizas de encima, y borrar las lágrimas, el sudor y la suciedad. Luego de vestirme, por primera vez en todo el tiempo en que había morado en la casa de la pastora, me atreví a invadir su habitación en busca de alguna verdad que ayudara a liberarme de ella. Examiné todo el cuarto, pero solo encontré ropa, discos, mucho dinero y joyería. Aun así, persistí, y pronto, dentro de su guardarropa, encontré una caja que contenía una serie de llaves y un frasco alargado con un líquido color vino oscuro, como de sangre. Ignoré el frasco y tomé las llaves.

Bajé hasta el pasillo oculto. Los espejos creaban sombras y presencias que me hacían estremecer de miedo. Pero recordaba el coraje, el odio que me nacía desde adentro, y el deseo insaciable por la libertad, y me olvidé del terror que me abatía. Me detuve frente a la puerta del cuarto de los fantasmas.

Busqué entre las llaves. Eran muchas, pero las fui probando una a una, hasta que di con la que logró abrirla. Nervioso, giré el pomo. Adentro estaba oscuro y en silencio, pero con la poca luz que se filtraba pude notar que adentro había una camilla solitaria. Sobre la camilla había alguien acostado. Un atril con un suero y manguillas, justo al lado, conectaban el suero con las venas de la persona inmóvil. Caminé apresurado hasta la cama. Sobre ella lo vi, a la persona con quien tanto me había comparado la pastora. Ahora, habiendo crecido hasta mi adolescencia media, podía ver la razón de la comparación. Aguanté mi respiración. Al principio, por miedo a la idea de que estaba viendo algún cadáver reanimado por una fuerza extraña. Pero pronto me llené de asombro e incredulidad cuando finalmente el miedo cedió ante la razón. Postrado ante mí no encontré un fantasma, sino el cuerpo adormecido de mi padre, con muchas libras menos, anillos oscuros alrededor de sus ojos, con el pelo nítidamente recortado, varias cicatrices de quemaduras sobre sus brazos, y una cara de aflicción que ni su letargo lograba opacar.

Sobre mi cuerpo tenso, la gravedad del peso de la verdad amenazó con derribarme. Me aguanté de la orilla de la cama para no caerme al suelo. Si no estaba seguro antes, ahora lo sabía. Mami había sido asesinada; papi siempre estuvo vivo; y yo nunca morí. Mi cuerpo era mío; mi vida no se la debía ni a la pastora ni a Dios, porque nunca había resucitado. Todo lo que sabía sobre la noche en que el fuego se llevó a mi madre era una fabricación de la pastora para convertirme en su cautivo a fuerza del miedo y la devoción.

—¡Mentirosa, asesina, abusadora! —dije en silencio, probando nuevamente el sabor salado y conocido de mi propio llanto. Toqué su rostro, frío y duro como el olvido en que había quedado tras las mentiras de la pastora. Temporadas de sensaciones efectuaron sus permutaciones en cuestión de segundos dentro de mi cuerpo, pasando en un instante del miedo al asombro, del asombro a la tristeza, de la tristeza a la ira, de la ira al odio, y del odio al amor. El amor es lo más que recuerdo, amor por la única persona que me quedaba por resguardar del fuego consumidor.

La quietud de su cuerpo fue interrumpida por un instante. Un gemido largo y profundo, que me espantó por su espontaneidad, salió de él.. Me recordó a los llantos sofocados que había escuchado una y otra vez a lo largo de los últimos años, y que había atribuido a fantasmas atrapados en el templo.

—Eso hemos sido hasta ahora, papi, solo fantasmas en el templo. Pero ya no más. Volveré por ti. Lo prometo.

Salí del cuarto, y cerré la puerta con seguro. Dejé las llaves en la caja donde las había encontrado dentro del guardarropa, y, por primera vez en años, busqué las escaleras para bajar hasta el primer nivel del templo. Sabía que era mi vía más segura, pues nadie las utilizaba, favoreciendo siempre los elevadores, y sabía que no me toparía con Gwendita, si de casualidad venía de regreso en el trayecto. Como mi mera existencia era un secreto, nadie miró dos veces en el mostrador cuando me acerqué a la entrada principal para salir. Mi corazón se volvió turbulento de nuevo. La luz del sol se me hizo foránea, intensa; pero su calor tenía un efecto sanador que el ardor del fuego, que tantas veces había experimentado de cerca, nunca lograba. La emoción y el miedo me mantenían siempre en un tirijala interno que me desgarraba de ansiedad de tan solo pensar en las posibles consecuencias de mi escapada.

—Tengo tiempo —me dije— en lo que la pastora trata de tapar el asesinato de Jonatán... tengo tiempo para averiguar cómo librarme de su poder.

Finalmente, el coraje pudo más que mis temores, y mi mano, con toda firmeza, empujó la puerta de cristal de la gran entrada del templo hasta la ciudad gris más allá. Así logré abandonar el templo luego de una eternidad de espera; aterrorizado, pero libre; tambaleando, pero en pie; triste, pero envalentonado por la verdad; y sabiendo que, pasara lo que pasara, moriría o viviría por mis propias decisiones. Entonces escapé en busca de esa libertad, y en busca de algún remedio que me diera el poder de salvar a mi padre.

X

a casa 313, de la calle 13 en Barrio Obrero; le logré sacar la información al chofer de la guagua de la iglesia en las afueras del templo tras mi escapada. El calor del día me empezaba a sofocar. Acostumbrado al aire siempre frío del penthouse del templo, se me ocurrió que ya la pastora estaba alertada sobre mi huida, y que pronto todo acabaría en fuego y ceniza. A pesar de todo, persistí en mi encomienda de librarme a mí y a mi padre de su poder; así que me tomé el atrevimiento de huir y buscar ayuda en la única persona que tendría la más mínima idea sobre cómo ayudarme: Zitzaida. Me convencí de que, si ella vivía aún con sus diferencias con la pastora, entonces tendría que saber cómo protegerse de su fuego, y, quizás, podría revelarme su secreto. Fue ventajoso que nadie me conocía y, por el contrario, todos conocían a Zitzaida, al ser por mucho tiempo la mano derecha de la pastora. Como me vio con cara de niño y desorientado, ofreció llevarme hasta allá, ya que no tenía viajes planificados hasta más tarde, cuando daría sus rutas para brindarle transporte a los hermanos más pobres de la congregación hasta la iglesia.

Me hizo muchas preguntas, que dónde estaban mis padres, que por qué andaba solo perdido por ahí, que por qué no estaba en la escuela. Esquivé sus preguntas lo más que pude. A diferencia de la pastora, yo no sabía mentir. Luego de mucho rato sin obtener mucha conversación de mi parte, el chofer dejó de cuestionarme, y me dio por un chico desajustado. Como no había mucho tráfico, no tardamos en llegar al sitio: una casa vieja y pobre, con muchas plantas en tiestos sobre el balcón. Cuando salí de la guagua, me acerqué al balcón. La puerta estaba abierta. Entré y la vi en el área del comedor, sentada, dándome la espalda. No me miró, ni dijo nada al principio.

Observé la casa: humilde, llena de embelecos y denotaba pobreza. Estaba limpia, y organizada a pesar de tener tantas estatuillas amontonadas. El piso estaba todo agrietado, y las paredes de bloques de cementos, aunque estaban sin empañetar, habían sido pintados en colores brillantes. Todo contrastaba con la opulencia con la que vivía la pastora.

—Sabía que algún día ibas a venir, nene me dijo, aún sin mirarme nadie aguanta esa vida pa siempre. He sío muchas cosas malas en la vida, pero nunca reparto pa'lante ese tipo de abuso.

—A ti también...

—Sí, hace mucho tiempo, pero no ella. Ya ni quiero recordarlo. Son cosas que enterré hace tiempo, para la gloria de Jehová. Ahora soy criatura nueva en Cristo.

—¿Sabes por qué nos hizo todo esto?

—Ella tiene sus razones para lo que les hizo a tu abuela, tu mai y tu pai, sí. Pero contigo, pues siempre pensé que se le pasó la mano.

—Cuéntame, por favor, necesito saber.

—No lo sé to, pero sé bastante. Uno se entera de las cosas, tú sabes, y yo, aunque yo no hago esas cosas, de vez en cuando no dejo de consultar con los espíritus como lo hacía antes. ¿Para qué darme dones si no quiere que los use, verdá? Tu abuela fue la primera en ser quemá. Ella había criao a Gwendita, porque los pais de ella no tenían mucho interés en cuidarla. Tu mamá y Gwendita crecieron como hermanas. Gwendita, siempre fue la más fiel a la iglesia que montó tu abuela con mucho esfuerzo y humillaciones, porque en Puerto Rico no se dejaba a las mujeres liderar iglesias hasta bien reciente. Por esa fidelidad y la falta de interés de tu mai en liderar la iglesia, tu abuela puso a Gwendita a heredar la iglesia legalmente y puso sus propiedades a nombre de ella en vez de tu mamá. Ya para ese tiempo la iglesia había crecido mucho, ¿ves?, y tu abuela tenía muchos chavos guardaos entre diezmos, ofrendas y las ventas de los discos que ella misma le produjo a Gwendita. Pero dicen las malas lenguas, o por lo menos las que todavía se atreven a hablar, que, en ese trajín, desde que Gwendita era bastante nena, estuvo enamorá de tu mai, y tu mamá al parecer le correspondía. Supuestamente, ese bochinche explotó después, cuando Gwendita ya estaba hecha una diva dando conciertos de música sacra y todo eso. Tu abuela, al parecer, las mangó a las dos fuera de base, y entonces les prohibió verse. También, amenazó a Gwendita con borrarla del testamento.

La escuché atentamente, tratando de no interrumpirla. Cuando me hablaba, era como si hablara más bien consigo misma, pero como en tono de chisme, como lo hacía cuando le tocaba cuidarme años atrás. No sabía cuánto de su relato era confiable, pero la escuché de todos modos, sabiendo que en estos momentos era mi única opción.

—Gwendita resintió eso —prosiguió— pero, como ya estaba encaminá a tener su carrera en la música sacra, y como casi nadie se enteró del chisme, siguió pa'lante. Ahí es que conoció a tu papá, y se olvidó por completo de que estaba enchulá de tu mai. Tu pai era un tipo lindo y andaba siempre detrás de la falda de todas las muchachas de la iglesia de tu abuela. Gwendita, aunque siguió cantando por su cuenta y predicando en otras iglesias, seguía yendo a la de tu abuela. Estaba pendiente a ver si a la vieja se le quitaba el enchisme porque la iglesia había crecido tanto que tenían muchas congregaciones por toda la isla. Gwendita siempre estuvo antojá de convertirse en la pastora de esa iglesia. En fin, quedó loca con tu pai, y hasta se dice que llegaron a estar juntos par de veces después de los cultos, pero él no la cogía nunca en serio, y después él se terminó enamorando de tu mai, y, como te imaginarás, a Gwendita eso no le sentó nada bien. Nos conocimos poco después de eso. Yo acababa de pasar tiempos bien malos. Me impresionó oírla cantar y predicar sobre cómo Cristo libraba del poder de los demonios. Como estaba buscando la forma de librarme de los míos, me acerqué a ella y empezamos a tener una amistad. Le hablé de mis demonios. Se los mostré y le enseñé lo que podía hacer con ellos, cómo la voluntad de ellos estaba atada a la mía... No tuve que decir más na. Me siguió buscando después de eso. Yo en realidad no quería ir mucho a una iglesia ni na, pero ella siempre me obligaba y a mí me gustó mucho la atención que me daba. Aparte, siempre estuvo pendiente a que tuviera chavos pa pagar mis biles, y comprar comida y eso. No fue fácil convertirme porque yo siempre fui una mujer de la calle. Me gustaba beber, como a mi mai, me bandeaba la vida haciendo trabajos por encargo y eso, a veces usando mis demonios para conseguir lo que necesitaba. Hasta ese momento nunca me interesaron las mujeres, pero ella tenía algo que me gustaba. Bueno, ella se enredó conmigo par de veces. Por un tiempo pensé que eso le iba a bastar, eso de estar con una mujer como yo, y que yo podía ser feliz así. Pero ella prometió librarme de los demonios, eso na más. Así que tuve que aguantarme la desilusión cuando no quiso llevarlo más allá, porque a pesar de to seguía detrás de la cola de tu pai. Estaba obsesioná, y no se le quitaban nunca los celos de que escogiera a tu mai, que fue su primer amor. Me dijo: "Zitzi, esto no es de Dios, no podemos seguir. Vamos a pedir perdón y seguir como amigas". Mejor eso que na, pensé yo. Y ya pa ese tiempo estaba predicando por ahí que había sido llamá al apostolado, y, como tenía tantos seguidores, mucha gente se creyó la cuestión, incluso yo, que estaba buscando un cambio en mi vida porque mis hijos nunca me llamaban ni me buscaban ni me ayudaban en na, y yo siempre me la pasaba pelá sin ella. Gwendita por lo menos me ayudaba a pagar las cosas, aunque también es media maseta, porque con todo lo que he hecho por ella, y mira como vivo aquí. Pues un día me dijo ella: "Zitzi, hoy te voy a librar de tus demonios. Me los tienes que dar a mí. Con el poder del santo apostolado, Dios me dará autoridad sobre ellos, y tú serás libre. Solo me tienes que decir tu secreto sobre cómo los controlas". Y yo, que creía tanto en ella, se lo dije: la sangre tiene el poder de atar a los demonios. Y le entregué la sangre que usaba para controlarlos. Sentí que me quitó un peso de encima, y un poder bien malo que usé por tanto tiempo en contra de los caminos del Señor. Creo que ese fue mi error, pensar que ella los usaría como se debe. Pero de eso no me di cuenta hasta que vi lo que te hizo. Tu abuela murió frente a tu mai. Ella lo vio todo. Cómo se explotó con un fuego que le salió de adentro. Nunca se le olvidó. La mató porque ya estaba antojá de pastorear la iglesia y la vieja no quería ceder su puesto todavía. El problema es que, aunque ella había dicho que la iba a desheredar, nunca lo hizo. Gwendita fue entonces la pastora oficial de la iglesia, y en esas funciones fue que le dijo a tu mai y a tu pai que no era la voluntad de Dios que ellos estuvieran juntos y que no debían casarse. Pero tu mai ya estaba embarazada contigo, y tu pai, a pesar de ser tan picaflor, de verdad amaba a tu mai. Se casaron como quiera. Gwendita se hizo de la vista larga y los dejó, y por el amor que les tenía a los dos, decidió no quemarlos como hizo con tu abuela. Ella siguió dirigiendo la iglesia, usando su poder para hacerse más rica e influyente hasta que terminó por construir uno de los templos más lujosos y convertirse en una de las pastoras más famosas de toda la isla. Por mucho tiempo se hizo la desinteresá en esa cuestión de tu pai y tu mai. Pero como dicen, donde hubo fuego, cenizas quedan, y ella tenía mucha ceniza en esa mente de ella, así que cuando te vio con tu mai el día de tu bautismo años después, todo ese amor y odio volvieron de cantazo, y decidió que tenía derecho a ser feliz como sierva escogida de Dios. Quemó a tu mai, eso lo supe desde el principio, aunque los periódicos dijeron que fue un accidente lo que supuestamente los había matado a los tres, reportes que ella misma pagó para que se hicieran, involucrando a médicos forenses y gente de la política de la congregación para que falsificaran los análisis, y pagó para conseguir los certificados de defunción de los tres. En realidad, dejó a tu pai vivo en un intento de que la volviera a querer, pero él quedó muy débil después de la explosión de tu mai, y no lograba mucho con él, así como estaba. Y hasta después, cuando se recuperó y estaba despierto, la rechazaba y solo con el poder de los demonios podía hacerlo suyo, aunque a veces, cuando tenía más fuerza y se sentía necesitao, cooperaba con la causa. Pero eso no pasaba mucho. En fin, le quedaste tú, una mezcla de los dos amores más grandes de su vida. Me dijo que quería criarte como suyo, como el hijo que la vida le había robado por los malos ratos da esa cuestión de enamorarse de la gente equivocá. Nunca pensé que quería de ti otras cosas. Y como yo también había probao la amargura de no poder vivir con quien se quiere, le seguí el juego y la ayudé todos estos años. Pensé que solo iba a cuidarte, y convertirte en el próximo apóstol y pastor de la iglesia, como me había dicho. Era tu derecho, después de todo, siendo tú el nieto de la fundadora. Pero creo que como tu pai no le estaba mostrando mucho interés y tenía que mantenerlo siempre dormío para que no hiciera ruido, al verte hecho más hombrecito, eso la descarriló, le metió pensamientos malos en la cabeza. Y aquí estás ahora, como siempre supe que ibas a venir.

—¿Me vas a ayudar entonces?

—Pedirme ayuda a mí es un peligro, mijo, pero si es lo que quieres, ni modo.

—Es lo que quiero.

—Pues toma —Zitzaida extendió su mano hasta mí con un frasco parecido al que había visto en la caja en el guardarropa de Gwendita.

—¿Qué es esto?

—Sangre. Con esto puedes atar la voluntad de los demonios. Ella pensó que le había dao toa la sangre que me quedaba, pero yo tengo más maña que eso. Me quedé con una reserva, por si acaso. Con esto tendrás poder sobre ellos, por lo menos hasta que se acabe esta sangre. Después, si no consigues más, se te van a ir en contra. Tiene que ser sangre inocente, un inocente que debe morir. Acuérdate, a Dios le gusta la sangre.

—¿Eso es todo?

—Prométeme que me vas a ayudar como te ayudé a ti. La pastora tiene papeles tuyos, que te dan una nueva identidad, un nuevo nombre, legal y oficial, seguro social y to. Va a dejar la iglesia a tu nombre. Si sales bien de to esto, y te quedas con la iglesia, acuérdate de esta pobre vieja.

—De acuerdo. Te prometo que no te voy a olvidar, Zitzaida.

—Avanza, que no va a tardar en darse cuenta de que no estás, cuando escuches sus voces, lo vas a saber, y después de eso, no faltará mucho antes de que te quemes tú también. Mi vecino te va a llevar. Como te dije, sabía que ibas a venir. Todavía tengo mañas que no me quita ni la fe en Cristo.

XI

e acerco al ritual. El cuerpo de mi padre es el chivo expiatorio de los pecados de Gwendita. Lo veo débil y dormido, pero también observo que las sombras lo sostienen mientras balancea su cuerpo sobre él, su traje blanco cayendo a los lados del altar, bailando casi al son de los movimientos de sus caderas, casi al ritmo de la canción demente del que pensé nunca librarme.

—Ahriahriman. Ahriahriman. Ahriahriman. Ahriman —las sombras se hacen humo, se insertan por la boca de mi progenitor, lo hacen levantar y sostener a la pastora, le hacen cobrar ojos blancos como si no tuviera ni iris ni pupilas. Hasta manipulan su rostro para que tenga la apariencia de estar disfrutando del ritual como yo nunca logré disfrutarlo.

Perdida en su gozo, mi presencia pasa desapercibida ante la pastora. Levanto el frasco de sangre y las palabras de Zitzaida volvieron a mi mente:

La sangre tiene el poder de atar la voluntad de los demonios.

—Ahriahriman. Ahriahriman. Ahriahriman. Ahriman.

Mi cuerpo arde. Siento que el fuego me consume. Aguanto el dolor, como el Salvador cuando tomó todos los pecados sobre sí al orar en Getsemaní y decidió probar de la copa amarga, así me decido por la vía dolorosa, la vía difícil, mientras resplandezco como carbón encendido, alumbrando el altar que lleva el cuerpo jadeante de la pastora con su traje siempre blanco, sobrecogida de placer sobre mi padre, poseído, rendido a la muerte en vida que sufre tras el fuego que nos arrebató todo. Cristo venció con sangre, Dios pide sangre para darnos poder. El calor alerta sobre mi presencia. La pastora lo suelta y lo deja sobre el altar, todavía poseído de una de sus sombras. Los demás demonios llenan el espacio del lugar santísimo con sus formas escamosas y ocres, sus múltiples ojos, sus bocas alargadas y sus lenguas lujuriosas.

—Sabía que volverías cuando comenzaras a arder —me dice, aún sin voltearse para mirarme. Cuando se baja del altar, se acomoda su traje y se vira para enfrentarme y veo que estás listo para purificarte sobre el altar. ¿Estás listo para arrepentirte? ¿O vas a arder como ardió el inmoral de Jonatán, buscando pervertir la voluntad de Dios con sus mentiras? Acércate, yo quitaré de ti todo dolor, mi niño. Solo tienes que obedecer. Sí, solo obedeciéndote librarás del juicio de Dios y Su fuego.

Por unos momentos, soportando el dolor del fuego, sintiéndome a punto de estallar frente a ella, solo la observo para saborear el odio, el coraje, el placer de tener en mis manos el poder de mi propia justicia. Levanto mi mano, abro el frasco, y dejo caer un poco de sangre al suelo. Los demonios corren hacia la sangre, se pelean por saborearla, por tocarla, se rinden ante el poder de su pureza, están sedientos por ella.

—¿Qué es eso, Lázaro? ¿Qué haces?

—Nadie se escapa del juicio de Dios, Gwendita.

Por primera vez en lo que la conozco, la pastora no tiene una respuesta. Solo mira a su alrededor notando que ahora que sus demonios han probado sangre servida de otra mano, tienen sus ojos firmes en ella. El calor pierde su intensidad en mi cuerpo. Mi mente siente las voces de los demonios, pero no en sus cantos terribles de antes, ahora me susurran, me preguntan lo que quiero.

—¡Lázaro, tienes un llamado! Todo esto es para ti. Solo tienes que obedecer la voluntad de Dios, obedecerme a mí, ¡amarme a mí!

—¿Amarte con el amor de Dios? —mi cuerpo se refresca, ya no brilla, ya no quiere estallar.

—Sí, la misericordia que nos enseñó el Salvador.

—El Señor me ha mostrado todo, Gwendita. Tus pecados y quebrantos, y sé que no estás pura ante Él. Ahora su juicio desciende sobre ti con toda su ira.

—Lázaro, por favor, acuérdate que Él es amor...

—¡Y fuego consumidor! —señalo en su dirección. Los demonios me escuchan, se vuelven sombras alrededor de ella.

—Ahriahriman. Ahriahriman. Ahriahriman. Ahriman —cantan para ella ahora, y su figura, una vez soberbia, ahora me implora, me busca con su mirada, y se tira de rodillas con una expresión de horror y dolor desfigurándole el rostro cuando el fuego arde en su cuerpo, quemando su traje blanco, sofocándola, haciéndole perder la cordura, creando presión en su cabeza, y volviendo sus córneas un color rojo intenso.

Sale retorciéndose del Santísimo hacia el pasillo, buscando desesperadamente algo que la libere de su destino. Sus gritos se escuchan desesperados. Me pongo mi ropa de prisa y corro tras de ella, dejándome guiar por el retumbar de sus gritos que armonizan con los cánticos de mis nuevos súbditos espectrales.

—Ahriahriman. Ahriahriman. Ahriahriman. Ahriman

—¡Todos somos fantasmas de este templo, pastora! ¡Ahora tú también lo entiendes! —le grito cuando finalmente la alcanzo. Me detengo frente a la puerta del salón sobre el púlpito donde cantó y predicó por tantos años.

—¡Lázaro! —pude interpretar de su casi ininteligible alarido.

—¡No temas, Gwenda Jurado! ¡El reino de Dios no es para los cobardes de corazón, sino de los valientes!

—Ahriahriman. Ahriahriman. Ahriahriman. Ahriman.

—¡Lázaro, por favor! —su última súplica entre gritos grotescos hace eco en todo el gran salón.

—Dios quiere un espíritu contrito y un corazón humillado. ¿Estás lista para confesarte? —Gwendita cae finalmente de rodillas, las sombras que siempre flotaban a su alrededor ahora efectúan una danza macabra alrededor de ella; sus cantos histéricos demarcando el placer que sienten de hacerla finalmente suya.

El estallido no se hace esperar. Una luz sale disparada de su cuerpo que se despedaza según se expande en una nube de fuego, humo, carne y ceniza, que terminan manchando la alfombra, las butacas y toda el área del púlpito en rojo, gris y negro. Luego, reina un silencio absoluto. No escucho ni el canto de las sombras, ni voces en los pasillos, ni siquiera los pensamientos de los demonios. Respiro la paz de esos segundos que ni la pestilencia me logra arrebatar.

—Ve, y no peques más —cierro la puerta del salón, y subo hasta los pisos de arriba para regresar al lugar santísimo, donde dejé a mi padre.

XII

omo su cuerpo medio dormido, todavía bajo los efectos del suero somnífero que le suministraba la pastora todos los días para silenciarlo y controlarlo. Siento que no me pesa, su figura débil por años de negligencia y pobre alimentación. Me lo llevo al penthouse del templo. Lo acuesto sobre la cama de la pastora. Ya comienza a dar signos de recobrar su conciencia. Me siento a su lado. Lo beso. Lloro sobre él. Me echo a su costado como un niño, como cuando estaba vivo antes del fuego, como lo quería tener de nuevo. Siento su mano tocarme débilmente.

—Mi nene —murmura casi inaudible, casi ininteligible. Pero yo lo entiendo, y me siento reconfortado, devuelto a tiempos mejores, sin el terror del fuego. La piel tiene larga memoria, y la mía lleva impregnada la dulzura de la caricia de un padre amoroso.

—Ahriahriman. Ahriahriman. Ahriahriman. Ahriman —no puedo degustar el momento por mucho rato.

—Ya sé a qué vienen —me levanto del lado de mi padre y me dirijo al guardarropa de la pastora; saco de la caja el frasco de sangre que había visto anteriormente, junto a las llaves del templo, cuando fui en busca de respuestas. Recordé de inmediato que Gwendita usaba la sangre para apaciguar a los demonios y someterlos a su voluntad. Ahora yo también les doy sangre para que me obedezcan.

—Les daré una gota al día a cada uno, pero solo si me dejan en paz, y aparecen solo cuando los llame.

Las formas se disipan. Las voces vuelven a callarse.

—Tenemos que salir de aquí —le digo a papi, quien poco a poco se vuelve más consciente. Inclina su cabeza en señal de aprobación.

Rebusco entre el guardarropa de la pastora hasta que encuentro un archivo sellado. Ahí encuentro toda mi documentación nueva, con la nueva identidad que me creó a través de sus contactos en el gobierno. Encontré, además, un diario, una agenda y una carpeta llena de documentos legales, entre ellos su testamento, donde aparece el nombre de mi nueva identidad como único heredero de su iglesia, propiedades y fortuna: Juan Jurado.

—Estoy seguro de que esto nos será útil. Zitzaida debe conocer las propiedades de Gwendita; ella sabrá en cuál de ellas me podré alojar con papi en lo que logramos reestablecernos en el mundo.

Pongo todo en una mochila: documentos, diario, agenda, llaves, la cajita conteniendo los dos frascos de sangre, y todo el dinero que tenía guardado la pastora en su cuarto. Papi muestra señales de conciencia plena. Se mueve más deliberadamente. Me contempla con asombro, y una mezcla de tristeza y alegría.

—Mi nene, qué mucho has crecido, Lazarito... pensé que nunca te vería —me dice ya plenamente consciente y levantándose poco a poco. Llega hasta mí y me abraza. Me dejo abrazar.

—Vámonos —le digo.

Me engancho la mochila a mis espaldas y le ayudo a caminar. Escucho ruido en el templo y sé que no son fantasmas. De esos, solo mi padre y yo permanecemos.

—No podemos dejar que nos vean —le susurro. En mi mente invoco a los seres de sombra. Me preguntan sobre mi voluntad.

—Este lugar ya no será ni mi prisión, ni la de ustedes. Quémenlo todo.

No tengo que insistir. Veo decenas de formas humeantes y oscuras escurrirse por los pasillos, más allá de las escaleras de emergencia. Aún en ese espacio contenido de cemento llega el olor de azufre, fuego y ceniza muy pronto. La luz y el calor pueblan los espacios del templo al son del canto terrible de los demonios que ahora responden a mi llamado. Gritos y conmoción sacuden los pisos de abajo. Conduzco a papi hacia las escaleras del penthouse del templo, bajando hasta el pasillo oculto donde estaba la entrada de la vivienda de Gwendita y el Santísimo, y cruzamos al otro corredor hacia el final, donde estaban las escaleras de emergencia.

—Ahriahriman. Ahriahriman. Ahriahriman. Ahriman —cantan mis demonios, y la conmoción en los pisos inferiores incrementa exponencialmente; gritos de trabajadores y fieles uniéndose al coro, y el estruendo de sus pisadas según salen huyendo del vestíbulo se siente aún desde arriba.

Trato de acelerar el paso para que avancemos a salir por la puerta de emergencia hacia el lado posterior del templo. Las alarmas se añaden a la sinfonía del caos que trae el fuego, y las regaderas automáticas se encienden ante la presencia del humo espeso justo cuando llego al piso de abajo. Abro la puerta de emergencia y salgo hacia la calle. No veo a nadie por todo el callejón, aunque más adelante, por la vía principal, hay mucha gente aglomerándose a presenciar lo que sucede en el templo.

—Es nuestra oportunidad para perdernos entre la gente —le digo a papi. Avanzo en esa dirección. Miro hacia atrás una última vez. Hay un hombre mirándonos desde la otra esquina. Un hombre alto, delgado y de mediana edad. Viste con ropa formal: gabán, camisa blanca y corbata. No puedo distinguir quién es entre las sombras, pero da un paso hacia el frente justo donde la luz de un poste alumbra. Me pongo nervioso al reconocerlo: es el presidente del concilio de ancianos, el hermano Agustín de León. Lo había visto numerosas veces cuando me escondía en el cuarto que daba hacia el gran salón para presenciar los servicios dominicales. Sus prédicas siempre fueron las más terribles, hasta más severas que las de Gwendita, y sus gritos guturales en medio de sus sermones siempre me dejaban sintiendo con miedo y culpa. Sabía que era un hombre poderoso dentro de la iglesia, pero en todos mis años en el templo nunca me había cruzado con él. Me cuestiono si sabe algo de mí, y entro en pánico. Trato de calmarme y sigo caminando, agarrándome de la esperanza de que quizás no sepa quién soy, pues Gwenda era muy asidua a sus secretos. Su mirada delata lo contrario cuando me ofrece una sonrisa siniestra. Entonces detrás de él veo algo espantoso. Una gran sombra se revela, algo titánico y translúcido. Es un ente casi tan alto como el templo, con ojos grandes y vacíos, pero que de igual forma me observan. Su cuerpo parece estar compuesto de piedras, mogotes, musgo y vegetación. Hay un lamento que se escapa del rugido que suelta al abrir su boca cavernosa. Miro a mi padre aturdido y espantado.

—¿Escuchas eso, papi? —le pregunto al ver que no reacciona al ruido barítono y voluminoso que nos rodea.

—Solo a la gente y a los ruidos de la ciudad, ¿por qué?

—Después te cuento —llegamos al final del callejón y nos perdemos entre la muchedumbre, alejándonos del templo lo más pronto posible, no sin antes yo dar una última vista hacia atrás y ver que ambas figuras ya no están.

El fuego en los pasillos del templo ilumina todo el edificio, mientras los bomberos tratan infructuosamente de combatirlo. Cientos de fieles ya se han congregado justo afuera de la zona demarcada por oficiales de emergencias como zona de peligro. Muchos de ellos están de rodillas rogando a Dios intercesión y bendición, pero Dios no responde. La prensa también llega con reporteros y reporteras narrando frente a las cámaras o a sus micrófonos lo que sucede en el templo más grande y lujoso de la isla.

—Arde la ciudad de Dios —dicen algunos. Y las llamas que ahora emanan del templo se vuelven una luz para toda la ciudad anunciando la caída del reino.

—Se reporta que la llamada apóstol Gwenda Jurado quedó atrapada en el fuego, al igual que un joven universitario empleado del templo llamado Jonatán Pérez —la tristeza me vuelve a inundar. Si supieran que Jonatán fue asesinado por la pastora...

Observo al templo por última vez, ardiendo, cayendo en cantos, deshaciéndose piso por piso; el agua y las plegarias incapaces de detener el siniestro.

—Que no quede piedra sobre piedra —les digo a los demonios— solo desolación.

—Ahriahriman. Ahriahriman. Ahriahriman. Ahriman.

Al final de la muchedumbre, llegamos a un área de la calle vacía, exceptuando el poquito tránsito de la noche. Más adelante vemos un taxista estacionado y nos dirigimos hacia él. Nos abre la puerta y nos sentamos.

—¿Pa dónde los llevo, mi gente? —nos pregunta

El templo yace ya en la distancia calle abajo detrás de nosotros. Observo la escena desde el retrovisor.

—Calle 13, casa 313 en Barrio Obrero respondo.

—Vamos pa allá.

Agustín de León se aparece de repente saliendo del gentío. Sé que me mira aun estando yo en el taxi que ya está encendido y listo para arrancar.

La Iglesia de Avivamiento no acabará aquí, Lázaro. Escucho su voz en mi mente. *Tampoco hemos acabado contigo.* El miedo que sentí inicialmente a ser descubierto es reemplazado por odia y furia. Me viro hacia atrás para que me vea la cara según nos alejamos.

Es todo lo contrario, Agustín. Soy yo el que aún no acaba con ustedes.

Llamo a mis demonios para poblar mi mente y dejar afuera a Agustín de León. Las sombras saltan del templo según múltiples explosiones estallan, ocasionando el derrumbe total de la cúpula; la gente ahora corriendo para alejarse del área; oficiales empujando a la gente lejos del templo para que no caigan las ruinas sobre ellos. El mar de espectadores ahoga la presencia de Agustín de León. No escucho más su voz, pero veo por última vez la figura monumental del ser de ojos vacíos en la distancia, abriendo su boca-caverna en un último bramido-lamento que llena la ciudad.

Lejos ya de la escena, la luz del templo finalmente se apaga. Un esqueleto carbonizado es lo que queda de su antigua gloria. Respiro profundo y me permito saborear por un momento la victoria, abrazado de mi padre mientras el taxi se pierde en el laberinto de calles de Barrio Obrero, de camino a casa de Zitzaida.

EIKON

Libros Eikon tiene la misión de publicar libros de narrativa en los géneros del horror, la ciencia ficción y fantasía por autores puertorriqueños. Es una gestión independiente dirigido por los autores Melvin Rodríguez-Rodríguez y Ángel Isián, con colaboraciones de diversos artistas y autores. Conozca más de nuestros proyectos siguiéndonos a través de las redes sociales:

Instagram: @libroseikon

Facebook: facebook.com/libroseikon/

Twitter: twitter.com/libros_eikon

Web: libroseikon.com

NO CIERRES LOS OJOS:
ANTOLOGÍA DE RELATOS DE HORROR Y TERROR

Si quieres leer otros relatos escalofrintes,
consigue también nuestras antologías
de horror y terror No cierres los ojos 1 y 2.

WWW.LIBROSEIKON.COM

Made in the USA
Middletown, DE
04 March 2022

62133618R00137